ill
루나리아
리키스아

초난관 던전에서
10만년 수행한 결과,
세계 최강
~최약 무능의 하극상~
6

샤름

"샤르, 좋은 아침."
"다행이야.
일어났구나."
길버트 로트
아멜리아

카이 하이네만

바알

파프닐

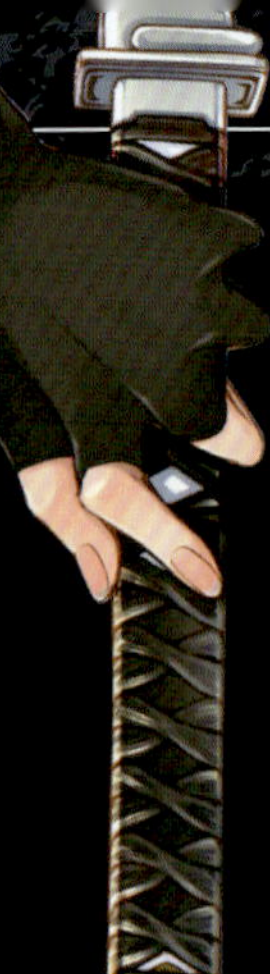

# CONTENTS

ill 리키스아
루나리아

초난관 던전에서
10만년 수행한 결과,
세계 최강
~최약 무능의 하극상~
6

커버 그림, 본문 일러스트 | **루나 리아**

# 프롤로그

돌바닥이 깔린 널찍한 지하실. 그 어두컴컴하고 서늘한 방 중심에는 한층 커다란 원반형 석판이 설치되어 있고, 그 위에 세 사람이 쓰러져 있었다. 등에 날개가 달린 한 여성, 하얀 피부를 지닌 안개의 나라 남자 마족, 갈색 피부를 지닌 어둠의 나라 여자 마족이다.

그 원반형 석판 외에 아무것도 없는 가람 동굴 지하실 구석에는 소파가 놓였고, 얼굴에 기발한 화장을 한 광대 차림의 남자, 로프트가 거만하게 앉아 있다.

"시작해."

로프트가 들뜬 목소리로 명령하자 검은색 군복을 입은 남자들이 일제히 영창을 시작했다.

영창에 호응하는 것처럼 석판이 새빨갛게 빛을 내더니 돔 형태의 새빨간 입체 마법진이 출현하였고, 그 위에 오른 여러 남녀를 감쌌다.

"살려——."

눈물을 흘리며 애타게 애원하던 여러 남녀의 몸이 갑자기 주르륵 녹아 모이더니, 천천히 인간의 형태를 만들어갔다.

금세 라이플을 들고 정장을 착용한 채 모자를 쓴 멋진 남자가 되었다.

"로프트 대장 각하, 이 바르토스가 여기 왔습니다."

빨간 피부에 머리가 각진 남자 바르토스가 한쪽 무릎을 꿇고 과도할 만큼 정중하게 머리를 숙였다. 로프트는 그것에 대답하려고도 하지 않고 흥분하여 일어났다.

"좋아, 실험이 성공했어! 고작 세 마리 제물로 대좌급 육체를 만들었어! 게다가 팜피처럼 힘에 제한이 있는 것도 아니야! 이건 매우 큰 발견이야!"

손가락을 딱 튕기며 소파에서 일어나 환희에 차 외친다.

입꼬리가 찢어진 하얀 옷의 남자 프로키온도 말했다.

"이것으로 나는 진정한 마왕으로 진화할 수 있다고 생각해도 되겠지?"

기쁨으로 물든 얼굴로 로프트에게 다가가려고 하지만, 바르토스가 불쾌함을 감추려고도 하지 않고 일어나 프로키온에게 총구를 겨누었다.

로프트가 오른손으로 그것을 제지하자 바르토스는 총구를 내리고 다시 머리를 숙이며 무릎을 꿇었다.

로프트가 환한 미소를 짓고 두 팔을 벌렸다.

"물론이고말고. 이것으로 준비는 끝났어. 너는 반드시 유사 이래 최강의 마왕이 될 거야."

그렇게 강하게 단언했다.

"그런데 내가 언제 '진정한 마왕'으로 진화할 수 있지?"

흥분하여 캐묻는 프로키온.

"노노, 초조함은 금물이야. 우리가 목표로 하는 것은 말 그대로 최강의 마왕. 일단 네가 진화 의식을 결정할 준비부터 해야지."

"무슨 말이야?"

눈썹을 찡그리고 묻는 프로키온에게,

"둔하기는. 한마디로 효과를 최대한으로 만든 다음 의식을 치러야 한다는 말이야."

로프트가 어깨를 으쓱하고 몹시 한심하다는 듯 대답했다.

"그렇구나! 그렇구나! 그 의식을 최대한으로 만들기 위해서는 어떻게 하면 돼?!"

충혈된 눈으로 다시 묻는 프로키온에게 바르토스가 짙은 살기가 담긴 시선을 보냈다.

프로키온은 주위가 전혀 보이지 않는지 너무나 알기 쉬운 바르토스의 분노조차 알아차리지 못했다.

"의식의 효율 향상을 위해서는 다수의 마물과 어둠의 나라 마족, 그리고 너희 안개의 나라 마족 제물이 필요해. 알겠지?"

"우리 안개의 나라도, 여기 어둠의 나라 마족도 마음대로 써! 마물은 남쪽의 노스그랜드에서 당장이라도 잡아올게!"

"너의 진화에는 결정적인 스파이스가 하나 더 필요해."

"그건 뭔데?! 어떤 것이라도 당장 가져올게!"

충혈된 눈으로 외치는 프로키온.

"어둠의 나라 마왕의 피를 진하게 물려받은 사람이야."

로프트는 입꼬리를 크게 올리며 들뜬 어조로 대답했다.

"어둠의 나라 마왕의 핏줄…… 하지만 애쉬메디아는 현재 행방불명인데?"

"팜피, 그 부분은 어떻게 되었지?"

뒤에서 대기하는 카이저수염의 남자, 팜피에게 로프트가 살짝 고개만 돌려 확인했다.

"철저하게 조사했음에도 어둠의 나라 마왕 애쉬메디아의 행방은 여전히 알 수 없습니다만, 애쉬메디아에게는 쌍둥이 여동생이 있는 것이 판명되었습니다. 국가의 풍습에 따르면 쌍둥이 중 늦게 태어난 자는 살해해야 합니다. 그것을 우려한 선대 마왕의 측근들이 비밀리에 도망치게 한 것이 드러났습니다. 이미 추격자를 보냈으니 조만간 좋은 소식을 들려줄 듯합니다."

팜피의 보고에 로프트가 손가락을 딱 튕겼다. 그리고 프로키온에게 물었다.

"좋아! 이것으로 모든 준비가 끝났어. 프로 군, 그럼 의식을 위한 공물의 조달을 부탁할 수 있겠나?"

"물론이지! 당장이라도 잡아올게!"

의기양양하게 콧김을 내뿜으며 지하실에서 나가는 프로키온.

"저런 무능한 것에게 의지해야 하다니 마음대로 되질 않네. 우리가 직접 움직일 수 있으면 빠르겠지만, 육천신이 현계해 있을 가능성이 큰 이상 이것 말고 눈에 띄는 행동은 피하고 싶고."

한숨 섞인 말투로 중얼거리는 로프트. 이 땅에 내려온 누군가가 마라를 쓰러뜨렸을 가능성이 있다. 육대장을 쓰러뜨릴 수 있는 것은 육천신뿐. 그들이 이곳에 있는 것은 일단 틀림없다. 지금 이 상황에서 그들이 이곳 마족령으로 들어오면 악군의 패배가 확실해진다. 지금은 시간을 벌 필요가 있다. 그렇기에 로프트 일당이 모두 강림할 때까지 절대 악의 군세는 움직이지 못한다. 저 장난감, 프로키온에게 의존할 수밖에 없다.

"외람되지만—— 마왕 따위가 아무리 진화해도 결국 빈약한 하등 생물입니다. 육대장 각하의 육체로 쓸 만할까요? 만약 육체를 형성할 수 있더라도 지극히 불완전한 것으로 끝나는 것 아닙니까?"

그런 로프트에게 바르토스가 조심스럽게 물었다.

"그래, 나도 처음엔 그렇게 생각했지. 하지만 어둠의 나라 마족은 조금 달라. 그야말로 가축 중에서도 엄청난 레어야! 잘 사용하면 앞으로 우리 전략의 주축이 될 가능성을 품고 있어."

"엄청난 레어…… 도저히 저는 믿을 수 없군요."

당혹스럽게 말하는 바르토스.

"어디까지나 나의 예측이지만, 이 땅에 봉인된 보옥과 어둠의 나라 마왕을 제물로 사용하면 우리 대장 클래스의 완전한 현현도 가능해."

"대장 각하의 완전한 현현……."

바르토스가 말을 잇지 못했다.

"이유는 아직 몰라. 다만 우리가 이 땅의 마족을 얻은 것은 큰 전환점이 될 거야. 이 마족을 효율적으로 이용할 수 있다면 앞으로 우리는 다른 세계로 향하는 자유 통행권을 획득하는 것이나 마찬가지니까."

차분하게 로프트가 선언하자 안에 있던 일동이 놀란 소리를 냈다.

그럴 만도 하다. 이 성과도 없는 전쟁이 시작되고 나서 대장급

이 현계한 것은 손꼽을 정도밖에 없다. 게다가 완전한 현현이라니 지금까지 한 번도 없었다. 천과 악은 항상 얼마나 완전한 형태로 현계할 수 있는지가 승리의 결정타가 되었기 때문이다. 만약 다른 세계에서도 완전한 현현이 가능해진다면——.

"확실히 만약 자유롭게 육체를 얻을 수 있다면 우리가 패배할 일은 없어지겠지요."

"그래, 우리 대장도 이런 점토 세공 같은 빙의체에 의존하지 않고도 자유롭게 세상에서 힘을 떨칠 수 있게 돼."

로프트는 자신의 몸을 밉살스럽게 바라보며 맞장구를 쳤다. 그리고 팜피에게 시선을 옮겼다.

"그런데 하준은 아직 발견되지 않았어?"

단적으로 묻는다. 온도가 몇 도 내려갔다고 착각할 만큼 온몸에 오한이 스쳐 팜피는 꿀꺽 침을 삼켰다.

"네. 샅샅이 뒤졌습니다만, 전혀 단서를 찾지 못해서……."

거짓 없이 보고했다. 로프트에게 허위 사실을 말해봐야 소용없다. 이 대신에게 팜피 따위의 생각을 읽는 것은 숨을 쉬는 것과 같다. 게다가 이 정보에 대단한 의미는 없다.

"그래. 그럼 다른 세계로 튕겨 나갔을 가능성이 큰가…… 뭐, 됐어. 아무튼 계획은 더할 나위 없이 순조로워. 이제 곧 우리는 완전한 육체를 얻을 거다. 하준 하나가 있든 말든 대세에 큰 영향은 없어."

로프트가 싸늘한 지하실에 있는 부하들을 쭉 둘러보았다.

"그럼 우리의 악을 시작하자!"

입꼬리를 귀까지 올리고 말했다.

"네!"

악의 군세는 일제히 경례하고 주인의 명령에 따라 움직이기 시작했다.

***

그곳은 바르세 인근의 신도시 '카르텔'에 있는 숙소 안의 방이다. 네일 일행이 인간의 신입 헌터가 희생하여 입수한 보옥을 건네기 위해 지정된 카르텔의 숙소에서 대기하고 있자 카이저 수염의 거대한 남자가 접촉해왔다.

"경계하지 마라── 그렇게 말해도 우리가 한 짓을 생각하면 불가능한가. 그러나 이것만은 맹세하마. 나는 너희의 적이 아니고, 앞으로 일어날 끔찍한 악몽을 회피하고자 행동하고 있어."

카이저수염의 남자가 운명에라도 사로잡힌 듯한 진지한 표정으로 네일에게 말했다.

"너는…… 누구지?"

"나는── 팜피, 너희 나라를 점거한 악의 세력에 속한 자다."

"뭐?!"

카이저수염의 남자가 그렇게 자기소개를 하자 부하들이 네일의 지시를 기다리지 않고 일제히 포위하여 무기를 꺼냈다.

고향을 빼앗기고 가족을 인질로 잡혀 이런 굴욕적인 비열한 행위를 강제로 하는 중이다. 부하들의 분노와 미움은 네일도 뼈저리게 알 수 있다. 그러나——.

"무기를 넣어라!"

격한 네일의 목소리에 모두 온몸을 움찔하였으나, 누구 하나 무기를 내리지 않았다.

"우리는 이미 놈들에게 목덜미를 잡혔어. 이 상황에서 힘이 없는 우리에게 굳이 계략을 쓸 필요가 있겠어?"

빙 둘러보고 조금 생각하면 확실한 사실을 말했다. 그렇다, 그들은 애쉬 님이 있는 어둠의 나라를 하루 만에 제압할 정도의 강적이다. 나아가 우리 국민을 인질로 삼았다. 이미 네일 일행에게 그들이 배려할 필요는 전혀 없다.

"제길……."

무기를 내리며 분한 마음에 눈물을 흘리는 부하들.

"이야기를 들어주는 것에 감사하지. 그럼 말하겠다."

자신을 팜피라고 소개한 카이저수염의 남자가 천천히 네일이 지금 가장 알고 싶던 사실을 말하기 시작했다.


"악신의 군세. 이 세상의 온갖 것을 파멸과 절망으로 이끄는 존재? 최악이야…… 하필이면 우리는 그런 초월자들의 집단에 나라를 빼앗긴 것인가……."

어지러울 정도의 절망감에 엄청난 탈력감이 확 밀려와, 가까운 의자에 앉았다.

보통은 허풍이라 웃어넘길 만한 내용이다. 그러나 애쉬 님이 쉽게 패배한 것도, 단단한 방어가 특기인 어둠의 나라 수도를 프로키온의 군세가 공격한 것도 그렇게 생각하면 이해가 된다. 상대는 신의 군세다. 네일에게는 고귀한 고대의 마법 아이템마저 그들에게는 아무것도 아닌 장치에 불과할 것이다.

"울적한 상태인데 미안하지만, 사태가 급박해. 육대장 각하의 현현을 막지 않으면 이 세계는 악에 제압될 거다. 그건 너희도 원하지 않겠지?"

팜피의 물음에 네일은 양손으로 자신의 뺨을 때렸다.

'침착해! 침착해! 침착해, 네일! 너는 애쉬 님께 조국과 백성을 맡았을 텐데?!'

필사적으로 자문자답을 하여 엉망이 된 머릿속을 리셋하려고 했다.

"동요해서 미안해. 한 가지 대답해줘. 왜 그 이야기를 우리에게 하지? 너는 악의 군세라며? 우리를 도울 이유가 없을 텐데."

물론 팜피가 속이려고 한다는 생각은 하지 않는다. 신의 군세가 보기에 네일은 바닥을 기는 개미나 마찬가지라 속일 가치 따위는 없으니까. 그래도 네일의 고향을 엉망으로 만든 조직에 소속된 자를 믿을 수 있냐고 물으면 이야기는 별개다.

팜피는 잠시 생각에 잠겼다.

"……그래. 눈이 뜨였기 때문이겠지……."

네일의 눈을 보며 입을 연다.

"눈이 뜨였다?"

"그래, 아무래도 나는 오래도록 악몽을 꾼 모양이야. 이 땅에 오고 나서 요즘 옛날의 정상적인 사고가 돌아오기 시작했어. 나는 이제 저 악질적인 조직에 충성할 마음이 없거든. 그것은 분명히 본래 우리 주인의 뜻이기도 할 거고."

팜피의 눈 안쪽에 있던 강렬한 감정을 보고 자연스럽게 납득하였다. 왜냐하면 그것은 네일이 지닌 것과 같은 종류였기 때문이다.

"그건 알겠어. 팜피 공, 조국을 구하기 위해 우리는 무얼 하면 되지?"

"생이별한 애쉬메디아의 쌍둥이 여동생, 미트라를 돌체나 프로키온보다 먼저 구출해라. 이미 이 땅에는 천군의 주력 육천신이 있어. 그들도 눈에 띄는 행동을 일으킬 수 없거든. 육대장이 육체를 얻지만 않는다면 언젠가 악군은 패배해."

"애쉬 님의 생이별한…… 쌍둥이 여동생?"

"그래. 선대 마왕의 아이는 애쉬메디아와 미트라 두 사람. 마왕은 한 명이라는 관습 때문에 처분될 뻔한 것을 어둠의 나라 대로(大老) 예티가 은밀하게 다른 곳으로 보냈다고 해. 로프트 대장 각하는 미트라를 육대장의 현현을 위한 제물로 삼을 생각이야."

"잠시만 기다려줘. 조금 머리가 혼란스러워서……."

애쉬 님께 쌍둥이 동생이 있고, 왕실 법규에 따라 죽을 뻔한 것을 예티 님이 보호해서 키웠다? 아무리 그래도 이야기가 너무 황당하여 제대로 이해되지 않는다.

"너희 입장이라면 그렇겠지. 언젠가 로프트 대장 각하는 나의 배신을 알아차릴 거야. 그러면 틀림없이 미트라를 잡으러 프로키온을 추격자로 보내겠지. 그 전에 미트라를 구하지 못하면 우리의 패배다. 한시가 급해. 지금 당장 움직여주면 좋겠군.”

“지금은 생각할 때가 아닌가…….”

어쨌든 애쉬 님의 동생분을 내버려 둘 수도 없다. 네일에게는 선택지가 없다.

“미트라 님에 대해 아는 것을 자세히 알려줘.”

“그건——.”


팜피가 한 말. 그것은 어떤 이야기의 시작. 본래는 이 세상을 절망의 구렁텅이에 빠뜨리는 악군과 올바른 길로 이끄는 천군과의 게임에 내던져진 작은 파문에 불과했다.

그러나 그 사소하고 작은 파문이 이 세상에서 가장 강하고 무서운 괴물과의 만남을 만들고 만다.

그 괴물에게 있는 것은 그저 자신의 쾌와 불쾌뿐. 자신의 절대적인 규칙에 거스르는 자는 잔혹하고 무참하게 지옥으로 떨어뜨린다. 그것은 이 세상의 악을 자인하는 악군이든, 자신을 정의의 집행자라고 믿는 천군이든 마찬가지다. 일단 괴물의 역린을 건드리면 형태도 없어질 만큼 산산이 부서진다. 아마 이것은 이 세상에 있는 유일무이한 절대적인 법칙이다.

네일은 이때 결정적으로, 최강의 괴물이 만든 이야기 속에 발을 들였다.


＊＊＊

──천상계 엘류시온.

아레스는 납처럼 무거운 다리를 움직여 천상계 엘류시온의 천신 의사당으로 향했다.

'어떻게 된 일이지…….'

갑자기 엘류시온에서 열린 천신 회의의 출석 요청. 본래 천신 회의는 육천신을 시작으로 천군에서도 몇몇 신만이 출석이 허락된 최고 결정 기관이다. 아레스 같은 일개 상급신 따위에게는 절대 출석이 허락되지 않는 장소다.

이유는 대충 예상이 된다. 실켓에게 테루테루 대좌의 감시를 명령한 일일 것이다.

실켓은 마침 병으로 죽은 육체에 빙의하여 레무리아에서 테루테루 대좌를 감시하였다.

그가 아레스에게 가져온 정보는 그녀를 혼란스럽게 만들기에 충분한 내용이었다.

실켓에 따르면 테루테루 대좌는 용사 마시로가 거느린 사성 길드 중 하나, 룰렛의 마다라와 접촉했다. 그 이후 마다라에겐 인간 같지 않은 분위기가 감돌게 되었다. 만약 테루테루 대좌가 마다라에게 술법을 썼다면 중대한 천계 규칙에 저촉된다.

다만 실켓이 그 증거를 잡으려고 하는 사이, 마다라는 정령 마을을 습격했으나 손쉽게 반격당하고 말았다고 한다.

만약 테루테루 대좌가 마다라에게 무언가 힘을 주었다면 일개 정령들에게 당할 리가 없다. 즉, 실켓이 느낀 감각은 착오였다는 뜻이다.

아레스는 이어서 실켓에게 바벨에 잠복한 테루테루 대좌를 감시하라고 명령했다.

바벨에서 입학 시험을 치르기 전날 테루테루 대좌의 뒤를 쫓아 뒷골목으로 들어갔을 때, 검은 안개에 휩싸였고 정신이 들자 바벨에서 거점으로 삼은 숙소 침대 위에 자고 있었다. 게다가 이미 하루가 지났고 그 이후로 테루테루 대좌를 찾아도 흔적조차 발견하지 못했다.

이어서 아레스에게 관리 세계 레무리아에 대한 간섭 금지 명령이 천군 본부에서 내려왔다. 덧붙여 천상계 엘류시온의 천군 회의에 출석하라는 칙명이 떨어졌다.

아마 실켓이 벌인 테루테루 대좌의 감시로 천군의 임무를 방해받았을 것이다. 그리고 그것이 원인이 되어 매우 중대한 사건으로 발전하고 말았다.

그보다 천군이 총력을 기울여 움직이는 일은 한정되어 있다. 그렇다, 저 밉살맞은 게임이 사랑하는 레무리아에서 일어나고 있는 것이다.

솔직히 자신의 처분은 나중 문제다. 별로 무섭지는 않다. 아레스가 진심으로 우려하는 것은 천군이 레무리아에 대해 지극히 잔혹한 결단을 내리는 것이다.

'결국 오고 말았군요.'

천군 의사당의 커다란 문이 열렸다.

"앗——?!"

그 방에 출석한 사람을 본 아레스는 자신의 우려가 과장이 아니라 더욱 최악의 상황임을 이해했다.

현란한 의사당의 중심에 있는 여섯 개의 의자. 그곳의 네 좌석에는 네 명의 대신이 앉았고, 그 주위를 원형으로 둘러싸며 천군의 최고 간부들이 나란히 모여 있었다.

"결석한 토르 외에는 모인 듯하니 천군 회의를 시작하겠네!"

여섯 개의 의자 정면에 앉은 할아버지이자 최강신 데우스가 오른손에 든 의사봉으로 책상에 있는 새빨간 목제 판을 두드리며 회의가 시작되었다.


육천신 타르타로스의 측근이자 천군 사천장 중 하나, 타나토스의 보고가 끝나고 회장은 묘한 침묵에 쌓였다. 모두 아레스처럼 귀신에게 홀린 듯한 표정을 지은 것은 그 내용이 도저히 믿을 수 없는 것이었기 때문이다.

"타르타로스가 죽었다는 건 백번 양보해서 넘어가지. 그러나 타르타로스는 육천신. 그에 맞는 강함이 있었어. 만약 그와 충돌하면 무사할 리가 없다. 그런 그를 장난감 삼아 트랩이 달린 목만 잘라 보냈다고? 루미네 헤르너라는 인간 여자애를 처분하려던 것에 화가 나서? 도저히 믿을 수 없군."

턱까지 완전히 가려지는 검은색 투구를 쓰고 마찬가지로 검은색 갑옷에 새빨간 망토를 두른 마른 몸에 자그마한 신이 타르타로스의 부하이자 사천장 중 하나, 타나토스에게 물었다. 이 신은 서열 2위, 오딘 님이다. 평소에도 투구와 갑옷을 착용하고 있어서 본래 얼굴은 물론이고 성별, 강함과 능력에 이르기까지 모든 것이 불명확한 구세대의 전쟁신이다.

"사실일세. 타나토스의 말은 모두 진실임을 내가 보장하지."

최강신 데우스의 부장으로 이 건이 장난이나 농담, 허풍이 아닌 것을 알았는지 의사당 안이 새장처럼 소란스러워졌다.

"시끄럽다! 닥쳐!"

네 개의 팔에 보라색 피부의 청년, 시바 님이 원형 테이블을 내리쳤다. 웬만한 충격으로는 흠집 하나 나지 않는 원탁에 빠지직 거미줄 형태의 균열이 생기며 아까의 소란이 거짓말처럼 조용해졌다.

"시바, 물건을 부수지 마라."

오딘 님이 비난 섞인 말을 했다.

"흥! 하지만 조용해졌잖아."

"조용해지기만 하면 되는 게 아니야."

어이가 없는 듯 한숨을 쉬며 고개를 가로젓는 오딘 님.

"아앙?! 이 몸의 방식이 마음에 안 든다, 넌 그렇게 말하는 거냐?!"

시바 님이 이마에 핏대를 세우고 위협적으로 외쳤다.

"물론. 그렇고말고. 나는 너의 그 야만스러운 점이 싫거든."

"이 자식……."

양측이 내는 마력으로 공기가 탁탁 파열되는 와중에,

"둘 다 그만해라."

데우스 님이 제지하는 목소리는 그리 크지 않았지만, 시바 님은 혀를 차고 네 개 중 두 개의 팔로 팔짱을 끼고 눈을 감았고,

오딘 님도 일단 입을 다물었다.

"데우스 형님, 그 파리신이 저기, 크레이지 던전에 봉인된 **그 녀석**이라고 생각하시나?"

둥근테 선글라스를 낀 잘생긴 남자가 오른손에 쥔 부채로 자신의 오른쪽 어깨를 두드리며 데우스 님에게 물었다. 그는 영웅신 인드라 님이다. 천군 최고 전력 중 하나로 전투 능력만이라면 뇌신 토르 님에게 필적한다고 일컬어지는 대신이다.

"그 재앙의 대신인가……."

시바 님이 찡그린 얼굴로 못마땅하게 중얼거렸다. 평소라면 그런 시바 님에게 비아냥거리는 말 하나쯤은 건넸을 오딘 님도 조용히 집게손가락으로 원탁을 두드리며 데우스 님의 의견을 기다렸다.

데우스 님은 눈을 질끈 감고 크게 고개를 가로저었다.

"아니. 그건 절대 있을 수 없는 일이야."

확신을 갖고 강하게 단언했다.

"과연 그럴까? 그 녀석이라면 타르타로스를 장난감으로 만드는 것도 그럴듯해. 그렇지 않나?"

인드라 님이 질문했다.

"이 몸도 같은 의견이야. 만약 그거라면 확실히 타르타로스라도 버거웠을 테고."

시바 님이 그렇게 덧붙였다.

"녀석은 그야말로 재앙이야. 설마 그에게 단독으로 이길 수 있다고 자만하는 멍청이는 이곳에 없겠지. 하지만 그러면 그 던전의 관리자가 맹약을 파기했다고 생각해야 하는데 데우스, 그 부분은 어떻지?"

오딘 님도 크게 동의하며 데우스 님에게 물었다.

"그는 맹약을 어기지 못해. 어쩔 도리가 없는 이유로 던전이 완전히 사용 불능이 될 때까지 관리 책무를 수행할 걸세."

"과연 그럴까……."

데우스 님의 단언을 받아들일 수 없는지 의구심이 가득 담긴 목소리로 오딘 님이 말했다.

"무엇보다 예의 파리 머리 괴물은 위대한 분이라고 말했네. 그런 발언, 그 녀석이 할 것 같나?"

데우스 님이 의미심장하게 세 사람에게 말을 걸었다.

"뭐……."

"그것도 그런가……."

"……확실히 그것을 영혼부터 굴복시킬 자가 있을 리가 없나……."

그제야 납득하였는지 인드라 님을 비롯한 세 사람이 수긍하며 고개를 끄덕였다.

"어쨌든 타르타로스를 죽인 것은 변함없어. 달리 그런 엄청난 짓이 가능한 자는 한정되어 있고. 무엇보다 죽은 자마저 우롱하는 그 악질적인 행위, 놈은――."

"악군들인가!"

시바 님의 호통에 의사당의 곳곳에서 분노, 혐오, 투쟁심이 담긴 복잡한 감정이 들끓었다.

“그래, 그 방식, 틀림없이 악의 것일세. 하지만 지금까지 그들과는 강함도 악질적인 행위도 완전히 차원이 달라. 우리도 얕잡아보면 금방 먹히고 말 걸세.”

“새로운 육대장인가?”

“아마도. 악군 중에 진정한 괴물이 태어났겠지. 지금까지와는 전혀 다른 것. 그렇게 생각하고 임해야 해!”

데우스 님이 양손으로 무릎을 치며 자리에서 벌떡 일어나더니, 뒤에 있는 하얀 옷을 입은 남자에게 고개만 돌려 시선을 보냈다.

“우리 육천신이 인정한 자 이외에 앞으로 레무리아에 가는 것을 완전히 금한다! 그 뜻을 나의 이름으로 천상계 전체에 알리고 철저하게 지키게 하라!”

그리고 아레스에게 최악이라고도 할 수 있는 명령을 내렸다.

“네!”

크게 고개를 끄덕인 하얀 옷의 남자에게 강렬한 초조함을 느꼈다.

“하, 하지만 데우스 님, 그럼 저의 세계가——.”

“아레스, 미안하지만 이미 일개 신의 뜻이 끼어들 여지는 없다. 포기해라.”

데우스 님은 반론을 허락하지 않는 어조로 아레스에게 말했다.

“그럴 수가——!”

다정한 할아버지라고는 생각할 수 없는 난폭한 모습에 애원하는 말을 삼키고 입을 다물었다.

전혀 납득이 가지 않는 마음과 자신에 대한 한심함에 가슴이 짓눌릴 것만 같았다.

"레무리아에 대한 철저한 조사 실시. 그 후, 모든 군을 동원하여 진군하겠다! 잘 들어라, 적은 유례가 없을 만큼 강력하다. 우리는 정의의 집행자! 악을 절대 용서하지 마라! 만약 패배하면 많은 세계의 안녕을 잃게 될 거다. 그것을 자각하라!"

데우스 님의 외침에 각 육천신이 일어나 각자 무기로 바닥을 두드렸다. 이어서 의사당 안에 짐승 같은 포효가 터졌다.

＊＊＊

그곳은 이스트엔드, 리버티 타운의 큰길에 있는 신규 대형 요리점.

안에 설치된 장식품. 벽에는 '축 개점'이라는 현수막이 드리워져 있다.

가게 안의 테이블 위에는 몇 가지 다채로운 요리가 담긴 그릇이 놓였고, 가까운 사람들끼리 모여 있었다.

"여러분, 오늘은 모여주셔서 감사합니다!"

애쉬가 머리를 숙이자 안에서 박수가 일었다.

오늘은 이곳 리버티 타운에 처음으로 생긴 대규모 요리점의 개점일이다.

리버티 타운에서는 최근 아키나시와 에스타크 공작가를 비롯한 몇 개의 귀족령과 본격적인 교역을 시작했다.

특히 리버티 타운은 옛 에르딤의 주민이 사는 땅이다. 그들은 토벌 도감의 유쾌한 동료들의 지도를 받아서 각자 수행을 계속하며 다양한 고성능 마법 아이템과 포션, 특수한 마법 무구 등을 제조하는 것이 가능해졌다.

최근 완성품을 보았으나, 모두 이 세계의 상식을 벗어난 비상식적인 효과를 지닌 것뿐이었다. 아무래도 그것을 그대로 유통할 수는 없다. 따라서 효과를 매우 떨어뜨려 아키나시와 일부 신뢰할 수 있는 신분의 고객에게만 시험적으로 판매하기로 했다…… 그런데 그것이 사태를 복잡하게 만들었다. 이 포션이며 마법 아이템, 마법 무구의 소문이 순식간에 다른 상인 사이에 퍼지며 이곳 리버티 타운에 거상이 몰려드는 사태가 벌어진 것이다.

정당한 상인들에게 상품은 있지만 팔 수 없다고 할 수도 없으므로 성능을 일반 유통을 해도 될 정도로 더욱 내려서 판매하기로 했다. 그런 연유로 현재 리버티 타운은 골드러시와 같은 양상을 띠고 있다.

또한 거상들을 맞이하는 방책으로 숙소와 식당 개설을 도시에서 주도적으로 결정하여 그 대규모 요리점의 주인으로 애쉬가 발탁되었다. 요리장으로 에미가 채용되었고, 왕도에서 에미의 옛날 동료 요리사며 아키나시의 요리사들도 여럿 맞이하여 운영하게 되었다.

나는 테이블에 있는 에일을 따른 잔을 오른손에 들었다.

"그럼 이곳 '검은 고양이 식당'의 개점을 축하하며, 건배!"

건배사를 외쳤다. 건배 소리가 터지며 리버티 타운 첫 대규모 요리점의 개점 축하가 시작되었다.


이것은 명목상으로는 '검은 고양이 식당'의 개점 축하다. 내가 이 자리에 부른 것은 우리와 조금이라도 인연이 있고, 지금부터 시작할 게임에 대해 조정할 필요가 있는 자들이다. 아스타의 전이 능력을 이용해서 급하게 불렀다.

——바벨의 구 통괄 학교장 이네아 렌렌 로렐라이, 현 학교장 클로에 발렌타인.

——아멜리아 왕국 최고의 기사 아르놀트와 고위 귀족 가라 에스타크.

——헌터 영웅, 랄프 엑셀과 그의 동행으로 바르세에서 악군이라는 멍청이들에게 친구를 살해당한 상처를 지닌 헌터, 라이가와 후크.

그리고 지금도 몹시 긴장한 바벨의 입학시험에서 알게 된 솜니와 테토루.

그들은 작은 동물처럼 방구석에서 두리번두리번 주위를 둘러보았다.

"너희들, 즐거운 시간 보내고 있어?"

두 사람에게 다가가 격려하는 말을 걸었다. 아마 이것은 그들에게 마지막 휴식이 될 것이다. 역시 격려가 필요하겠지.

"사부!"

두 사람이 온몸에서 긴장을 풀고 안심한 것이 느껴지는 목소리로 외쳤다. 만난 지 얼마 되지 않았으나, 무슨 까닭인지 이 두 사람은 나를 잘 따르고 있다.

참고로 잭이 선배처럼 굴며 솜니와 테토루에게 있는 일 없는 일을 떠들어댄 탓에 두 사람까지 나를 사부라고 부르게 되었다. 그 호칭을 그만두라고 말해도 고칠 기미가 없으므로 어쩔 수 없이 바벨 안에서는 카이라고 부르도록 엄명을 내리고 무시하기로 했다. 나에게 호칭은 사소한 일이다. 귀찮은 일에 휘말리지 않으면 나머지는 아무래도 좋다.

"정말 저희가 여기 있어도 되나요?"

조심스럽게 묻는 솜니.

"물론이지. 오늘은 어깨에 힘을 빼고 마음껏 즐기도록 해."

지극히 당연한 대답을 하였다.

"사부, 왜 저희가 이 자리에 불려온 겁니까?"

테토루가 매우 진지한 얼굴로 물었다.

"왜 그런 질문을 해?"

"저희가 이 자리에 있는 건 아무리 생각해도 맞지 않으니까요."

테토루가 참석자를 쭉 둘러보며 그렇게 대답했다.

"흠. 잘못 온 건 아니야."

오히려 솜니와 테토루는 이 자리가 열린 목적의 주역이다. 말하자면 이 자리는 그들이라는 인간을 확인하는 품평회와 같은 것이다. 그들이 없으면 애초에 시작되지 않는다.

"사부는 저희에게 무엇을 시키려는 거죠?"

정말 감이 좋은 아이다. 솔직히 테토루가 이 정도로 기지가 뛰어날 줄은 몰랐다. 그는 내가 지극히 중요한 이유로 이 땅에 두 사람을 데려온 것을 알아차렸다. 물론 그 이유까지는 짐작하지 못한 모양이지만.

"너희 두 사람을 부른 건 이 땅에서 단련시키기 위해서야."

"그렇구나, 수행이 시작되는 거군요!"

솜니가 기쁜 얼굴로 몸을 내밀며 외쳤다. 솜니의 말에 모든 사람의 시선이 집중되었으나, 본인은 들떠서 알아차리지 못한 듯하다.

"그래. 수행은 매우 엄격한 것이 될 거야. 너희가 느긋하게 쉴 수 있는 것은 반년 뒤에 수행이 완료된 뒤에야 가능해. 그렇게 생각해주면 좋겠어."

"반년 뒤……."

나의 말에 침을 삼키는 두 사람의 어깨를 가볍게 두드렸다.

"그러니 오늘은 실컷 즐겨."

두 사람에게서 등을 돌리고 걸어갔다.

"네!"

등 뒤에서 두 사람의 기백이 담긴 목소리를 들으며 나는 그 자리를 떠났다.

"가라 공, 먼 길 온 것을 환영할게."

우리 이스트엔드와 깊은 관계를 맺은 가라 에스타크가 눈에 들어와 다가가서 인사했다.

"카이 님, 초대해주셔서 황송합니다."

가라는 극심한 긴장으로 얼굴을 굳히며 오른손을 가슴에 대고 왼팔을 뒤로 돌려 나에게 귀족풍으로 인사했다.

나의 하이네만 가문은 명예 기사작이다. 이곳 아멜리아에서는 일단 귀족으로 분류되지만, 귀족 사이에서는 유사 귀족 취급을 받고 있다. 그런 나에게 이런 태도를 취하다니 본래는 생각할 수 없는 일이다. 그보다 마치 맹수를 앞에 둔 듯한 태도인 이유는 방구석 테이블에 있는 저 녀석들이 나에 관해 있는 일 없는 일을 떠들어댔기 때문이다.

시선을 방구석의 테이블로 보내자 코끼리 마물, 기리메칼라와 용 머리를 지닌 라돈 두 명이 인간으로 변할 수 있는 같은 파벌 사람들을 데리고 벌컥벌컥 술을 맛있게 마시고 있었다.

"어때? 즐겁게 보내고 있어?"

"네, 이곳의 요리는 정말 훌륭합니다! 아내와 아들도 매우 기뻐하고 있습니다!"

가라의 아들은 파프, 뮤, 펜, 마리 같은 아이들과 잘 알 수 없는 일로 들떠 있고, 가라의 아내는 여신 연합 사람들과 패션이며 디저트 이야기로 꽃을 피우는 듯하다.

"그거 다행이네. 그럼 이 뒤에 있을 회의도 잘 부탁해."

의미심장한 말을 꺼내자 크게 고개를 끄덕인다.

"네! 미력하지만 반드시 협력하겠습니다!"

가라가 오른쪽 주먹을 가슴에 대고 머리를 깊숙이 숙였다.


몇 시간 뒤, 검은 고양이 식당의 개업식이 끝나고 우리는 리버티 타운 중심에 있는 원형 회의장으로 이동했다. 회의실 안의 원탁 앞에는 개업식에 온 멤버와 이제 막 도착한 아멜리아 왕국의 재상 요하네스 루즈벨트가 앉았다.

"그럼 회의를 시작하지. 이쪽이 이번 계획의 가장 중요인물인 애쉬, 테토루, 솜니야. 다들 어떻게 생각해?"

"후후, 짓궂으시군요. 카이 공의 마음은 이미 정해졌으면서. 출석한 분들도 그들이 계획을 맡기에 적합한지가 아니라, 이 전대미문의 계획을 수행하는 인물이 누구인지 확인할 뿐. 그렇지 않습니까?"

검은 머리의 거한 요하네스가 출석한 사람들에게 동의를 구하자 모두 조심스럽게 동의했다.

"그래. 부정하지 않겠어."

랄프가 고개를 끄덕였다.

"네, 카이 님께서 하시는 일이라면."

이네아도 랄프의 의견에 동조했다.

"전투에 약한 저에게 두 사람은 아무 특별할 것이 없는 아이로만 보입니다. 정말 그들이 안개의 마왕 프로키온을 상대할 수 있겠습니까?"

유일하게 가라가 반신반의하며 나에게 의문을 제기했다.

"지금은 힘들겠지. 하지만 어차피 반년 동안 인간에서 벗어난 괴물이 될 것이 뻔해. 나는 진심으로 프로키온을 동정해."

라이가와 후크를 지그시 바라보며 랄프가 그런 농담을 꺼냈다.

"그 말에 동의합니다."

아르놀트가 곧바로 랄프의 의견을 지지했다.

아니…… 아무리 나라도 반년 단련한 정도로 두 사람이 안개의 마왕에게 승리할 것이라고는 생각하지 않는다.

이 계획은 마왕에게 승리하는 것이 아니다. 저 어리석은 왕자가 내가 내건 조건을 달성하고 예전 친구와의 인연을 되찾을 것인가, 그리고 애쉬가 기억을 되찾을 것인가, 그 두 가지다.

뭐, 애쉬의 기억 회복 건은 나로서도 어쩔 수 없는 거친 방법이기도 하다.

아무튼 나머지 일은 모두 덤인 이상 프로키온이 그들에게 벅찬 상대라면 책임을 지고 내가 힘으로 꺾을 생각이다. 프로키온의 비정한 행위는 이미 조사하였다. 일절의 타협 없이 지옥을 보여주겠다.

"모두 계획에 이의는 없다고?"

"왕국 측은 이의 없습니다."

요하네스가 바로 대답하자 아르놀트도 조용히 고개를 끄덕였다.

"우리 헌터 길드도 마찬가질세."

"우리 바벨 역시."

랄프와 이네아도 찬동하여 내가 짠 계획이 정식으로 수리되었다. 조정을 마친 이상, 남은 것은 계획을 시작하는 것뿐이다.

"클로에, 바벨은 당분간 휴교가 된다고 했지?"

"네. 현재 바벨은 입학식을 할 여유가 없으니까요."

테토루는 학원 도시 바벨의 학생이고 솜니도 입학식을 앞두고 있다. 어른의 개인적인 결정으로 유급시킬 수도 없다. 따라서 평소대로 입학시험을 치른 석 달 뒤에 학교생활이 시작된다면 이 게임은 포기할 생각이었다.

그러나 이번 부학교장파와 길버트의 부정에 관한 사후처리 및 이네아가 전격 은퇴한 것의 여파로, 일시적으로 바벨 전체가 정지되었다. 그 결과 여덟 달 동안 바벨 내의 모든 학교에 휴교령이 떨어졌다. 나는 이 행운의 기회를 최대한 이용하기로 했다. 듣자 하니 바벨 내의 정변으로 운영 방침이 바뀌면 갑작스러운 휴교는 그리 드문 일이 아니라고 한다.

"그러나 우리 왕 애쉬 님은 너무 강합니다. 애쉬 님이 전투에 참여하면 이 게임의 전제 자체가 파탄 나지 않을까요?"

애쉬의 부하 중 하나로 회의에 참여한 시로베어가 팔짱을 끼며 고민하는 얼굴로 실컷 아스타와 기리메칼라가 지적한 문제를 꺼냈다.

애쉬는 나름 강하다. 따라서 마왕 프로키온의 대항마로 예정해두었지만, 이구동성으로 그것은 무리한 일이라고 거절당했다.

"나도 알아. 그 부분은 나에게 생각이 있어."

"본인은 강하게 반대하겠소."

불쾌한 듯이 아스타가 고개를 돌리며 반론했다. 평소 의욕이 없는 아스타가 이 정도로 자신의 뜻을 보이는 것도 드문 일이다.

"누님은 그렇겠지. 그건 게임의 자세한 내용을 알면 페리스 누님이나 로제 공주님도 마찬가지겠지만."

잭이 술병에서 빨간 액체를 벌컥벌컥 들이켜며 알 수 없는 말을 꺼냈다.

　저 술, 네메아와 슈텐도지가 개발한 증강제가 든 술인 듯하다. 솔직히 그 녀석들은 묘하게 까다로운 면이 있으니 범상치 않은 특성을 지닌 술일 것이다. 뭐, 그들이 잭을 나의 제자라고 인식하는 이상, 안전성에는 문제가 없을 것이다. 잭 본인도 기쁜 듯하니 마음대로 놔두자.

　"이미 정한 일이야. 나도 목숨을 걸지."

　젊은이에게 위험한 시련을 내리면서 자신은 안전한 장소에서 보기만 하는 것은 사양이다. 이번에는 나도 확실하게 위험을 감수하려고 한다. 무엇보다 그쪽이 재미있을 듯하다.

　"아니, 사부가 아무리 육체를 약체화하더라도 사부가 사부인 한 지는 일은 꿈에도 생각하지 않아. 이 세상 그 누가 상대든."

　"그건 과장이 심하네."

　세상은 강자로 넘쳐난다. 나와 대등한 자는 이 세상에 널렸다. 전투에서 신체 능력은 중요한 부분이다. 그것을 시련이 끝날 때까지 모든 스테이터스를 D랭크 헌터 수준으로 제한하기로 했다. 이 정도면 충분히 목숨을 걸기에 충분할 것이다.

　"동감하오. 설령 마스터가 고블린 정도의 신체 능력이더라도 본인은 이길 듯한 생각이 전혀 안 드니."

　아스타가 다시 쓸데없는 말을 꺼냈다.

　"맞아. 사부와 싸울 바에는 저 악군이라는 자들의 대장 전체를 상대로 하는 쪽이 훨씬 나아."

　잭이 진심을 담아 말하자 회의실에 있는 일동이 크게 동의했다.

　뭘까. 이 소외감…… 뭐 됐다. 내가 목숨을 거는 것은 다를 바 없으니까.

"그럼 모두 찬성하니 본 계획을 지금부터 시작하지."

나는 얼버무리듯이 일어나 빠른 어조로 그렇게 선언했다.

＊＊＊

이스트엔드 리버티 타운.

개업식 후, 리버티 타운의 숙소에서 하룻밤을 묵은 다음 날 이른 아침, 솜니와 테토루는 사부의 부하로 자신을 기리메칼라라고 칭하는 코가 긴 괴물에게 이끌려 리버티 타운 밖으로 나갔다.

"헉?"

"어라?"

한 걸음 마을 밖으로 발을 내디딘 순간, 경치가 일그러지며 황야 같은 장소로 바뀌었다.

그곳에 있는 것은 수많은 이형. 그 이형들이 솜니와 테토루를 빙 둘러싸고 엄숙한 얼굴로 이쪽을 바라보았다.

"저, 저기……."

너무나 이상한 상황에 기리메칼라에게 설명을 구했으나, 그는 팔을 크게 벌리고 하늘을 향해,

"우리 위대한 그분께서 정식으로 내리신 신의 말씀을 전달하겠다! 이 자들을 넉 달 동안 그분의 수행에 버틸 수 있을 정도로 강하게 만들어라! 우리의 가호라는 잔재주를 부린 모조품이 아니라 진정한 강자가 될 때까지다!"

대기를 흔들 듯이 커다란 목소리로 외쳤다.

기리메칼라의 말에 일제히 술렁거리는 이형들. 모두 예외 없이 경악한 표정을 짓고 있다.

"기리메칼라, 정말 그거 주인님의 지시인가?"

당혹스러운 얼굴로 묻는 이마에 뿔이 난 삼백안의 남자가 기리메칼라에게 물었다.

"물론! 주인님은 엄격한 수행에 버틸 수 있을 때까지 전혀 타협하지 않고 단련시키라고 말씀하셨다!"

기리메칼라가 다시 고막이 찢어질 듯한 크기로 외쳤다.

"몇 달에 걸쳐 전혀 타협하지 말고 인간을 단련하라. 그런 명령, 처음일지도 몰라."

용 얼굴에 이국적인 금색 옷을 입은 남자가 팔짱을 끼면서 그렇게 혼잣말했다.

"그래서? 저 두려운 주인님께서 그런 무모한 일을 우리에게 명하신 이유는?"

붉은 날개가 달린 청년의 질문에 기리메칼라는 입꼬리를 크게 올리고 그 얼굴을 사악하게 일그러뜨렸다.

"지금 주인님은 어떤 게임을 개최할 예정이야. 여기 두 아이는 그 위대한 게임의 매우 중요한 요소고."

노래하듯이 의기양양하게 말하는 기리메칼라.

"그러니까 자꾸 애매하게 말하지 마! 그 게임이 대체 뭔데?!"

용 얼굴을 한 남자가 신경질적으로 따졌다.

"이곳의 북쪽에 있는 마족령에서 지금 악군 육대장의 강림 의식이 치러지고 있어. 이제 말하지 않아도 알겠지?”

기리메칼라의 말에 아까와는 비교도 안 될 소란이 벌어졌다.

“주인님은 악군 육대장을 이용해 게임을 할 생각인가?!”

용 얼굴의 남자가 눈을 부릅뜨고 물었다. 그 물음에 기리메칼라는 크게 고개를 끄덕이고 세 번째 눈을 빨갛게 물들였다.

“그래, 심지어 이번에 불러내는 것은 지금까지와 같은 육대장이나 육천신 하나가 아니야. 여럿을 한꺼번에 부르려는 거다! 아마 주인님은 이 게임으로 우리 세상에서 여러모로 거슬리게 구는 악군이라는 날벌레 조직 자체를 이곳에서 없앨 계획이겠지!”

기리메칼라의 이 말에 이형들의 안광이 수상하게 빛나며 격정이 폭발했다.

“그런가! 그런가! 한마디로 이것은 우리와 악군의 대전쟁이란 것이군!”

“악군이라는 조직을 재기 불능이 되도록 조각조각 해체하다니. 그것은 지금까지 누구도 이루지 못한 위업! 아니, 생각조차 하지 못했다고요!”

“후힛! 흐히히! 게다가 인간을 이용한 게임의 덤이라니! 이만큼 유쾌하고 상쾌한 일이 또 있겠나!”

“그 게임의 중요 요소가 이 자들이란 말인가?”

이마에 뿔이 난 삼백안의 남자가 턱을 문지르며 기리메칼라에게 물었다.

“바로 그거야! 주인님은 불경을 저지른 대죄인과 마족의 딸에게 시련이 필요하다고 생각하셨어! 그리고 악군의 망할 자식들을 절망의 구렁텅이로 빠뜨리는 게임의 말 중 하나가 여기 두 사람이다!"

솜니와 테토루를 오른손으로 가리킨다. 자연스럽게 다른 이형들의 시선이 두 사람에게 쏠렸다.

뱀에게 노려지는 개구리. 그것이 지금 두 사람의 거짓 없는 심정이다.

"한마디로 이 인간들을 단련하는 것이 놈들을 산산이 부수는 길. 주인님은 그렇게 생각하신다고?"

뿔이 난 삼백안 청년이 물었다.

"바로 그거야!! 놈들이 심혈을 기울인 장난감들이 고작 버러지인 인간에게 유린되는 것. 그 광경을 보고 싶다. 주인님은 그렇게 말씀하셨다!"

환희와 흥분의 대폭발. 어휘력이 부족한 솜니가 말로 표현한다면 바로 그것이다.

이형들은 어떤 자는 뛰어오르고, 어떤 자는 미친 듯이 춤추며, 하늘을 향해 포효했다.

어떻게 생각해도 이상하기 짝이 없는 분위기 속에서,

"그럼 주인님의 첫 번째 제자인 잭과 루카스, 오보로에게는 그들의 부하를 토벌시키자!"

"이 자들의 마법 스승인 데이모스는 특별히 단련할 필요가 있습니다. 그에게는 마도의 심연을 엿보게, 아니죠, 발을 들이게 하죠!"

"나도 엄청난 강화법을 알려주마!"

"음음, 신격을 얻게 하는 것은 최소 조건으로 하고 자, 그다음에는 어디까지 할 수 있을까!"

"애초에 본바탕이 너무 빈약하니까. 조금 무리해도 되겠지."

이형들이 흥분하여 상기된 얼굴로 차례차례 불길하다는 말 외에는 표현할 길이 없는 선언을 하였다.

"자, 잠시만요!"

비명처럼 솜니가 제지했다.

"네 이놈들, 잘 들어라, 현실 시간으로 반년밖에 없어! 노룬을 비롯한 자들의 힘을 효율적으로 써서 우리가 괴물로 만들어주마!"

그러나 그 말은 기리메칼라의 그야말로 짐승 같은 외침에 묻히고 말았다.

이때 최악의 던전의 최악의 괴물들은 위대한 주인의 뜻을 완전히 잘못 파악하고 말았다.

그 결과 인간, 마족, 마물, 악의 군세—— 불쌍한 어린 양들은 모조리 이 세상에서 가장 무서운 괴물과 같은 열차에 강제로 승차하게 되었다. 그 열차가 향하는 종착역은 천국과 지옥 중 하나. 그야말로 이때 영광과 파멸의 이야기가 천천히 막을 올렸다.

# 제1장 만남과 변질

정신이 드니 나는 무성한 숲속을 헤매고 있었다.

머리 위를 뒤덮을 만큼 높은 나무로 주위는 어둡고, 때때로 들려오는 짐승 소리에 본능적인 공포가 밀려왔다. 멈추고 싶지만, 한 번 그러면 두 번 다시 무서워서 앞으로 나아갈 수 없다. 그런 느낌이 들어 그저 발을 움직였다.

이곳은 어디일까? 나는 왜 이런 곳을 헤매고 있을까? 아니, 애초에 나는 누구일까? 머릿속이 온통 새하얘서 아무것도 떠오르지 않는다.

다만 한 가지 확실한 것은 이런 밀림 속에서 웅크리면 기다리는 것은 확실한 죽음뿐이라는 사실이다. 그것은 지나칠 만큼 잘 알기에 나는 오로지 발을 계속 움직였다.

하루, 이틀, 어쩌면 몇 시간에 불과했을지도 모른다. 시간 감각은 이미 오래전에 사라졌고, 그저 피로와 공복으로 시야마저 흐릿해졌다.

'이대로 가면 위험해.'

이대로는 늦든 빠르든 나는 걸을 수 없게 된다. 그러면 기다리는 것은 확실한 죽음이다.

'싫어!'

이런 낯선 장소에서 이유도 모르고 헤매다 죽는 것은 기필코

사양하겠다. 죽더라도 내가 이런 꼴이 된 이유를 알고 싶다. 그렇지 않으면 도저히 받아들일 수 없으니까.

"앗?!"

커다란 나무뿌리에 걸려 얼굴부터 무참하게 뒹굴었다. 드러누운 자세로 보이는 나무 사이로 희미하게 엿보이는 달이 웃음이 나올 만큼 아름다웠다.

마침 달을 향해 오른손을 뻗었을 때, 멀리서 싸우는 듯한 소리가 들렸다.

"누가 있어……."

비명 같은 것이 들렸으니 분명히 사람일 것이다. 그렇게 인식한 순간, 빛에 이끌리는 벌레처럼 나의 발은 자연히 소리가 난 쪽으로 향했다. 이 끝없는 숲속을 오직 혼자 걷느라 이미 심신 모두 한계였다고 생각한다.

자포자기하는 마음으로 향한 곳에는 엉덩방아를 찧은 소녀와 대형 늑대 같은 짐승이 있었다. 짐승이 침을 흘리며 소녀를 향해 다가갔다.

그 광경이 과거에 본 무언가와 겹쳐지며 시야가 새빨갛게 물들었다.

"큭?!"

억눌린 소리를 내며 왼손으로 머리를 누르면서 얼른 중심을 낮추고 오른쪽 손바닥을 대형 늑대를 향해 뻗었다. 그리고 입에서 자연히 나오는 몇 가지 언어. 지면이 새빨갛게 빛나더니 기하학적인 모양으로 물들었다.

그 광경을 나는 어쩐지 그립게 느끼면서 또 구역질이 날 만큼 혐오감을 느꼈다.

"플레임 불릿!"

나의 주문이 완성되자 오른쪽 손바닥에서 몇 개의 불덩어리가 고속으로 방출되어 대형 늑대 같은 짐승에게 맞았고, 그 온몸을 날리며 태워버렸다.

그렇다. 이 구토감이 일 만큼 꺼려지는 감각. 기억한다. 이것만은 기억한다. 나는 이 마법이라는 것을 죽을 만큼 미워했고, 그리고 아이러니하게도 이 마법이 매우 특기라는 사실을.

소녀를 바라보려는 순간 시야가 일그러지며 새하얗게 물들어 갔다.

이것은 감각으로 알겠다. 과거에 몇 번이나 맛본 감각이다.

'그래, 이건 마인드 제로.'

이대로 의식을 잃는다. 그것을 확신했을 때, 나의 의식은 캄캄한 어둠 속으로 떨어졌다.

＊＊＊

새가 지저귀는 소리에 눈을 뜨자 낯선 천장이 보였다. 매우 딱딱한 침대에서 상반신을 일으켜 주위를 관찰하자, 검은 머리 소녀가 옆에 놓인 의자에 앉아 자고 있었다.

소녀는 허리까지 오는 긴 검은 머리를 좌우 중간 높이로 묶었고, 그 머리에는 짐승 귀가 살포시 달렸다.

'수인족? 아니, 달라. 저건 마물인가…….'

수인족은 인간종으로 바탕은 어디까지나 인간이다. 저 소녀의 볼에는 긴 수염이 달렸고, 가는 손발은 복슬복슬한 검은 털로 뒤덮였다. 저것은 아마 쉽캣이라는 마물 종족일 것이다.

응? 잠깐만── 어떻게 내가 그것을 알지?

그 의문에 도달한 순간 머리에 생긴 엄청난 통증.

"큭?!"

머릿속을 무언가 딱딱한 것으로 맞았다. 그것이 가장 이 상황을 설명하는 데 적합할 것이다. 잠시 몸을 웅크리고 있었다.

"괜찮아?"

뒤에서 등을 쓸어주는 손길에 고개를 돌리자 조금 전까지 자고 있던 소녀의 얼굴이 가까이 다가와 있었다.

"…………."

잠시 생각을 멈추고 그 아름다운 얼굴을 미동도 하지 않고 바라보고 있자, 금세 소녀의 얼굴이 잘 익은 과일처럼 빨갛게 물들었다.

"미, 미안!"

얼른 몸을 빼자 등이 벽에 부딪히는 바람에 상체가 앞으로 쏠리며 소녀의 가슴으로 뛰어들고 말았다.

"…………."

부드러운 감촉과 함께 이번에야말로 놀란 비명과 함께 엄청난 힘으로 뺨을 맞은 나는 다시 의식을 잃었다.

"때려서 미안해."

정신이 들자 검은 머리 소녀가 머리를 꾸벅 숙였다.

"아니, 그건 때렸다기보다 구타한 것에 가까운 듯한……."

머리에 떠오른 말을 그대로 하고 말았다.

"미안해."

점점 침울해지는 검은 머리 소녀.

아무래도 나는 본래 타인의 기분을 배려하는 것이 서툰 성격인 모양이다.

그런 나라도 이 자리를 수습하는 방법쯤은 안다.

"왜 사과해? 너는 나를 도와줬잖아? 고마워, 덕분에 살았어."

그 무난한 감사 인사는 신선하고 어쩐지 그리웠다.

나는 이때 아주 옛날에 마음의 창고 깊이 넣어둔 상자 뚜껑을 열었다고 생각한다.

그곳에는 많은 악의와 절망이 들었지만, 동시에 나에게 소중한 보물도 확실히 있었다. 그리고 그것을 안 것은 아이러니하게도 정확히 오늘부터 반년 뒤인 그날. 내가 가장 소중한 것을 얻음과 동시에 잃어버린 날이었다.

***

목조 방에 깔린 푸른 풀. 그 위에 고양이와 인간의 중간 같은 외모의 남녀가 여럿 앉아 있었다.

"지금 당장 죽여야 해!"

고양이 얼굴에 금색 머리를 단발로 자른 청년이 흥분한 어조로 자리에서 일어나 목소리를 높였다.

"하지만 샤름은 그것을 강하게 거부하고 있어. 자네도 지금 긴박한 상황인 건 알지?"

"마족들의 침공인가!"

분한 듯 외치는 금발의 고양이 청년.

"그래. 이미 마족들은 노스그랜드 깊숙이 손을 뻗치고 있어. 그들이 이곳 환몽수해에 발을 들이는 것은 시간문제야. 그렇기에 이곳을 덮은 결계의 보구 발동이 필수라네. 결계 유지에는 그 애의 정신이 크게 영향을 줘. 여기서 그 애의 마음에 악영향을 주는 일을 할 수는 없어."

그렇게 달래듯이 설명한다.

"젠장! 어째서 이 마을의 결계를 칠 수 있는 사람이 샤름밖에 없는 거야!"

금발 청년이 푸른 풀을 깐 바닥을 때렸다. 방에 푸른 풀과 먼지가 피어올랐다.

"우리 마물에게 지금도 침공 중인 마족도 마물을 미워하는 인간족도 같은 인간종. 우리의 적이야. 아무리 샤름의 부탁이라도 인간족과 같은 공기를 마시다니 나는 절대 싫어!"

머리가 고양이 얼굴인 빨간 머리의 젊은 여성이 이를 악물고 외쳤다.

"맞습니다. 솔직히 저는 우리 아이를 인질이라도 잡을까 봐 마음이 놓이지 않아요. 이 땅을 방문한 목적도 확실하지 않은 이상, 적어도 그냥 놔둘 수는 없어요."

턱을 쓰다듬으며 파란 머리에 고양이 머리가 달린 청년이 씁쓸하게 말했다.

"본인이 말하기를 자신이 누구인지도 모른다고 하더군."

"그건 당연히 거짓말이지! 죽일 수 없다면 바로 쫓아내야 해!"

금발 고양이 청년이 다시 외쳤다.

"너, 바보 아니야?! 녀석이 인간들의 척후라도 된다면 이 땅에 인간들이 들어왔다는 뜻이야! 섣불리 그 녀석을 풀어줘서 이 마을의 존재를 그 인간들에게 알리기라도 하면 마족이 침공하기 전에 바로 전멸해!"

빨간 머리 여성이 쏘아붙이며 부정했다.

"그럼 어떻게 하란 말이야?!"

"그건 내가 알 리가 없잖아! 그 텅 빈 머리를 써서 좀 스스로 생각해!"

"뭐라고!"

"뭐야, 해볼 셈이야? 나는 딱히 상관없는데!"

서로 험악한 표정으로 일어나 두 사람이 말다툼을 벌였다.

"그만해."

왼쪽 볼에 흉터가 있는 고양이 머리 남자가 제지했다. 갑자기 소란이 뚝 멈추며 지금까지 다투던 남녀도 얌전히 자리에 앉았다.

"당분간 그 인간을 지하 감옥에 유폐해둔다."

왼쪽 볼에 상처가 난 남자가 무게감 있는 말투로 말했다.

"하지만 샤름이 받아들일까요?"

"우리 딸은 반드시 설득하겠어. 너희도 그거면 되겠지?"

쭉 돌아보자 아무도 이의를 제기하지 않았다. 그만큼 이 남자에 대한 신뢰는 두텁고 강하다.

"이대로 방어를 강화하며 각자 비상사태에 대비하도록."

왼쪽 볼에 상처가 난 남자의 지시에 따라 회의는 종료되었다.

아무도 없게 된 방에서 볼에 상처가 난 빨간 머리 남자는 위를 향해 고개를 들었다.

"인간 방문자인가…… 만약 그 데보아 토벌에 관한 소문이 사실이라면——."

나직하게 중얼거리다가, 그는 곧 고개를 가로저었다.

"인간족과는 협력하지 않고, 얽히지 않는다. 그것은 예전부터 변함없는 절대 불변의 결정 사항이야."

그리고 자신의 안이한 생각을 떨쳐내듯이 무겁게 말했다.

"마족 습격인가…… 틀림없이 **그 건**이 관여되어 있겠지…… 덧붙여 십여 년 만에 인간의 방문. 이것이 길한 일인지, 불길한 일인지……."

볼에 흉터가 있는 남자의 입에서 나온 작은 혼잣말은 밖의 강풍에 의한 건물의 흔들림으로 사라지고 말았다.

＊＊＊

나의 예상대로 검은 머리 소녀는 쉽캣족이었다. 게다가 그녀는 족장의 딸로, 이 마을을 수호하는 결계를 유지하는 특수한 의식을 담당하는 무녀 같은 소녀라고 한다.

인간종인 나는 당연히 투옥되고 말았다. 당장 처형되지 않은 것은 분명히 내가 그녀를 구했기 때문이다. 아니, 그것도 정확하지 않나. 내가 그녀를 구한 것 따위는 본래 인간종인 나를 죽이지 않을 이유가 되지 않는다. 그만한 일을 우리 인간종이 지금까지 해왔기 때문이다.

지금 내가 살아 있을 수 있는 것은 그들에게 지금 나를 죽일 수 없는 이유가 있기 때문이다. 다만 언제 상황이 바뀌어 처형되어도 이상하지 않지만.

돌문이 열리며 어두컴컴한 지하 감옥에 울리는 계단을 내려가는 소리. 그리고 발소리는 이쪽으로 다가오고 있다.

"길, 먹을 걸 가져왔어~."

평소처럼 석재 감옥 앞에 명랑한 미소를 짓는 검은 머리 소녀가 서 있었다. 참고로 길이란 나를 가리킨다. 나의 바지 주머니에 오래된 펜던트가 들었는데 그곳에는 긁어낸 문자로 Gil이라고 새겨져 있었다. 그것을 검은 머리 소녀에게 전하니 나의 이름은 길이 되었다.

"샤르, 항상 고마워."

최근 일주일 동안 계속 이 검은 머리 소녀 샤름이 나에게 식사를 전해주었다. 그리고 항상 그때마다 여러 가지 이야기를 들려주었다. 한가한 지금 나에게 그것은 최고의 오락이 되고 있었다.

참고로 샤르라는 이름은 그녀가 유소년기에 불리던 약칭이라고 하며, 그 이름으로 부르면 그녀가 기뻐하므로 나는 그녀를 샤르라고 부르기로 했다.

"왠지 길, 처음 만났을 때보다 말하는 법이 자연스러워졌네."

"그런가……."

자연스러워진 것은 제법 지금 자신의 감정을 솔직하게 말할 수 있게 되었기 때문이다. 특히 감사하는 말은 처음에는 몹시 익숙하지 않았으나, 매일 말하다 보니 그것은 나의 일상이 되었다. 지금은 일상적인 인사로 아무 저항도 없이 나의 입에서 술술 나오게 되었다.

"응, 처음에는 왠지 대하기 어려웠으니까."

"어떤 식으로?"

"으음, 좀 무서웠어."

무섭다고. 그야 그럴 것이다. 평범한 인간이 기억을 잃고 이런 도시에서 떨어진 마물의 마을 근처를 헤매고 있었다. 산책을 하다 길을 잃었을 리가 없다. 사연이 있는 것은 확실하다.

"맞아. 그 느낌이 정확할지도 몰라. 어쩌면 나는 피도 눈물도 없는 극악무도한 사람이었을 수도 있고."

그렇지 않으면 이런 사람이 발을 들일 일도 없을 산속에서 기억을 잃고 헤맬 리가 없지 않을까. 솔직히 나 자신을 지금 가장 믿을 수 없다.

"길이 나쁜 사람? 우후후! 꺄하하하!"

샤르는 잠시 놀란 얼굴을 하였으나, 금세 봇물이 터진 듯이 웃음을 터뜨렸다.

"그게 웃을 일이야?"

“그야 길이 그런 나쁜 사람이라면 애초에 나를 목숨을 걸고 구하려고 할 리가 없잖아.”

“아니, 그건 분명히 우연이야.”

그때 왜 샤르를 구하려고 했는지 나도 모르겠다. 샤르가 공격받는 것을 본 순간, 시야가 새빨갛게 물들며 몸이 자연히 움직였다.

하지만 이것만은 단언해도 좋다. 샤르를 구한 것은 그녀가 말하는 정의감 때문이 아니다. 더욱 독선적이고 이기적인 것이다. 아마 나는——.

“그래도 나에게 길은 생명의 은인이야. 그건 절대 변하지 않아.”

샤르는 그렇게 수줍은 듯 웃으며 목소리에 힘을 주어 나에게 말했다.

어색함을 떨쳐내기 위해 화제를 돌렸다.

“그건 뭐야?”

계속 궁금하던 샤르가 목에 건 펜던트를 가리키며 물었다. 그것은 내가 지닌 것처럼 낡고 아주 오래된 것이었다.

“이건 어머니의 유품이야! 나를 지켜주는 부적이래!”

샤르가 자랑스럽게 펜던트를 나에게 보여주었다.

“유품, 그렇구나…….”

어머니의 유품, 그 말을 들자마자 관자놀이가 지끈거렸다. 자연스럽게 오른손으로 머리를 짚었다.

“길? 괜찮아?”

나의 얼굴을 들여다보며 묻는 샤르.

"응. 문제없어. 걱정해줘서 고마워."

상큼한 미소를 지으며 대답했다.

"으, 응."

샤르가 수줍게 양손을 꼼지락거렸다.

"그런데 샤르, 너무 인간을 신용하면 안 돼."

위선적인 말을 꺼냈다. 아무래도 샤르는 과거에 한 번 인간족 여성에게 목숨을 구해진 적이 있다고 한다. 그 후로 샤르는 인간이라는 종족에 경계심이 줄어들었다. 그러나 기억을 잃은 지금도 이것만은 단언할 수 있다. 인간족이란 그런 선량한 종족이 아니다. 더욱 더럽고 이기주의의 화신 같은 존재다. 인간의 양심이란 것을 조금도 믿을 수 없는 이상, 역시 나는 상당히 쓰레기 같은 인간이던 모양이다. 그것은 지금도 이 소녀를 이용하면 문제없이 이곳에서 무사히 도망칠 수 있다. 그렇게 생각하게 되는 것을 보아도 확실하다. 하지만——.

'하하! 도망치다니 어디로?'

웃음만 난다. 만약 백번 양보해서 인간 마을에 도달하더라도 내가 지명 수배자라면 거기서 처형되는 일도 있을 수 있다. 아니, 이런 외진 곳에서 맨몸으로 헤매던 것을 보아도 내가 남의 눈을 피하는 생활을 했을 가능성도 어느 정도 있다. 만약 즉시 처형되지 않는다면, 나에게는 이 장소가 가장 안전한 곳일지도 모른다. 적어도 나에 대한 그녀의 인식이 달라지지 않는 동안은.

사실 의식을 유지하는 것이 한계였던 만큼 도움을 받은 것은 내 쪽이다. 그것을 지적하지 않고 자신이 살고 싶으니 은인의 양심마저 이용한다. 역시 나의 본질은 나만이 제일 소중한 진정한 쓰레기였을 거라고 생각한다.

자조하며 입꼬리를 올렸다.

"네 어린 시절을 좀 더 들려줘."

나는 그렇게 가능하면 부드러운 목소리로 부탁하는 말을 내뱉었다. 그런 자신이 너무 기분 나빠서 오른손을 아프도록 쥐고 즐겁게 말하는 샤르의 옛날이야기에 귀를 기울였다.

***

그곳은 노스그랜드, 쉽캣족의 마을, 캣냐에서 남서쪽 숲속에 있는 작은 마을이다.

바닥에 꽂힌 몇 개의 금속 말뚝. 그 말뚝에 마치 때까치의 먹이꼬치처럼 머리부터 수직으로 꽂아 목숨이 끊어진 등에 날개가 달린 가루다족 사람들.

그 주위에는 십여 명의 새하얀 법의를 입은 남녀가 한층 호화로운 하얀 옷에 새하얀 천으로 눈을 가린 여자에게 무릎을 꿇고 있었다.

"오오, 주여! 친애하는 주여! 원하시는 대로 부정한 영혼을 구제하였습니다!"

눈을 하얀 천으로 덮은 여자가 하늘을 향해 환희로 떨었다.

"흐흐음, 사우드, 잘해줬구나. 역시 냄새나는 마물은 폐기처분하는 게 제일이지!"

여자의 목걸이에서 들뜬 것처럼 신난 목소리가 들렸다.

"그렇게 말씀하시니 감사드립니다."

"그래서? 파리신의 새로운 정보, 가져왔을까?"

"아니요, **이 주변 마을들**과 이 마물 마을에서도 소문 하나 없었습니다."

죄송한 듯 목소리를 낮추는 사우드를 위로하는 것처럼 말한다.

"귀엽고 귀여운 사우드, 실망하지 않아도 괜찮아. 상대는 그 타르타로스를 죽인 재앙급 괴물. 인간 따위에게 그리 쉽게 발견될 거라고는 생각하지 않으니까."

목걸이가 덜덜 떨렸다.

"타르타로스……라고요?"

"사우드는 알 필요가 없는 이름이야(뭐, 살아 있었으면 나도 소리 내어 말하는 것조차 불가능했겠지만)."

"베이그 님?"

"아무것도 아니야. 아무튼 지금은 적당히 너희의 배척 대상인 인간이나 마물에게 물어보면 돼(섣불리 저 타르타로스를 죽인 괴물과 마주치면 감당할 수 없으니까)."

역시 작은 목소리로 혼잣말을 하는 주인, 베이그.

"알겠습니다."

사우드의 말을 끝으로 목걸이는 더 말하지 않았다.

"그런데 이곳이 어느 숲인지 알아냈습니까?"

"집요하게 밀어붙였지만, 대단한 정보는 듣지 못했습니다. 노 더 포레스트 어딘가라는 것밖에……."

노더 포레스트는 노더 블록의 북서쪽 끝에 있는 밀림지대다. 당초 사우드 일행은 신의 명령에 따라 노더 포레스트 북쪽에 있는 마족의 마을을 습격할 예정이었다.

그러나 노더 포레스트 숲을 잠시 나아가자 주위에 새하얀 안개가 깔리는 바람에 방향 감각을 완전히 잃고 말았다. 그 후로 돌아가지도 못하고 반나절 가까이 숲을 헤맸다.

노더 포레스트는 본래 크게 위험한 지역이 아니기에, 실수로라도 이 세상에서 최강 클래스의 힘을 지닌 사대 주교 중 한 명인 사우드가 조난할 만한 숲이 아니다. 덧붙여 노더 포레스트에는 마을을 만들 만한 마물이 없다. 따라서 이것은 확실히 이상 사태다. 저 하얀 안개는 마법적인 무언가로 지금 사우드는 어딘가 정체를 알 수 없는 장소로 헤매어 들어왔다고 보면 된다.

"타이밍이 절묘합니다. 예의 파리신이 아닐까요?"

일주일쯤 전, 교황 예하와 추기경이 파리 괴물에게 살해당했다. 추기경 판도라 님은 이 파리 괴물을 특급 위험 해악으로 지정하고 이 괴물에 대해 조사하라는 명령을 사우드에게 내렸다.

있는지 없는지도 의심스러운 파리 괴물의 조사 따위 처음에는 내키지 않았고, 결국 판도라도 늙었다고 판단하여 대충 조사하고 귀환할 생각이었다.

그것이 일변한 것은 조사를 시작한 지 며칠 뒤에 신의 말씀을 들을 수 있는 목걸이를 손에 넣고 나서다. 그 목걸이를 통해 교신한 신은 자신을 베이그라고 밝혔다. 그분은 주신인 아레스 신에 가까운 신인 모양이다.

아레스 신과 가까운 신에게 말씀을 받을 수 있다. 그것은 중앙교회 신도에게 최고의 기쁨이다. 또한 베이그 님에게 이교도나 마물을 없애는 것이 사우드의 사명이라고도 말했다.

본래 사우드는 타인이 고통으로 일그러지는 얼굴에 흥분하는 편이다. 중앙교회에서는 절대 겉으로 드러낼 수 없던 감정이다. 그것을 베이그 님에게 인정받은 것이다. 그것은 사우드에게 그야말로 꿈만 같은 기분이었다. 자신의 모든 것을 인정받은 것이나 마찬가지였다. 이후 이교도와 마물을 사냥해서는 파리 괴물에 관하여 물으며 지금에 이르렀다.

"주께 신탁을 받았습니다. 저 사대 주교, 사우드 아토루나의 이름으로 명합니다. 이 일대의 마물을 포박한 뒤, 시간을 충분히 들여 알아내세요."

사우드는 양손을 뚝뚝 울리며 입에서 이상하게 긴 혀를 낼름 내밀며 지시하였다.

그 순간 하얀 옷들의 모습이 사라졌고, 사우드도 연기처럼 모습을 감췄다.

***

사우드 일행이 떠난 뒤, 집사복 차림의 여자 아스타와 코가 긴 괴물 기리메칼라가 마치 처음부터 존재했던 것처럼 스르륵 모습을 드러냈다.

"들키지 않는군. 정말 우스워."

집사복 차림의 여자가 경멸하는 표정으로 사우드 일행이 떠난 쪽을 바라보며 그런 감상을 늘어놓았다.

"그렇게 말하지 마. 버러지에게 너의 전이는 그야말로 미지의 현상. 게다가 나의 주술까지 펼치고 있어. 녀석들이 약하지 않더라도 둔한 인간이라는 종은 도저히 알아차리지 못할 거야."

코가 긴 괴물이 전혀 고맙지 않은 말로 인간을 두둔했다.

"그나저나 이번 벌레는 진심으로 불쾌하군⋯⋯."

아스타는 말뚝에 꽂힌 마물을 올려다보며 얼굴을 찡그리고 불만스럽게 말했다.

"동감이야. 정의의 사도가 들으면 어이가 없겠어."

"이제 됐지 않겠나? 영혼이 없는 인형이라고 해도 다소 이 광경에 신경질이 나는군."

"그래, 역할은 이미 다했어."

아스타의 모습에 입꼬리를 조금 올리면서 기리메칼라가 양손을 짝 마주치자, 가루다족의 마물들이 진흙이 되어 무너졌다.

"저 사우드라는 벌레는 천(天)에 속한 빌어먹을 벌레의 수하가 되었소. 저 원숭이에게는 다소 짐이 무겁지 않은가?"

"그렇겠지. 아무리 발버둥 쳐도 인간은 신에게 이기지 못해. 어쨌든 그건 천의 신이 가호를 내린 사도. 정통으로 부딪히면 죽을 뿐이야."

"죽으면 저 마을은 사라지고, 저 버러지들은 정식으로 너희 장난감이 된다고?"

"그렇게 되겠지."

태연하게 동의하는 기리메칼라에게 아스타는 크게 한숨을 내쉬었다.

"본인, 아스타로스가 선언하겠소. 저 원숭이로는 그 천의 사도에게는 절대 이기지 못하오."

노려보는 것처럼 진지한 눈으로 강하게 단언한다.

"그래! 한마디로—— 우리의 그분은 녀석에게 기적을 일으켜라, 그렇게 말씀하신 거다!"

"기적은 보통 일어나지 않으니 기적이오. 뭐 됐소, 만약 그 원숭이의 패배가 확정되면 본인도 참전하겠소."

"흐음, 네가 나서다니 드문 일 아닌가?"

"요즘 본인, 굉장히 마음이 답답하거든. 마침 스트레스를 발산할 좋은 일이 생겼군."

왼쪽 손바닥으로 오른쪽 주먹을 뚜둑 울리며 아스타가 무서운 말을 하였다.

"이번 여신 연합이 고안한 계획, 그렇게 불만인가?"

"딱히…… 마스터가 결정한 일이오."

불만족스럽게 아스타가 말했다.

"아무리 봐도 납득이 안 가는 얼굴인데. 그분이 애쉬와 부부를 연기한 적은 전에도 있었지 않나?"

"부부가 아니라 그냥 소꿉친구 설정이오!"

짜증을 내는 아스타에게 기리메칼라가 어깨를 으쓱할 때였다.

"수고가 많아."

카이 하이네만이 갑자기 모습을 드러내 두 사람을 격려했다.

그 표정에는 험악함과 불쾌함이 드러나 있었다.

"주인님!"

바로 무릎을 꿇는 기리메칼라와 자세를 바르게 하는 아스타.

"순조로워서 다행이야. 슬슬 나도 시작할게."

전혀 마음이 담기지 않은 목소리로 그렇게 선언하더니, 그 모습을 새하얀 날개가 달린 검은 머리에 투블록 스타일의 청년으로 바꾸고는 다시 그 모습을 감췄다.

"저건 상당히 화가 난 얼굴이로군……."

아스타가 중얼거렸다.

"그러게……."

기리메칼라는 오히려 얼굴을 환희로 일그러뜨렸다. 자신의 갈망이 자신이 숭배하는 주인의 바람과 같다는 것을 확신했기 때문이다.

"정말 질이 나쁘군."

아스타가 한심하다는 말투로 한 말에는 대답하지 않고,

"나와라!"

기리메칼라는 허공을 향해 크게 외쳤다.

"여기 있습니다!"

검은 옷을 입은 화염의 마인이 가슴에 손을 댄 상태로 모습을 드러내며 대답했다.

"잘 들어라, 예정된 영역에 벌레 한 마리 들이지 말고, 놓치지 마라! 단, 사로잡아도 바로 죽이지 마라. 이것을 연출한 것은 우리 위대하고 절대적인 신. 그것을 가로막는 주제도 모르는 것들에게 찬찬히 시간을 들여 영혼으로 깨닫게 할 필요가 있어.”

사악하게 얼굴을 일그러뜨린 기리메칼라에게 검은 옷을 입은 마인이 침을 꿀꺽 삼켰다.

“네! 이 긍지에 걸고!”

머리를 숙이고 모습을 감췄다.

기리메칼라는 만족스럽게 몇 번이나 고개를 끄덕이더니 두 팔을 크게 벌리고 하늘을 향해 고개를 들었다.

“우리 위대한 분이시여! 당신이 지은 이야기, 이 미천한 것이 반드시 역할을 다하겠습니다!”

그리고 뜨겁게 다짐했다.

***

십여 일이 지난 오늘, 나는 여전히 지하 감옥에서 생활하고 있었다. 그녀는 항상 지하 감옥까지 식사를 가져와 즐겁게 옛날이야기를 해주었다.

예상대로 이곳은 쉽캣족이 다스리는 마을이었다. 그리고 그녀 샤르는 이 마을의 무녀로 주위에 결계를 치는 역할을 맡았다. 샤르가 말하기를 저 펜던트가 결계의 핵이고, 샤르 외에는 아무도 사용하지 못한다고 한다.

저 펜던트는 샤르 어머니의 유품이다. 아마 던전에서 출토된 보물일 것이다. 지금 이 세상 주민의 기술로는 제조가 불가능한 물건이다.

그렇다면 몇 가지 의문이 생긴다. 보물이 있는 유적에는 보통 마법적인 결계나 함정이 깔린 경우가 일반적이다. 이곳 일대를 수호하는 결계를 만드는 보물이 있는 유적이라면 그야말로 A랭크 이상의 마법사와 트레저 헌터가 필요할 터였다.

그러나 쉽캣은 마법을 전혀 쓰지 못하는 종족이다. 이 오파츠 수준의 결계형 보물이 잠든 고난도 유적을 마법을 사용하지 않고 무사히 클리어할 수 있냐고 물으면, 나는 불가능하다고 단언할 수 있다. 무엇보다 샤르는 이 결계를 발동시키고 있다. 보아하니 이 오파츠는 마력의 정밀 조작이 필요하고, 마법을 사용하지 못하는 종족인 쉽캣에게는 애초에 불가능하다.

그렇다면 누군가가 쉽캣에 보물을 주었고, 또한 쉽캣족 샤르에게 마력 조작 능력을 주었단 말인가?

'아니, 말도 안 돼.'

만약 그런 일이 가능하다면 도저히 인간이라고는 생각할 수 없다. 틀림없이 우리가 신이라고 부르는 초월자뿐이다. 그렇다. 그것은 분명히 그——.

회색 머리 남자의 모습이 머릿속을 스친 순간이었다.

"으앗?!"

갑자기 관자놀이에 격통이 일었다. 잠시 몸을 웅크리고 머리를 억눌렀으나, 곧 고개를 가로저으며 일어났다.

'애초에 어떻게 내가 그렇게 자세히 알지?'

근본적인 의문에 도달했다.

일반인이 헌터의 상식을 자세히 알 리가 없다. 게다가 왜 나는 한 번 보는 것만으로 저 펜던트가 유적 클래스의 보물이라고 판단할 수 있었을까? 마법도 쓸 수 있고, 그 지식도 있다. 혹시 나는 전직 헌터로 유적 공략 미션에서 실수하여 기억을 잃고 헤맸다든가? 마물인 쉽캣을 아는 것도 헌터라면 충분히 가능한 이야기다. 아니, 헌터라면 이런 장소에 혼자 오다니 있을 수 없다. 그렇다면——.

"생각해도 소용없나……."

아무튼 내가 어디의 누구든 지금 상황이 호전되는 것은 아니다. 이렇게 갇혀서 언제 처형당해도 이상하지 않은 상태니까. 고개를 가로젓고 생각 전환을 시도했다.

"그나저나 오늘은 너무 늦네……."

평소라면 샤르가 슬슬 저녁을 들고 와주는 시간이지만, 아까부터 전혀 모습을 드러내지 않는다. 이런 일은 처음이다.

점점 가까워지는 계단을 내려오는 소리. 아무래도 온 모양이다.

"지금 안심한 건가?"

갑자기 생긴 강렬하고 설명하기 어려운 감정. 이것이 그녀에게 버려진 것에 불안함을 느꼈기 때문이라는 이유라면 이해할 수 있다. 그러나 다시 그녀의 얼굴을 볼 수 있다. 그저 그것만으로 가슴 안쪽이 따뜻한 것으로 채워졌다. 분명히 그것은 아마 예상한 것과는 정반대의 감정일 것이다.

"말도 안 돼……."

고개를 가로젓고 자신에게 생긴 위화감을 강제로 떨쳐냈다.

"오늘 저녁밥은 뭘까."

대신 샤르가 가져다주는 저녁 메뉴에 대하여 생각하기로 했다.

샤르가 가져다주는 것은 보기에도 엉망이고 간이 약해서 빈말로라도 요리로서 완성도가 높다고는 할 수 없지만, 왠지 끊임없이 들어간다. 그런 이상한 매력이 있는 요리였다.

'어라?'

들리는 발소리가 여럿에 다급했다. 아무리 생각해도 샤르가 아니다. 그렇다면 위험한 상황일지도 모른다.

잠금이 풀리고 문이 벌컥 열리더니 세 명의 남자가 안으로 들어왔다.

한 사람은 금색의 짧은 머리에 고양이 얼굴인 청년, 다른 한 사람은 왼쪽 볼에 흉터가 있는 빨간 머리에 고양이 얼굴의 중년 남자, 마지막으로 들어온 것은 등에 하얀 날개가 달렸고 검은 머리를 투블록 스타일로 한 청년이었다.

금발 고양이 얼굴 남자가 두리번두리번 주위를 살피더니 나의 멱살을 잡았다.

"샤름은 어디 있어?!"

날카로운 송곳니를 드러내며 호통친다. 응? 내 처분이 정해진 것이 아니었나. 게다가 몇 가지 불온한 말이 포함되어 있었다.

"샤르가 어떻게 됐는데?"

"시치미 떼지 마!"

송곳니를 드러내며 분노하는 금발 고양이 얼굴 남자.

장난이나 농담으로는 보이지 않는다. 무엇보다 나에게 거짓을 말할 이유가 그에게는 없다. 그렇다면 정말 샤름이 없어지고 말았다. 그렇게 이해하는 것이 자연스럽다. 그럼 몇 가지 확인해야 할 일이 있다.

"결계는?"

"뭐?"

"그러니까 결계는 어떻게 됐지?! 샤르가 결계를 치고 있을 거잖아!"

반대로 금발 고양이 얼굴 남자의 멱살을 쥐고 질문했다.

그런 식의 결계용 마도구는 발동자와 토지에 일정한 연관이 요구될 터였다. 결계가 아직 무사하다면 샤르는 이 마을 부근에 있다. 반대로 결계가 소실되었다면——.

"결계가…… 사라졌어."

나의 기세에 금발 고양이 얼굴 남자가 약간 주저하며 대답했다.

"젠장!"

일단 틀림없이 샤르는 이 마을에 없다. 적어도 결계를 유지하지 못할 수준으로 이 마을에서 멀리 떨어진 상태다. 샤르가 마을에서 자신의 의지로 멀어질 것 같지는 않다. 그렇다면 분명히 샤르의 부재는 외부적 요인이다. 즉——.

——욱씬!

갑자기 머리가 깨질 듯이 아프며 시야가 일그러졌다. 그곳에 떠오른 것은 쓰러진 소녀의 모습이었다. 그 소녀의 주위에 새빨간 액체가 고여 있다.

——욱씬! 욱씬! 욱씬!

더욱 두통이 심해졌다.

"큭……."

버티지 못하고 몸을 웅크리며 머리를 부여잡고 신음했다. 그리고 흐려져 가는 의식. 그것을 아랫입술을 깨물어 어떻게든 버텼다.

입속에 퍼지는 씁쓸한 비릿함과 고통에 얼굴을 찡그렸다.

"카이토, 이 인간은 어떤가?"

왼쪽 볼에 상처가 난 빨간 머리에 고양이 얼굴 남자가 뒤에 있는 검은 머리를 투블록으로 한청년에게 물었다.

"아니, 우리 마을을 습격한 것은 저 인간이 아니야. 적어도 나는 몰라."

고개를 가로젓고 부정한다.

볼에 흉터가 있는 빨간 머리에 고양이 얼굴 남자가 살짝 고개를 끄덕이고 진지한 얼굴로 나를 응시하며 물었다.

"딸, 아니, 샤름에 대해 아는 것이 있으면 알려줘."

그렇게 물었다. 그런가, 이 남자가 샤르의 아버지인가. 그렇다면──.

"샤르는…… 이 마을에 없어."

"봐, 이 녀석의 동료가 납치했잖아!"

금발 고양이 얼굴 남자가 외쳤으나, 볼에 흉터가 있는 고양이 얼굴 남자에게 찌르는 듯한 시선을 받고는 입을 다물었다.

"왜 그렇게 생각하지?"

샤르의 아버지가 나의 눈을 바라보며 그렇게 물었다.

"결계가 소실되었으니까. 이렇게 발동자와 계약하는 부류의 마도구는 발동자와 연동되어 있어. 특히 결계는 토지와 밀접한 연관이 있고. 의식이 있든 없든 이 땅에 있는 한 결계의 효과는 계속될 거야. 지금까지 이번처럼 결계가 사라진 적은?"

"크게 약해진 적은 있지만, 소실된 것은 처음이야."

"그럼 샤르가 지금까지 이 마을에서 일정한 거리를 떠난 적은?"

샤르의 아버지는 기억을 되짚는 듯 잠시 침묵하였다.

"내가 아는 한 없어."

곧 그렇게 대답했다. 이것으로 확정되었다. 듣자 하니 샤르가 마수에 습격당한 것은 마을 바로 앞이었다. 그 정도 거리라면 결계는 유지된다. 그 마도구는 소지자가 결계로 지정한 장소에서 일정한 거리로 떨어지면 소실된다. 그런 구조일 것이다.

즉——.

"그럼 답은 하나야. 샤르는 납치되어 이미 이 마을에 없어."

나는 단적으로 그들에게 잔인한 현실을 들이밀었다.

"헛소리하지 마!"

금발 고양이 얼굴 남자에게 힘껏 맞는 바람에 등이 돌벽에 세차게 부딪혔다.

순간 숨을 쉴 수 없어서 기침을 하자 금발 고양이 얼굴 남자가 다가와 다시 오른손으로 목을 잡았다.

"그만둬, 차트!"

샤르의 아버지가 제지하였으나 멈추지 않았다.

"네놈의 동료가 납치했잖아!"

금발 고양이 얼굴 남자가 나를 들어 올린 채 호통쳤다.

"그건…… 부정할 수 없어."

일단 기억이 없으니까. 쉽캣은 인간종에 한없이 가깝다고 일컬어지며 '초'가 붙을 정도로 희소종이다. 헌터 중에는 마물을 잡아 매각하는 도적 같은 팀도 있다고 들었다. 내가 그 멤버였더라도 전혀 이상하지 않다. 오히려 그렇다면 오히려 지금 이 상황을 완벽하게 설명할 수 있을 정도다.

"정체를 드러냈구나! 더러운 인간 자식!"

충혈된 두 눈으로 나를 노려보며 비어 있는 왼손의 손톱을 길게 뻗었다.

"그만두라고 했어!"

샤르의 아버지가 이마에 굵은 핏대를 세우고 당장이라도 내 목을 찌를 것 같은 차트의 왼쪽 손목을 잡으며 외쳤다.

"하지만 키지 씨!"

"다시 한번 말하마. 차트, 그만해."

위협적인 어조로 지시하는 샤르의 아버지 키지에게 차트는 이를 빠드득 갈았으나, 난폭하게 나를 바닥에 내던졌다.

키지는 등에 새하얀 날개가 달린 청년을 힐끗 돌아보았다.

"카이토, 이 인간, 너는 어떻게 생각하지?"

그리고 그에게 의견을 구한다.

"우리 마을을 습격한 것도 인간이야. 나도 인간은 마음에 안 들어. 하지만 이것만은 단언할 수 있어. 이 녀석은 우리 마을을 습격한 적들의 동료가 아니야."

"어떻게 그렇게 단언하는데?!"

“그들은 그런 잔꾀를 부릴 필요가 애초에 없으니까.”

카이토가 이를 악물고 얼굴을 증오로 물들이며 목소리를 쥐어
짜냈다.

“무슨 소리야?!”

차트가 신경질적으로 캐물었다.

“우리의 수령, 가루간추어의 전설은 너희도 알지? 그 강한 수
령이 속절없이 당했어. 우리 마을을 없앴을 때와 마찬가지로 그
들은 당당히 정면으로 쳐들어올 거야.”

분한 듯 단언한다.

“젠장! 그럼 누가 샤르를 납치했단 말이야?!”

돌바닥을 걷어차며 차트가 크게 외쳤다.

키지가 나에게 다가왔다.

“길, 너는 우리의 적인가?”

그리고, 지금 나로서는 도저히 알 수 없는 질문을 하였다.

“몰라. 그야 기억이 없으니까.”

“네 이놈——.”

차트가 다시 이마에 핏대를 세우고 화를 내려고 했다.

“차트, 지금 내가 말하고 있잖아. 좀 조용히 있어.”

키지가 오싹할 만큼 나직한 목소리로 제지하자, 차트가 움찔
하며 온몸을 떨더니 입을 꾹 다물고 고개를 돌렸다.

키지는 다시 나를 응시했다.

“질문이 잘못되었군. 지금 너는 샤름을 어떻게 하고 싶지?”

생각도 하지 않았던 부분을 묻는다.

"샤르를 어떻게 하고 싶냐니……."

마을 사람들 아무도 모르게 샤르를 납치했다. 적어도 이번에 샤르를 납치한 자는 이 방면의 전문가다. 가장 가능성이 큰 것은 인간족 도적일지도 모른다. 다만 카이토라는 마물과 키지의 대화를 보면 더욱 성가신 사태가 진행 중인 것은 쉽게 상상할 수 있다.

아무튼 인간족이 마물을 납치하는 목적은 한정되어 있다. 그나마 나은 것이 노예나 구경거리. 최악의 경우 변태들의 장난감이 된 뒤 살해당하는 것. 그것을 허용할 수 있느냐다.

'하하! 내가 무슨 생각이지?'

웃음이 나왔다. 지금 내 머릿속에 떠오른 것은—— 샤르를 납치한 패거리를 죽이는 몇 가지 방법과 샤르를 구조하는 방법이다. 전혀 망설이지 않고 그것을 생각하고 말았다.

'우습네. 본래 나는 샤르를 납치하려고 했을지도 모르는데.'

그렇다. 실로 우스꽝스러운 사실이다. 그러나 망설임이 전혀 없는 것을 보아 아무래도 나는 샤르라는 소녀에게 상당히 집착하는 듯하다. 물론 맹세해도 좋지만, 나는 대가도 없이 구하려는 선인은 절대 아니다. 그리고 설령 그녀를 구하더라도 나의 안전이 보장되어야 한다. 그런데 목숨을 걸고 그녀를 구하고 싶은 이유는 뭘까?

——욱씬!

다시 두통. 전처럼 아프지는 않지만, 바닥에 쓰러진 소녀의 모습이 떠올랐다가 거품처럼 사라졌다.

이유는 확실하지 않지만, 이 강렬한 마음에 거짓은 말할 수 없다. 지금 나에게 샤르의 구출과 납치범의 살해는 최우선 과제인 듯하다. 적어도 계속 자신의 생존만 생각하던 내가 처음으로 위험을 감수하려는 정도로는.

따라서——.

"나는 샤르를 되찾고 싶어. 아는 것을 모두 말해줘."

나는 진심으로 부탁했다.


"그런가…… 없어진 건 샤르 한 사람뿐이지?"

"그래, 맞아."

목에 가시가 걸린 듯 작은 위화감. 그것은 카이토의 이야기를 들으며 더욱 강렬한 의심이 되어 고개를 들었다.

"하늘에서 조사해서 이 마을 부근에서 그들을 봤다고?"

"있었어. 그 모습은 절대 잊지 못해."

카이토가 매우 증오심이 담긴 눈으로 힘겹게 말했다.

카이토는 이곳 노스그랜드의 최강 부족 중 하나, 가루다족 부족장 가루간추어의 외동아들이라고 한다.

갑자기 마을을 인간들이 공격하여 하루 만에 함락되는 바람에 카이토는 소꿉친구와 함께 목숨을 걸고 도망치다 이 부족의 보호를 받았다고 한다.

그런 카이토가 준 정보에 따르면 그들은 모두 가슴에 검을 크로스한 문장을 자수한 하얀 로브를 입고 있었다고 한다. 검을 크로스한 문장. 그것은 인간족이라면 아이라도 아는 문장이다.

즉, 중앙교회 관계자라는 증표다. 중앙교회 교의에서 마물은 마족 이상으로 사악한 생물로 여겨진다. 그들이 마물 마을을 습격한 것은 그리 기이한 일이 아니다. 문제는 그들이 쓴 수단이다.

"아무래도 앞뒤가 맞지 않아."

확실히 샤르는 결계를 유지하는 중요한 인물이고, 그녀가 없어지면 결계는 사라진다. 그러나 애초에 그리 쉽게 이 마을에 침입할 수 있다면 샤르만 납치할 필요가 없다. 그냥 캣냐를 철저하게 없애 버리면 된다.

일단 결계를 통과할 수 있는 인간이 한정된 것도 생각했으나, 카이토에게 들은 공격적인 방식을 보아도 아무도 모르게 결계를 드나드는 것은 일단 말이 안 된다. 만약 중앙교회 사람들이 침입했다면 그 인원수와 상관없이 이 마을의 쉽캣족에 많은 희생자가 나왔을 것이 틀림없다.

"안 돼, 영문을 모르겠어!"

전혀 이치가 맞지를 않고, 그들의 의도를 전혀 파악하지 못하겠다.

"길, 너도 그렇게 생각하나?"

키지가 턱에 손을 대고 물었다.

"응, 불합리한 부분은 크게 나누어 셋. 하나, 일부러 샤르만 납치한 것. 둘, 침입한 것을 아무도 알아차리지 못한 것. 셋, 지금도 이렇게 우리에게 태세를 정돈할 시간을 주는 것."

"간단해! 이 녀석이 밖에 있는 척후에게 샤름의 정보를 흘린 거야. 그것뿐이잖아?"

차트가 눈썹을 찡그리고 검토할 가치도 없는 헛소리를 내뱉었다.

"잘 들어, 난 계속 여기 있었어. 그건 문을 연 너희가 가장 잘 알잖아?"

"그게 어쨌는데?!"

이마에 핏대를 세우고 차트가 외쳤다.

"여긴 지하야. 창문 하나 없어. 어떻게 외부와 연락하겠어?"

"수상한 인간족 술법으로 했겠지!"

"그런 편리한 술법이 있으면 이 혼란스러운 상황에 당장 공격하라고 했겠지. 만약 그랬다면 벌써 이 마을은 그들에게 점령당했을걸."

"…………."

어금니를 꽉 깨물며 차트가 나를 노려보았다.

납득은 가지 않는다. 그러나 반론할 근거도 없다. 그런 마음일 것이다. 다만 이것으로 약간 성가신 것에서 해방되었다.

"이 마을 부근에서 목격된 이상 공격하는 것도 시간문제야. 당장이라도 대책을 세워야 해."

그들이 샤르를 인질로 내세우면 그나마 나을지도 모른다. 움직일 여지가 있으니까. 인질은 적어도 상대에게 보여주지 않으면 효과가 없기 때문이다.

키지가 자세를 바르게 했다.

"부탁해. 이 마을의 대표자들과 만나게 해줘."

자신의 희망을 밝혔다.

어쨌든 나 혼자서는 침입자 전체를 포박하기란 불가능하다. 그들의 협력이 필요하다.

"그건 당연히 안 되지! 신용할 수 있겠냐!"

예상대로 차트가 거칠게 반론하였다.

"괜찮겠어? 너는 현 상황을 제대로 인식하고 있는 거야?"

달래는 어조로 물었다.

"아, 알아."

어물거리면서도 차트가 대답했다.

"아니, 전혀 하지 못했어. 만약 현 상황을 인식하고 있다면 샤르를 지키지 못한 것을 나에게 화풀이할 여유 따위 있을 리가 없으니까."

크게 한숨을 쉬고 어깨를 으쓱하며 그렇게 말했다.

"닥쳐! 더러운 인간이!"

얼굴에 충격을 받으며 벽에 부딪쳤다. 입속에 생긴 화끈함과 묵직한 통증. 입에 든 철분을 바닥에 뱉고 차트를 노려보았다. 그리고 돌바닥을 박차고 차트의 얼굴을 때렸다.

"이, 이 자식——."

입가를 닦으며 일어나려고 하는 차트의 멱살을 잡고 끌어당겼다.

"잘 들어. 지금 샤르가 없어서 결계는 사용하지 못하게 되었어. 이곳은 무방비해. 덤으로 중앙교회 성직자들이 이 주변을 어슬렁거려. 그들은 이제 곧 이곳을 공격할 거야. 곧바로 이 마을을 방어하지 않으면 이곳은 멸망이야! 이 사실을 넌 인식하고 있냐니까?! 난 그렇게 물었는데?!"

왜 그럴까? 차트가 유치하게 떼쓰는 것을 보니 너무 짜증이 난다. 그리고 이 강렬한 기시감. 과거에도 꼴사납게 난리를 치는 타인에게 폐를 끼치는 인물이 가까이에 있었을지도 모른다.

"…………."

차트는 분한 듯 입을 꾹 다물고 나의 팔을 뿌리치고는 방에서 뛰쳐나가고 말았다.

"길, 미안하지만, 외부인인 너를 믿을 수는 없어."

"그렇겠지."

키지가 예상한 말을 꺼냈다.

"그러니 몸을 구속한 상태로 면회하게 될 텐데 그래도 괜찮겠나?"

"어? 그거 만나게 해준다는 뜻이야?"

"그래, 이 건에 대해서는 의문점이 너무 많아. 우리만으로는 다소 벅찬 상황이야. 모쪼록 너의 의견도 참고하고 싶군."

키지는 예의 바른 성격인지 나에게 오른손을 내밀었다.

"처음부터 그럴 생각이었어."

곧바로 나도 그 오른손을 잡았다.

그렇다. 나는 샤르를 지킨다. 그것이 과거를 잃은 지금 나의 유일한 바람이니까.


지하 감옥에서 나가자 이미 해가 완전히 져서 머리 위에는 묘하게 동그랗고 예쁜 달이 떠 있었다.

'주목받고 있어.'

공개된 곳에서 양쪽 손목을 덩굴 같은 것으로 묶인 채 한층 커다란 건물로 연행되었다.

건물로 들어가자 녹색 식물로 만든 바닥에는 고양이 얼굴의 남녀가 앉아 있었다.

"나는 반대해!"

"인간 따위 믿을 수 있겠나!"

"나도 동감. 재앙을 불러온 건 분명히 저 녀석 탓이야. 샤름이 없는 이상 이제 저 애를 배려할 필요는 없어. 어서 죽여!"

"그래, 죽여!"

안에서 "죽여"라고 연호하는 소리가 차례로 나오자 키지가 씁쓸한 표정을 지었다. 이 마을의 위기가 시시각각 다가오고 있다. 지금 이런 쓸데없는 다툼을 벌일 때가 아니다. 그 마음이 뼈저리게 전해졌다.

'이미 이곳은 틀렸을지도…….'

내가 포기하려던 때, 매우 뜻밖의 인물이 도움의 손길을 뻗었다.

"나는 그 녀석의 의견을 받아들여도 될 것 같아."

악의의 합창 속에서 차트가 무뚝뚝하게 말했다.

"너, 결국 머리가 이상해진 거야?! 그 녀석은 네가 그만큼 싫어했던 인간이잖아! 애초에 네가 그 인간이 원흉이니 죽이라고 했으면서!"

빨간 머리를 쇼트커트로 자른 고양이 얼굴 여성이 두 눈을 동

그렇게 뜨고 크게 외쳤다.

"시끄러워! 조금 냉정해졌을 뿐이야! 무엇보다 저 녀석은 당장 이 캣냐의 방어 준비를 하라는 말을 한 것에 불과해. 그건 딱히 우리에게 손해는 아니잖아?"

"그럼 샤름은 어떻게 하고?!"

"놈들을 붙잡아서 샤름의 위치를 알아내면 돼! 어차피 그것들은 곧 여길 공격할 거야."

"샤름을 버릴 셈이야?!"

"그럼 묻겠는데 지금 우리가 뭘 할 수 있어?! 여기서 이 녀석을 죽이고 기쁨에 젖으면 샤름이 무사히 돌아온다는 보장이 있냐고?!"

반대로 질문을 던졌다.

"적어도 이 인간의 위험성은 사라져!"

"이런 약해 보이는 녀석 하나를 죽여봐야 캣냐 자체의 위기는 사라지지 않아! 애초에 이미 샤름 한 사람의 문제도 아냐! 이제 곧 녀석들이 공격할 거라고! 지금 이곳을 지키지 않으면 우리 모두 더러운 인간의 장난감이 돼! 그건 너희도 알잖아!"

주위를 빙 둘러보며 외치는 차트에게 모두 분한 듯 인상을 찌푸렸다.

보면 안다. 차트는 샤르에게 특별한 마음이 있다. 분명히 이 중에서 가장 샤르를 구하고 싶은 것은 바로 이 차트일 것이다. 그것을 알기에 아무도 입을 열지 않았다.

"나도 차트에게 찬성해. 이 마을 근처에서 그들 중 한 사람을 봤어. 그들은 나의 고향을 습격한 빌어먹을 것들이야. 여기서 가만히 있으면 이곳은 틀림없이 피바다가 될걸. 이런 곳에서 말다툼할 시간 없어. 나에게도 지켜야 할 게 있거든. 너희에게 싸울 마음이 없다면 우리끼리 마음대로 하겠어.”

카이토의 냉정한 말에 모두 분한 얼굴로 시선을 내리깔았다.

“나도 차트와 카이토의 말이 옳다고 생각해. 딸의 탐색은 일단 이 일을 무사히 넘기고 나서 하자. 캣냐의 시설 유지가 최우선이야. 게다가 아무래도 이번 일은 너무 수상하거든.”

키지가 나에게 의미심장한 시선을 보냈다. 이 자리의 모두에게 자세히 설명하라는 뜻일 것이다. 그래 알겠다. 원래 이런 짧은 시간에는 절대 신뢰를 얻을 수 없다. 그런 것이 없더라도 샤르와 마을은 충분히 지킬 수 있을 것이다.

“그럼 이상한 점을 설명할게.”

나는 이 기묘한 사건에 대하여 설명하기 시작했다.

“듣고 보니 그건 꽤 기묘한 이야기로군…….”

나의 설명이 끝나자 고양이 얼굴 노파가 나직하게 중얼거렸다.

“확실히 샤름을 납치한 시점에 캣냐는 무방비 상태야. 적이 공격을 망설일 이유가 없는데도 결계가 소실된 뒤 몇 시간이 지났는데 아직 공격할 기미가 없어. 어쩌면 샤름을 납치한 자와 이곳을 포위한 자가 별개일지도?”

“그렇게 생각하면 일단 설명은 되지만, 그래도——.”

늙고 뚱뚱한 고양이 얼굴 남자가 시선을 천장으로 보내며 말하기를 주저했다.

“그래. 그건 이곳이 두 인간 세력에 동시에 공격받고 있다는 것과 같아. 그런 우연이 그리 쉽게 일어날 리 없어. 게다가 그렇다면 왜 우리 딸만 노렸는지도 모르고. 게다가 의문점은 아직 많아.”

“아, 샤름에게 들려준 그 제약 말이죠?”

검은 머리를 가지런히 다듬은 고양이 얼굴 청년이 생각난 듯 키지에게 물었다.

“맞아. 딸에겐 당분간 캣냐에서 절대 나가지 말라고 엄명을 내렸어. 그리고 딸의 허가가 없으면 몇 사람이더라도 이 결계 안으로는 들어오지 못해. 만약 억지로 들어왔다면 그것은 이미 우리 손으로 감당할 상대가 아니야.”

키지의 지적에 일동이 꿀꺽 침을 삼키는 소리가 들렸다.

“그런 절대적인 강자라면 샤름을 납치하지 않더라도 힘으로 침입하여 목적을 달성했을 터. 그것이 없는 이상 적어도 샤름을 납치한 목적은 중앙교회의 그것과는 다르다고 보면 돼.”

나의 말에 키지가 팔짱을 끼고 생각에 잠겼다.

“길, 네 생각은 어떻지?”

엄숙한 표정으로 묻는다.

“샤르를 납치한 자와 가루다족을 습격한 중앙교회 사람은 다르다고 생각해. 하지만 이 타이밍이니 전혀 관계가 없다고는 생각할 수 없어. 분명히 이 마을을 지켜내면 무언가 반응이 있을 거야.”

나는 도저히 샤르를 납치한 자와 카이토 씨의 부족을 습격한 자가 같다고 생각할 수 없다. 결계 안에서 아무에게도 들키지 않고 샤르만 납치했다. 지금도 이곳을 포위하고 힘으로 그저 공격하는 자들과는 확연히 방식이 다르다. 그렇기에 어떤 의미로는 다행이기도 하다. 아무에게도 들키지 않고 결계를 통과하여 샤르만 납치한 상대가 진심으로 이 마을의 멸망을 바란다면 더는 쓸 수 있는 수단이 없으니까. 뭐, 그 목적이 불명확하다는 점은 다를 바 없지만, 이 마을의 멸망은 아니다. 그런 느낌이 든다.

"키지, 그것밖에 방법이 없나?"

노파가 절박한 표정으로 키지에게 물었다.

"그래, 혹시 이것은 우리 수호신, 켓시 님의 시련일지도 몰라. 아무튼 이곳 캣냐가 노려지는 이상 우리에게 선택지는 없어. 할 수밖에 없다고."

좋다. 키지가 능숙하게 수호신 이야기를 꺼낸 덕분에 모두의 망설임이 사라졌다. 이것으로 간신히 다음 이야기로 넘어갈 수 있겠다.

"키지, 우리는 어떻게 하면 되지?"

모두를 대표해서 노파가 물었다.

"적이 움직이기 전까지 시간도 없어. 지금은 내 지시에 따라줘."

키지가 말하기 시작한 것은 미리 내가 말해둔 적을 격퇴하기 위한 계획이었다.

***

높다란 언덕 위에서 작은 마을을 내려다보는 하얀 천으로 두 눈을 가린 하얀 옷을 입은 여자. 그리고 그 주위에 무릎을 꿇은 후드를 깊숙이 쓴 하얀 옷을 입은 남녀.

"새 타입 마물에 이어 고양이 같은 것입니까. 이번에야말로 뭔가 알고 있으면 좋겠습니다만……."

사우드는 입맛을 다시고 옆에서 무릎을 꿇은 하얀 옷을 입은 한 사람에게 시선을 보냈다.

──포위가 완료되었습니다.

하얀 옷이 일어나 사우드의 귓가에 쉰 목소리로 작게 속삭였다.

"한 마리도 놓치면 안 됩니다. 조금씩 몰아넣어 포박하세요. 알겠습니까?"

하얀 옷들은 모두 크게 고개를 끄덕이고 모습을 감췄다.

'이번에는 고양이. 어떤 얼굴로 울까요.'

쉽캣들이 고통으로 울부짖는 모습을 상상하니 가슴에 뜨거운 것이 솟구쳐 콧김이 거칠어졌다.

지난 가루다족은 처음에는 위세가 좋았으나, 중간부터 인형처럼 반응이 없어지는 바람에 욕구불만을 느꼈다.

역시 고결하고 프라이드가 강한 자가 자신만은 구해달라며 비참하게 울부짖는다. 타인을 희생하고 자신의 생존본능을 우선한다. 그 영혼이 보이는 찰나의 감정은 강하고 보는 자의 마음을 떨리게 한다.

'결혼한 여자의 얼굴 피부를 천천히 벗겨내는 건 어떨까요? 남편은 추악해져 가는 아내를 그저 가만히 볼 수밖에 없고. 으

음, 구미가 당기는군요. 아니면 잘게 다진 아이의 고기를 먹인다든가. 그것도 최고일지도 몰라요.'

꼴사납게 흘리던 침을 닦을 때였다.

"사우드, 넌 정말 자신에게 솔직한 아이구나."

펜던트에서 진심으로 감탄한 감상이 흘러나왔다.

"베이그 님, 나오셨습니까."

사우드는 서둘러 자신의 욕망을 깊숙이 넣고 철 가면을 쓴 여자로 돌아갔다.

"감추지 않아도 돼. 어차피 그런 너의 뜨겁고도 강한 마음을 드러낼 곳은 냄새나고 더러운 마물들. 사악한 영혼을 지닌 실패작 따위 어떻게 다루어도 정의의 이름으로 용서돼. 나, 베이그가 선언합니다. 그대, 사우드 아토루나의 악을 미워하는 욕망은 틀림없이 정의라고."

"진심으로…… 감사드립니다."

베이그 님의 말씀에 무심코 눈물이 흘렀다. 그렇다. 지금까지 이 감정을 쭉 봉인해왔다. 그러나 이제 그럴 필요가 없다. 이 감정이 정당한 것이라고 사우드가 믿는 신께서 선언하셨으니까.

"시간은 많이 있으니 너의 숙원을 이루렴!"

들뜬 목소리로 명령하는 신의 목소리에 사우드는 무릎을 꿇고 두 손을 모아 신에게 기도를 올렸다.


쉽캣 마을 옆에 선 다른 것보다 한층 커다란 나무의 가지에서, 한 마리 검은 새가 마을을 내려다보고 있었다.

'긁어 부스럼이란 말도 있으니까. 조심해서 나쁠 건 없지.'

설마 이런 고양이 마물 마을에 타르타로스를 죽인 파리 대신이 있을 리도 없다. 그러나 만에 하나가 있다. 현재 베이그의 영혼 일부가 이쪽에 있는 이상 만약 그런 진짜 괴물에게 찍히면 무사하지 못하다. 그렇기에 변태 취미를 지닌 성직자를 눈 역할로 골랐다. 이 어리석은 여자라면 자신의 취미를 우선하느라 제대로 조사도 하지 않을 테니까.

'정말 말도 안 된다니까.'

천군에서 가장 무서운 신이라고 일컬어지는 타르타로스를 죽인 괴물을 조사하라니 언제 폭발할지 모르는 기폭제를 들고 전장을 뛰어다니는 것과 마찬가지다. 주신인 오딘 님의 명령이 아니었다면 이유를 만들어 반드시 거절했을 것이다.

현재 다른 육천신의 각 세력이 이곳 레무리아에 개입을 시작하고 있다. 얼마 지나지 않아 파리 대신의 위치는 드러날 것이다. 베이그가 발견할 필요성은 전혀 없다. 그렇다면 베이그가 할 일은 하나다. 가능하면 시간을 끄는 것. 그런 의미에서 사우드라는 여자는 실로 다루기 쉽다. 악을 신앙하는 인간이나 마물 등, 대충 이 세상에 필요 없는 것을 줘서 조사 놀이를 시키면 된다.

특히 지금 상층부는 눈에 핏발을 세우고 파리 대신의 정보를 모으느라 마물 같은 작은 일에 관여할 여유가 없다. 다소 무모한 짓을 해도 들킬 일은 전혀 없다.

그보다 오딘 님의 명령에 따르는 것보다 착실하게 파리 대신과의 조우를 피하는 것이 훨씬 중요하다. 뭐, 그렇다고 해도——.

'어리석은 마물이 괴로워하는 모습을 보는 건 기분이 좋으니까.'

베이그는 관전이라는 이 상황에서 가장 해서는 안 되는 외길로 크게 발을 내디뎠다.

****

"작업이 끝났어."

차트가 이장의 집으로 들어와 작업 완료를 보고했다.

"간신히 늦지 않았나……."

키지의 말에 모두 안도하여 한숨을 내쉬었다.

나도 이쪽의 지시 중 40퍼센트 정도 해내면 최선이라고 생각했으나, 예상보다 더 쉽캣족은 손재주가 좋은 종족인 듯하다. 키지의 지휘하에 분담하여 실시한 결과, 고작 몇 시간 만에 내가 지시한 모든 준비를 완료했다.

"마을 사람들의 일시적인 피난은 끝났나?"

"네. 지하 통로를 통해 모두 근처 동굴로 이동했습니다. 그곳이라면 방어도 쉬울 듯합니다."

키지는 크게 심호흡했다.

"나머지는 그것을 가열해서 지정된 위치에 놓기만 하면 되나."

차트가 오른손에 든 풀에 시선을 고정하고 그렇게 말했다.

적을 끌어들여 일망타진한다…… 그런 것으로 가능할까?

노파가 모두를 대신하여 질문했다.

"맞아, 그건 나도 묻고 싶거든?"

차트도 오른손에 든 풀을 들며 나에게 물었다.

"상대는 마물도 아니고 용도 아닌 인간이야. 그리고 그 풀은 우리 인간에게 맹독과 같은 풀이야. 습격자가 인간이라면 분명히 잘될 거야."

지금 차트가 쥐고 있는 풀 한 다발이 우연히 나의 감옥 앞에 떨어져 있었다. 아마 문지기가 나를 감시할 때 심심해서 들고 온 기호품이었을 것이다. 그것을 조사하자 그 풀이 '몽견초'라는 특수한 풀이라는 것을 떠올렸다.

확인 차 키지에게 여러 가지를 묻자 '몽견초'는 쉽캣족에게는 인간이 술을 마시고 취하는 듯한 상태를 일으키는 기호품이라고 한다.

"하지만 넌 아무렇지도 않잖아?"

빨간 머리를 쇼트커트로 자른 고양이 얼굴 여성이 크게 의심하는 시선을 보내며 지극히 당연한 지적을 했다.

"이 상태로는 무해해. 이 상태로는."

그렇다. 그 풀은 일정한 조건을 갖추면 껍질에서 악질적이기 짝이 없는 꽃가루를 흩뿌린다. 그것이 인간에게는 어떤 종류의 맹독이 된다.

"그 조건이 저 장치란 말인가?"

"맞아. 잘하면 이쪽은 피를 한 방울도 흘리지 않고 적을 모두 죽일 수 있어."

성공하지 않을까 생각한다. 아무래도 나는 이런 식의 잔꾀를 부리는 것이 더할 나위 없이 재미있고 특기인 모양이다.

“죽이는 상대는 너와 같은 인간인데? 왜 그렇게 아무렇지 않지?”

차트가 약간 질겁한 얼굴로 당연한 점을 물었다.

“그야 나의 적이 되었으니까 그렇지.”

상황을 보면 그들을 죽이면 샤르가 돌아올 가능성이 크다. 그렇다면 전혀 망설일 것 없다. 지금 나에게는 생명의 은인인 샤르의 생존이 무엇보다 중요하니까.

“그 녀석의 말대로 인간이란 정말 악랄할지도 모르겠군.”

키지가 눈을 가늘게 뜨고 나를 보며 나직하게 중얼거렸다.

“누구 말인지 모르지만, 나도 동감이야.”

뭐, 특히 이런 잔인하고 비열한 방법을 떠올리니까. 기억을 잃기 전의 나는 퍽 성격이 썩었을 것이다. 따라서 악랄한 것은 인간이라기보다 나일지도 모르지만.

“아무튼 이제 돌이킬 수 없어. 우리는 할 수밖에 없으니까.”

차트가 주위를 빙 둘러보자 모두 눈썹 언저리에 결의를 드러내며 고개를 끄덕였다. 이어서 차트는 나에게 시선을 보냈다.

“야, 길, 나는 너를 아직 믿지 않아. 만약에 이 계획이 실패하면——.”

“알아. 그땐 네 마음대로 해.”

어떤 식이든 이 계획이 실패하면 샤르는 다시는 돌아오지 않는다. 그것만은 절대 용납할 생각이 없다. 어떻게 해서든 성공하겠다. 게다가 상대는 인간족 이외를 혐오하며 얕잡아보는 중앙교회다. 그렇다면 준비를 모두 마친 지금, 나는 이 계획이 실패할 것이라고는 전혀 생각할 수 없었다.

"너, 진짜…… 아니, 아무것도 아니야."

차트가 말끝을 흐리며 입을 닫고는 키지를 향해 인사했다.

키지도 고개를 끄덕였다.

"그럼 다들, 행동 개시다!"

키지의 말에 모두 기합을 넣었다. 강렬한 불안함을 감추듯이 모두의 포효는 건물을 흔들고 어두운 밤으로 사라졌다.

***

바리케이드 안쪽은 적갈색 땅에 초가지붕을 얹은 조악한 건물이 늘어서 있었다.

이 고양이 머리 마물의 마을은 많아야 수백에 불과하다. 전에 습격한 가루다족 마물과 비교하면 규모도 대단할 것 없다. 그보다 저 가루다족과 비교하는 것은 틀렸다. 그것은 확실히 마물 중에서도 이질적이었다. 일반 간부들은 물론이고 족장 가루 간추어는 격이 달랐다. 아마 신에게 힘을 받기 전의 사우드라면 분명히 패배했을 것이다.

"아무도 없습니다."

새하얀 천으로 얼굴을 모두 가린 부하가 주위를 살피며 말했다.

"솔직히 민가에서 화살 정도는 쏠 거라고 생각했는데 기척이 전혀 없네."

사우드의 측근 중 하나로 정수리에만 머리카락을 남긴 모히가 눈동자만 굴리며 쉰 목소리로 작게 말했다. 뭐, 이들은 사우드에게 힘을 얻었기에 아무 마력도 담기지 않은 화살 따위로 상처가 생길 리도 없지만.

"이런. 지하 통로 같은 것이 있을지도 몰라."

실수. 이것은 실수다. 아마 나중에 사우드 님께 따끔한 벌을 받을 것이 확실하다.

"어떻게 하겠습니까?"

어떡할까? 지금 사우드 님은 신의 힘을 얻어 이제 인간이라 부르지 못할 존재가 되었다. 비유가 아니라서, 전부터 희박했던 인간으로서 최소한의 윤리관이 완전히 소실되었다. 지금 사우드 님을 분노하게 하면 저항하지도 못하고 살해당한다. 살아남으려면 이것을 만회해야 한다.

"걸리적거리는 것을 여럿 데리고 그리 멀리 가진 못했을 거야! 이 마을을 철저하게 조사해!"

모히가 드물게 목소리를 높여 지시를 내리자 하얀 옷들이 인사하고 사방으로 흩어졌다.


조금 나아가자 커다란 하얀 옷 남자가 바닥에 시선을 고정하며 서 있었다.

"리고, 왜 그러지?"

"이거 볼래?"

히죽히죽 비열한 미소를 지으며 모히와 쌍벽을 이루는 사우드 신벌 집행대 부대장 리고가 턱짓을 했다. 그 앞의 적갈색 땅에는 최근에 땅을 파낸 흔적이 있었다. 이것은 설마——.

모히가 바닥의 돌을 걷어차자 땅이 함몰되었다. 그곳에는 두세 사람쯤 들어갈 수 있는 깊은 구멍이 뻥 뚫려 있었다.

"함정인가……."

하잘것없다. 이래 봬도 모히는 전직 용병이다. 이런 유치한 함정에 걸릴 만큼 어리석지 않다. 이런 녀석들에게 모히 일행이 속았단 말인가.

"이 마을의 포위는 네 담당이야. 모히, 이건 치명적인 실수지?"

왼쪽 어깨를 잡는 리고의 오른손을 뿌리쳤다.

"나도 알아."

그리고 짜증스럽게 달려갔다.

만에 하나라도 그들이 도망쳤다면 그야말로 모히는 파멸한다. 틀림없이 사우드로부터 처분당하고 만다. 오명을 씻을 유일한 방법은 리고보다 빨리 마물들을 발견하여 포획하는 것뿐이다. 그러나―― 그런 모히의 희망은 금세 부서지고 말았다.

모히 일행은 마을 중심에 있는 주변보다 한층 더 커다란 건물에 도달했다. 그 건물 주위는 사방에서 공격한 사우드 신벌 집행대의 습격 멤버들이 포위하고 있었다.

'최악이군…….'

그들의 옷에는 피가 튄 흔적조차 없다. 아마 다른 곳에서 침입한 그들도 한 마디로 마주치지 못하고 이곳에 도착한 모양이다.

"이곳에 오기까지 건물 안도 꼼꼼하게 살폈지만, 한 마디로 발견하지 못했습니다."

부하가 마침 모히가 예상한 사실을 보고했다. 우쭐거리는 리고의 모습에 혀를 찼다.

"들어가자."

모히는 문을 부수고 건물 안으로 들어갔다.

예상대로 그 건물에는 지하로 이어지는 통로가 있었고, 그 석조 통로는 잔해로 완벽하게 막혀 있었다.

"젠장!"

치밀어오르는 분노에 몸을 맡기고 오른쪽 주먹으로 후려쳤다.

"아아──, 어떡할래? 이거 완벽하게 한 방 먹은 느낌 아냐?"

리고가 과장된 몸짓으로 다가와 모히의 머리를 찰싹찰싹 두드렸다.

"그러게……."

분하지만 리고의 말이 맞다. 그들을 쫓으려면 이 잔해를 치워야 한다. 그들도 바보가 아니라면 철저하게 부숴서 시간을 벌려고 했을 것이다.

"이곳을 뒤덮은 저 알기 쉬운 바리케이드도 우리에게서 시간을 끌려는 거겠지."

"맞아."

그런 것은 말하지 않아도 안다. 한마디로 모히 일행은 그대로 걸려든 것이다.

자신에 대한 한심함과 이런 하찮은 수를 쓴 그들에 대한 분노로 이성을 잃어갔다.

"그럼 어떡할래? 이 앞을 팔까?"

검토할 것도 없는 것을 리고가 물었다.

"바보 같은 소리 하지 마! 그거야말로 놈들이 바라는 바야!"

곧바로 크게 호통쳤다.

그들의 목적은 어디까지나 시간 끌기다. 어차피 통로는 모두 막혔을 것이다. 파내려면 시간이 한참 걸린다.

"그럼 할 일은 하나밖에 없네?"

입맛을 다시며 리고가 이미 아는 사실을 확인했다.

"그래, 어차피 그리 멀리 가지 못했을 거야. 지금 우리라면 쫓을 수 있어."

다만 그것은 모히가 그들에게 속았다는 것을 인정하는 것과 같다.

하지만 이대로 손가락만 빨며 지켜보면 틀림없이 파멸한다. 할 수밖에 없다.

"음?"

폭풍처럼 거슬리는 마음을 어떻게든 가라앉히며 부하들에게 명령을 내리려고 할 때, 후각을 자극하는 달콤한 냄새가 났다. 직후 뇌가 짜릿하게 자극되었다. 이것은 과거에 용병으로 일하던 시절 모히가 익힌 제육감 같은 것이다. 이것을 느끼면 항상 매우 커다란 위기가 다가왔다.

"그래서? 어떡할래? 여기서 언제까지고 잡담이나 할 거야?"

엉뚱하게도 유쾌한 표정으로 묻는 리고에게 속으로 욕설을 퍼부었다.

"이거 무슨 냄새 같아?"

지금도 무시할 수 없을 만큼 부풀고 있는 위기감의 원인을 물어보았다.

"냄새라고?"

눈썹을 찡그리고 묻는 리고.

"그래, 이 달콤한 냄새."

집게손가락을 세우고 그렇게 대답했을 때였다——.

"괴, 괴, 괴물이다아아!!"

지금까지 옆에서 부자연스러울 만큼 조용히 있던 모히의 부하 한 사람이 비명처럼 외치더니 허리에 찬 장검을 뽑아 다른 대원을 혼신의 힘으로 베어버렸다.

비스듬히 베이며 일격에 목숨이 끊어져 그 자리에 쓰러진 동료의 모습을 멍하니 바라보았으나, 점차 얼어붙었던 사고가 회복되어 머릿속에 과거의 어떤 이미지가 펼쳐졌다.

그것은 톱 클래스의 독 전문가였던 노인 용병과의 대화이다. 그렇다. 이 냄새는——.

"당장 여기서 나가! 이건 몽견초야!"

반쯤 미친 듯이 휘두르는 부하의 장검을 몸을 비틀어 피한 모히는, 부하를 걷어차면서 그렇게 외치고 건물 출구를 향해 힘껏 질주했다.

"무, 무슨 이런 끔찍한 생각을 하는 거야!"

상대가 결코 그리 만만하지 않다는 것을 그제야 깨달았다. 주위에 퍼진 달콤한 향기. 몽견초는 가열 처리를 하면 단단한 껍

질이 연해지며 가벼운 충격에 깨지면서 그 눈에 보이지 않는 꽃가루가 주위에 퍼지게 되고, 그것들을 흡수하면 격렬한 환각 증상을 일으킨다. 분명히 그들에게 보란 듯이 모히 일행이 부순 함정 바닥에 몽견초가 대량으로 놓여 있었고, 그곳에 돌이 떨어지며 주위에 확산되었을 것이다.

"하필이면 몽견초라니!"

이것이 마법적인 공격이라면 사우드를 통해 신의 가호를 얻은 모히 일행에게는 효과가 없겠지만, 신의 가호가 있더라도 모히 일행의 몸은 인간이다. 신체 능력이 강화되든, 마력적 방어력이 강화되든 신체에 직접 작용하는 이 몽견초의 효과에서 벗어날 수 없다.

"이봐, 이게 어떻게 된 일이야?!"

안색을 바꾸고 건물에서 나온 리고가 모히의 멱살을 잡고 지금도 괴성과 절규가 울려 퍼지는 건물을 가리키며 모히에게 물었다.

"이미 늦었어! 죽고 싶지 않으면 지금 당장 숨을 참고 여기서 이탈해!"

아마 미리 저 건물 안에 몽견초 꽃가루를 다량 퍼뜨려두었을 것이다. 한번 몽견초의 환각 증상이 나타나면 더는 인간으로 돌아갈 수 없다. 그것은 인간인 한, 가호를 받았더라도 다를 바 없다.

"…………"

망연자실한 얼굴로 지금도 바라보는 리고에게,

"어서 가! 전멸하기 전에!"

강하게 재촉한 모히는 곧바로 이 지옥에서 빠져나가기 위해 달렸다.

'젠장! 젠장! 젠자아앙!'

마음속으로 절규했다. 안이했다. 아니, 너무 안이했다. 그들은 마물이다. 같은 마물이었던 가루다족처럼 직접적인 힘으로 밀고 나올 것이라고 생각했다. 뚜껑을 열어보니 그들은 지극히 교활하고 모히 같은 인간의 약한 부분을 매우 잘 알고 있었다.

'아직인가?!'

아까부터 숨을 참은 채 힘껏 달렸다. 신체 능력이 강화되더라도 숨을 참을 수 있는 시간에는 한계가 있고, 괴로운 것도 다를 바 없다.

"으아아아아아아아아악!"

갑자기 뒤에서 리고가 비명을 지르더니 기척이 사라졌다.

'역시나!'

모히의 최악이라고도 할 수 있는 예상이 적중하여 혀를 찼다.

아마 함정에 빠졌을 것이다. 물론 파낸 흔적 따위 전혀 없는 완벽한 함정. 모히가 피할 수 있던 것은 타고난 트레저계 기프트를 지녔기에 함정의 위치가 보이기 때문이다.

'이럴 순 없어!'

중앙교회에서도 모히 일행은 사대 주교, 사우드의 직속 실행부대다. 인간 중에서는 톱클래스의 전투 능력을 지녔다. 실제로 그 재해급 가루간추어의 부족도 압도했다. 그런데 지금 손쓸 도리가 없이 전멸할 지경이다. 게다가 적은 모습조차 드러내지 않았다.

‘착각하고 있었어!’

이런 악마 같은 계획을 세우는 녀석이 마물 따위일 리가 없다. 이런 인간의 목숨을 아무렇지도 않게 여기는 방식. 이것은 용병 시절 과거에 한 번만 맛본 적이 있다. 그것은 아멜리아 왕국 재상——.

‘큭!’

그야말로 최악의 결론에 도달하려고 했을 때, 모히는 비교적 안전지대인 바닥을 밟았다. 직후 쿵하고 가슴에 충격이 느껴졌다. 그 순간 척추에 뜨거운 봉을 꽂은 듯 형용하기 힘든 격통이 흘렀다.

‘무……슨 일이?’

입에서 흘러넘치는 빨간색 액체를 닦고 자신의 가슴을 보자, 그곳에는 한 자루 창이 꽂혀 있었다.

“말도…… 안 돼.”

본래 모히는 사우드의 힘으로 신체적 강도가 크게 향상되었다. 애초에 창 같은 투척으로 상처가 날 리가 없다. 어디까지나 이 위기는 몽견초에 의한 폐인화 때문이었다.

그러나 목에서 솟구치는 혈액과 의식이 날아갈 듯한 고통, 그리고 온몸의 힘이 빠져나가는 감각을 통해 이 대미지가 치명적임을 본능적으로 이해했다.

“이것은——.”

혼란스러운 와중에 창이 날아온 방향으로 유일하게 움직이는 머리를 돌렸을 때, 머리에 충격이 생기며 모히의 의식은 뚝 끊어졌다.

＊＊＊

——캣냐 북서쪽 숲 커다란 나무 위.

가루다족 청년 카이토가 한층 커다란 나무 위에서 두 번째 창을 이어서 던졌다.

첫 번째 창은 허공을 질주하여 마지막 한 사람이었던 중앙 부분의 검은 머리만 남기고 기발한 헤어스타일인 남자의 가슴에 박혔다. 이어서 두 번째 창도 그 정수리를 뚫으며 우리는 침입자에게 승리했다.

"우와…… 저 인원수가 전멸했어."

나를 감시하는 역할을 맡은 차트가 감탄하여 말했다.

"…………."

주위 사람들도 같은 심정인지 이미 숨이 끊어졌을 적들의 시체가 있는 마을을 한마디도 하지 않고 멍하니 바라보고 있다.

"저 창은 무슨 원리지?"

키지가 턱에 손을 대고 흥미롭다는 듯 물었다.

"함정을 통해 저들이 지나갈 법한 지점을 한정하고, 마법으로 창의 투척 방향을 고정했을 뿐이야. 실제로 쓰러뜨릴 수 있을지는 미지수였지만, 어떻게든 된 것 같아."

나는 명중 보정계 중급 마법——'필중'으로 특정 지점을 기억하고, 창에 무속성 마법 '무기 성능 향상(중)'을 발동했다. 그리고 가장 창 투척이 특기인 카이토에게 '신체 강화(중)'을 걸어 완력을 강화하고 힘껏 던지게 했을 뿐이다.

이 방법에 의한 최대 포인트는 특정 지점의 설정이다.

하나는 함정 속. 함정에 빠져 일시적으로 움직이지 못하게 된 상대에게 투척한다. 함정에 빠지는 멍청이는 카이토의 창 투척으로 비교적 쉽게 살해할 수 있겠다고 생각했다.

문제는 함정을 피하며 탈출하려는 숙련자다. 평범한 방식으로는 아마 창도 피할 것이다. 따라서 그들이 피할 수 없는 상황을 일부러 만들었다. 구체적으로는 함정에 의한 탈출 경로를 특정했다. 그들이 살아서 저 마을을 탈출하려면 특정한 장소를 지나야 한다. 반드시 지나간다면 그곳을 지나기를 기다렸다 타이밍을 노려 카이토에게 투척하게 하면 된다.

유일한 걱정은 하나다. 습격자가 중앙교회의 자라면 무언가 강력한 힘을 지녔을 가능성이 있다는 것이다. 따라서 마법으로 창을 강화하고 창이 가장 특기인 카이토의 신체 능력을 강화하여 멀리서 투척하게 했다. 만약 이것이 실패한다면 약해진 상대를 다 같이 총공격할 수밖에 없다는 각오도 했다. 그러나 나의 예측은 좋은 의미로 적중하여, 그들은 몽견초로 폐인이 되거나 카이토의 창에 꿰뚫려 일망타진되었다.

"길, 혹시 넌 **그 녀석**처럼 헌터라는 녀석이었을지도."

키지가 진지하게 나도 생각하던 가능성을 지적했다.

"헌터인가…… 그럴지도."

확실히 헌터가 아니라면 몽견초 같은 위험한 식물을 알 리가 없나. 이런 잔인한 전술을 떠올리고 몇 가지 마법을 쓸 수 있는 것을 보아도 헌터였을 가능성이 가장 크다. 심지어 기억을 잃고 이런 장소에 있었으니, 그 경위는 어차피 평범하지 않았을 것이다.

"그럼 이제 어떡할 거야?"

차트가 나에게 물었다. 아무래도 최소한의 신뢰는 확보한 모양이다.

"아직 저들의 별동대가 있을지도 몰라. 섣불리 움직이는 건 위험해. 일단 피난 장소인 동굴로 돌아가자."

그러나 마흔 명 가까운 인원이 마을에 들어간 것을 확인했다. 카이토의 말에 따르면 그들의 본 부대인 것은 틀림없다. 적어도 방금 전투로 절반 이하로는 줄였다고 생각한다. 이거라면 힘으로 밀고 들어오더라도 충분히 방어 가능할 것이다.

"알겠어. 얘들아, 일단 동글로 돌아가자."

키지의 지시에 모두 동의하고 경쾌한 발걸음으로 나무에서 내려와 질주했다. 나도 가지를 따라 바닥으로 내려가 양쪽 손목을 키지에게 내밀었다.

"……미안하군, 길."

미안한 얼굴로 키지가 나의 양 손목을 밧줄로 묶었다.

"아니야. 그보다 우리도 가자."

고개를 가로젓고 턱을 들었다.

"그래."

키지도 고개를 끄덕이고 우리도 동굴을 향해 달려갔다.

*** 

측근 모히가 정수리를 창으로 꿰뚫려 사망해 있었다.

"전멸……했다고? 나의 신벌 집행대가?"

사우드는 눈 앞에 펼쳐진 믿을 수 없는 광경에 자문자답했다.

신벌 집행대는 사대 주교 중 한 사람, 사우드에 속한 실행부대다. 다방면에서 뛰어난 인간들을 모아 독자적인 개량을 시행했기에 인간으로서는 그야말로 최고급 강함을 자랑한다. 확실히 사우드는 새로운 신에게 받은 힘을 최소한으로밖에 주지 않았다. 따라서 용사 같은 이레귤러에게 패배하더라도 크게 의외성은 없다. 그러나 이번 신벌 집행대를 전멸시킨 것은 고양이 얼굴의 마물이다. 그것은 도저히 있을 수 없는 일이므로——.

"네 이놈……."

중앙교회, 아니, 사우드의 신앙, 나아가 친애하는 신 베이그 님의 존안에 먹칠을 하는 것과 같다.

"추태입니다…… 이건 커다란 추태예요."

하등한 마물 따위에 신의 위광을 부정당했다. 십중팔구 친애하는 신, 베이그 님도 이 추태를 보고 있을 것이다.

"이럴 줄 알았다면 신벌 집행대에 더욱 강력한 가호를 주어야 했어요."

친애하는 신은 사우드 한 사람에게 자애를 베풀었다. 그 힘을 부주의하게 타인에게 주어서는 안 된다. 이것은 사우드의 확고한 신념이자 각오다.

그 생각을 바탕으로 미약하게만 신의 힘을 나누어주었다.

그러나 이런 최악이라고 할 수 있는 추태를 드러낼 바에는 설령 자신의 신념을 꺾어서라도 신벌 집행대에게 신의 힘을 나누어줄 걸 그랬다. 그것도 이미 늦었다. 이번 실태는 치명적으로 베이그 님의 신뢰를 잃고 말았다.

"용서 못 해요!"

여기까지 사우드의 체면을 엉망으로 손상했다. 사우드가 지닌 고문 기술을 모조리 구사하여 정보를 쥐어 짜내고 한 마리도 남기지 않고 숨통을 끊어주겠다. 그것이야말로 유일하게 사우드의 실수를 만회하는 길이다.

"되찾아야 해."

사우드의 입에서 새어 나온 결의에 찬 목소리. 사우드는 자연스럽게 고양이처럼 등을 굽히고 악귀와 같은 형상으로 걸었다. 자신의 신에게 강하고 깊은 신앙을 증명하기 위해서.

***


──인근 동굴.

키지를 선두로 우리의 피난소가 된 동굴 안으로 들어가자, 고양이 얼굴을 한 사람이 남녀노소  긴장하여 굳은 얼굴로 우리를 바라보았다. 아직 샤르는 돌아오지 않았다. 그렇다면 이 사건은 여전히 진행 중이라는 뜻이다. 키지가 한 걸음 앞으로 나섰다.

"우리 마을에 침입한 인간들은 모두 죽었어. 일단은 우리의 승리야!"

크게 숨을 들이켜고 승리를 선언했다.

순간 침묵이 흐른 뒤, 환호성이 폭발했다. 서로 끌어안고 좋아하는 쉽캣 주민들.

"그러나 아직 그들의 사령탑이 남았을 가능성이 있어! 안도하고 기뻐하는 건 나중에 해! 앞으로도 경계를 게을리하지 마!"

키지가 엄숙한 표정으로 크게 외쳤다.

"그러나 키지, 계획대로 인간들은 모두 죽었다며?"

노파가 나를 힐끗 곁눈질하며 소박한 의문을 던졌다. 이 모습을 보니 노파로부터 같은 인간족을 죽인 것에 내가 괴로워한다고 여기는 분위기가 느껴졌다. 그러나 공교롭게도 나는 그런 착한 사람이 아니다. 아까부터 죽인 것에 전혀 죄책감 따위는 없으니까. 오히려 지금 나의 관심은——.

"그래, 침입한 인간들은. 그러나 아직 끝나지 않았어."

키지의 단언과 같은 대답에 다들 숨을 죽였다. 역시 키지도 같은 의견인가.

"어떻게 그걸 아는 거죠?"

빨간 머리를 쇼트커트로 자른 고양이 얼굴 여성이 눈썹을 찌푸리며 키지에게 물었다.

"죽인 녀석 중 대장은 없었어. 카이토, 그렇지?"

키지가 팔짱을 끼고 동굴 석벽에 기대고 있는 카이토에게 진지한 얼굴로 확인했다.

"응, 멀리서 보았지만, 아버지를 쓰러뜨린 그 망할 여자의 얼굴은 지금도 이 눈에 똑똑히 새겨두었어. 강한 아버지를 쓰러뜨린 그들의 보스는 살아 있어."

카이토가 송곳니를 드러내며 그렇게 단언했다.

"그리고 아마 이 습격을 계획한 존재가 있을 거야."

이것은 어렴풋이 눈치챈 일이다. 카이토의 마을을 없앤 괴물은 압도적인 강자다. 그 강자가 샤르를 납치하는 수단을 쓸 필요성이 없다. 이것은 나의 감이지만, 이 사건에는 습격자와는 별개로 악질적인 주모자가 있다. 그 주모자의 목적은 모르지만, 적어도 샤르가 돌아오지 않는 이상 이 습격 사건은 여전히 현재 진행형이다. 그럴 가능성이 농후하다.

"길이 말한 흑막의 존재란 건가?"

차트가 진지한 얼굴로 나에게 물었다.

"그래, 틀림없어."

차트는 잠시 나를 응시하였다.

"이봐, 당장이라도 이 동굴 경비를 점검하자!"

무장한 젊은 쉽캣족 청년들을 재촉하여 동굴 밖을 향해 곧바로 나갔다. 카이토도 경비 배치에 따라간 모양이다. 이미 모습이 사라져 있었다.

"길, 아까 전투에 감사하지. 그리고 지금까지 무례한 것은 미안하군."

키지가 나에게 깊숙이 머리를 숙였다. 인간족, 그것도 포로였던 나에 대한 태도에 주위가 술렁거렸다.

"아니, 딱히 신경 쓰지 않아. 게다가 아직 다 끝나지 않았어."

솔직히 키지의 입장이라면 당연하고, 내가 그들의 입장이라도 이런 눈에 띄게 수상한 인간을 마음대로 놔두지 않았을 것이다. 오히려 이 정도로 신뢰하는 저들이 너무 착하다.

"다음 계획을 세우고 싶어. 미안하지만 다시 지혜를 빌려줘."

"적의 전력 대부분을 줄인 지금, 남은 것은 적의 주력뿐이야. 그리고 주력은 상상을 뛰어넘을 만큼 강대해, 즉——."

"이제 잔꾀는 통하지 않는다고?"

"응. 아마도."

"힘 대결인가. 하지만 그래도 너에게 계획이 있는 거지?"

나는 턱을 들이밀었다.

"남은 건 우리의 장점을 잘 이용하는 거야."

다음 전투의 핵심을 입에 담았다.

"장점?"

"그래, 애초에 본래 이런 동굴은 방어에는 적합하지 않아. 그야 불이라도 지르면 버틸 수 없으니까. 하지만 이번엔 그렇게 되지 않아."

"적의 목적인가?"

"그래. 아마 적이 습격한 목적은 너희 쉽캣 자체에 있어. 그때까지 저들은 너희를 모두 죽이지 않아."

만약 적이 쉽캣족을 당장 모조리 죽이고 싶다면, 마을을 향해 원거리 공격을 퍼부으면 된다. 불을 지르는 것만으로도 나름대로 효과가 있을 터였다. 그것을 하지 않고 일부러 수고가 드는 마을 습격이라는 수단을 선택한 것 자체가 쉽캣족을 포박하려는 의도인 것이 분명하다. 그 목적은 여러 가지로 추측할 수 있지만, 어차피 정상적인 것은 아니다.

아무튼 그들이 쉽캣족을 당장 다 죽일 수 없는 이유가 있는 것은 명백하다. 그것은 그들의 행동이 크게 제한되었다는 뜻이나 마찬가지다.

"알겠어. 네 지시에 따르마. 우리는 다음에 뭘 하면 되지?"

키지가 말했다.

"키지 님, 제정신입니까?! 이 녀석이 적의 첩자가 아니라는 증거가 어디에도 없는데요!"

빨간 머리 쇼트커트 고양이 얼굴 여자가 안색을 바꾸고 키지에게 따졌다.

"만약 길이 적의 첩자라면 애초에 적의 주력을 전멸시키지 않았겠지. 게다가 이미 우리에겐 다른 방도가 없어."

키지는 나에게 다가와 오른손에 든 창으로 나의 양쪽 손목을 묶은 밧줄을 베어냈다.

"앗?!"

경악한 얼굴로 입을 뻐끔거리는 빨간 머리 쇼트커트 여자.

"나를 자유롭게 해도 되겠어?"

"말했잖아? 우리에겐 이미 다른 방도가 없어. 이건 나의 감이지만, 네 힘이 없으면 이 궁지에서 벗어나지 못해. 그런 느낌이 들어."

키지는 우리와 함께 정찰에 나갔던 몇몇 쉽캣 남자들을 빙 둘러보았다.

"실제로 그걸 본 너희는 어땠지?"

그 뜻을 물었다.

"그런 잔혹한 생각을 하는 녀석이 적이라면 결국 우리에겐 승산이 없을 테니 저도 상관없습니다."

검은 머리의 쉽캣 청년이 맞장구를 쳤다.

"그래. 그것밖에 달리 방법이 없어. 다만 신뢰하지 못하는 건 다를 바 없거든. 이 건이 끝나면 다시 감옥에 들어가 줘야겠는데?"

묵직해 보이는 고양이 얼굴 중년 남성이 나를 찌릿 노려보며 말했다.

"괜찮아. 딱히 도망칠 생각도 없어."

"다들 왜 이러는 거야!"

빨간 머리 쇼트커트 여자가 초조한 목소리로 외쳤으나, 노파가 그 오른쪽 어깨를 잡고 고개를 크게 가로저었다. 잠시 몸을 떨었으나, 빨간 머리 쇼트커트 여자는 화가 난 듯이 동굴 안쪽으로 모습을 감추고 말았다. 동시에 키지 측의 결정에 납득이 가지 않는 쉽캣족 남녀들도 그 뒤를 따랐다.

"저거, 괜찮겠어?"

"상관없어. 어차피 이대로 가면 마을은 끝장이야. 지금은 마을 방어가 최우선 사항이고."

키지의 말에 다른 쉽캣족도 조용히 고개를 끄덕였다. 인간족인 나의 포박을 풀다니 정말 미친 짓이다. 그들의 입장에서 보면 저 빨간 머리 쇼트커트 여성 쪽이 훨씬 이성적이라고 할 수 있다. 그런데 나를 자유롭게 놔두려고 한다. 그만큼 키지 쪽이 궁지에 몰렸을지도 모른다.

"알겠어. 그럼 지금부터 적을 격퇴할 구체적인 계획을 말할게. 시간도 없으니 각자 효율적으로 움직여줘."

나는 입을 열고 최종 방어 투쟁을 시작했다.

***

아까 전투로 적의 전력 대부분을 없앴다. 숫자는 힘이다. 그 것은 틀림없는 사실이다. 그러나 그것을 완전히 뒤집을 괴물이 있다. 습격자들의 움직임은 멀리서 보아도 제법 훈련되어 있었 다. 특히 마지막 트레저계인 녀석은 꽤 능숙해 보였다. 정면으 로 싸우면 쉽캣족이 승리할 수 있었을지 의심스럽다. 적어도 큰 손해를 입었을 것은 분명하다. 그런 그들을 뛰어넘는 위협이니, 그 중앙교회 여자가 상당히 위험한 녀석임은 거의 확정일 것이 다. 다만 카이토의 이야기를 종합하면 최고 전력인 여자는 확실 히 강하지만, **우리 인간의 영역**을 벗어나지는 않은 듯하다.

실제로 가루간추어와 가루다족의 최정예가 일제히 그 여자에 게 맞섰다면 쓰러뜨렸을 거라고 카이토는 분석했다. 뭐, 인간족 사이에서도 전설이 된 가루간추어를 단독으로 쓰러뜨린 시점에 이미 이 세상에서는 압도적인 강자일 테지만.

아무튼 가루다족 때와는 달리 그들의 주요 전력을 깎아버렸다. 그들의 포위 섬멸을 직전으로 세울 수 있다.

물론 무턱대고 총공격해도 승리하지 못한다. 일단 함정을 깐다. 물론 함정에 걸릴 것이라고는 생각하지 않는다. 거기서 빈틈이 생기면 그것으로 족하다. 순간 빈틈이 생긴 중앙교회 여자에게 모든 힘을 쏟는다.

구체적인 공격 수단은 전위, 중위, 후위의 총공격이다.

먼저 전위가 공격하고 바로 이탈한다. 중거리에서 중위가 장창 등으로 공격을 가함과 동시에 반격하면 그것을 목제 판 등으로 막는다. 그리고 곧바로 후위가 원거리 공격을 가하여 녀석에게 치명적인 공격을 퍼붓는다.

이 원거리 공격의 핵심이 카이토가 지닌 가루간추어의 유품인 창이다. 실제로 보았으나 보물 클래스의 기적이 담긴 창이었다. 아무래도 습격 며칠 전에 이 창을 카이토에게 물려주었고, 창을 건넬 틈도 없이 가루간추어와 중앙교회 여자가 전투에 돌입한 듯하다. 카이토도 소꿉친구를 습격자로부터 지키는 것이 고작이라 결국 가루간추어에게 창을 건네지 못했다. 어디까지나 가정이지만, 가루간추어가 이 창을 들고 있었다면 결과는 달라졌을지도 모른다. 이 창은 그만한 창이다.

이 창을 사용한 카이토의 투척으로 그 여자의 정수리를 파괴한다. 이것이야말로 우리에게 남은 기사회생의 수단이다.

가장 위험한 미끼 역할인 전위에는 비교적 기동성이 뛰어난 나, 차트, 그리고——.

"정말 너도 참여할 셈이야?"

지금도 옆에서 나에게 무기를 향하고 노려보는 빨간 머리 쇼트커트 고양이 얼굴 여자, 타마에게 벌써 몇 번째나 되는 질문을 반복했다.

"그래, 널 자유롭게 놔둘 수 없어! 조금이라도 이상한 짓을 하면 죽이겠어!"

"아니, 지금은 그런 말을 할 여유 따윈 없는데."

뒤에 앉은 차트에게 도움을 요청했다.

"소용없어. 타마는 한번 말하면 바꾸지 않으니까."

"차트, 넌 왜 그렇게 편해진 거야?! 이 녀석은 인간이야!"

"아, 그래. 하지만 이 녀석은 샤름을 진심으로 구하려고 해. 그것만은 믿을 수 있어."

"뭐? 인간이 샤름을? 진짜 너, 미친 거 아냐?!"

엄청난 기세로 화내는 타마에게 차트가 얼굴을 찌푸렸다.

"아니, 너야말로 지금 어떤 때인지——."

입을 열었지만, 바스락거리며 밀림의 수풀이 움직였다.

얼른 다 같이 자세를 취했지만, 한 마리 토끼가 뛰쳐나오더니 발밑을 질주하여 수풀 사이로 사라졌다.

"뭐, 뭐야, 토끼였나…… 놀라게나 하고."

차트가 이마를 닦고 창을 쥐었다.

"그럼 난 잠깐 주위를 보고 올게."

전방의 나무들이 무성한 숲 안쪽으로 향하려고 했다. 그 순간, 차트의 목에 선이 그어졌다. 그 선은 점점 온몸으로 퍼지더니 차트가 산산이 조각 난 살점이 되어 바닥에 뚝뚝 떨어졌다.

"어?"

눈 깜짝할 사이에 살점이 된 차트를 시야에 넣고 놀란 소리를 내는 타마.

"도, 도망쳐!"

나는 모든 힘을 다해 그렇게 외쳤다.

"하등한 마물 따위를 놓칠 것 같습니까?"

젊은 여자의 신경질적인 목소리가 고막을 흔들었다.

——오싹!

엄청난 오한이 온몸에 퍼졌다. 그것은 나에게 뒤에서 거대한 육식동물에게 짓눌리는 것을 떠올리게 했다. 무섭기에 그 실체를 확인하고 싶다. 조심스럽게 고개를 돌리자 목이 엉뚱한 방향으로 꺾여 숨이 끊어진 타마와,

"약해! 이렇게 약하고 추악한 것에 이 나의 신앙이 모욕당했단 말입니까!"

아름다운 얼굴을 추악하게 일그러뜨리며 타마의 머리를 거머쥔 하얀 옷 여자가 시야에 들어왔다.

"아아······."

나의 입에서 새어 나온 것은 절망의 목소리. 이것은 확신이다. 물론 움직임을 전혀 인식하지 못한 것도 있다. 하지만 그런 이론이 아니라 이 나의 감각과 영혼이 자연히 받아들이고 말았다. 이 녀석은 인간의 섭리에서 벗어난 존재이며 아무리 계략을 짜더라도 인간인 한 이 괴물에게는 절대 이기지 못한다는 것을.

"아아아아아아아아아————————!"

나의 비명은——.

"시끄럽다!"

하얀 옷 여자의 격노로 차단되었다. 동시에 의식이 뚝 끊어졌다.

***

시련의 대상자인 바보 왕자를 가까이서 관찰하기 위해 나는 가루다족의 카이토로서 쉽캣족 사이에 잠입했다.

바보 왕자는 기억을 잃기 전 무능한 양상과는 대조적으로 쉽캣족을 지휘하여 마을을 습격한 패거리를 일망타진했다.

이 작전의 핵심인 몽견초를 감옥 앞에 놓은 것은 나지만, 쉽캣족에게 몽견초는 중요한 기호품이다. 내가 지적하지 않더라도 이 마을에서 일반적인 생활을 한다면 쉽게 알아차릴 것이다. 그러나 지금 길버트는 투옥 중이라 그 일반적인 생활을 알지 못한다. 따라서 조금 손을 쓴 것이다.

그 결과 나의 예상을 크게 뛰어넘고 길버트는 충분한 잠재력을 발휘하여 그들을 전멸시켰다.

나머지는 저 사우드라는 중앙교회의 약한 여자뿐. 그 괴물 재상에게 전술과 전략의 영재 교육을 받은 길버트라면 내가 힘을 빌려줄 것도 없이 쉽게 격퇴가 가능할 것이라고 생각했다.

그러나 그런 나의 예상은 최악의 형태로 쉽게 배신당하고 말았다.

“이게 어떻게 된 일이야?”

나는 엉망진창으로 부서진 길버트의 시체를 바라보며 자문자답했다.

길버트는 괴물 재상 요하네스 루즈벨트의 영재 교육을 받았다. 그것은 이 시련 전에 요하네스 본인에게 확인받았으니 틀림없다. 확실히 그에게는 검술의 재능은 있지만, 제대로 연마하지 않은 것은 이미 내가 직접 확인했다. 반면 마법은 별개다. 그야말로 백 년에 한 번 나올 마법의 천재라고 칭해지며 어린 시절부터 매일 피를 토하는 훈련을 받으며, 이미 능력은 궁정 마법사 수준에 도달했다고 한다.

따라서 비교적 난도가 낮은 이 시련은 직접 손을 대지 않고 지켜보려고 생각했다. 아니, 애초에 이 보너스 스테이지는 길이 쉽캣족으로부터 신뢰를 획득하기 위한 포석에 불과했을 터였다.

그러나 현실은 저런 버러지 따위에 쉽게 쉽캣족도 구하지 못하고 죽고 말았다.

“말도 안 돼…….”

그렇다. 저런 나무늘보처럼 원만한 움직임에 저항 하나 하지 못하고 살해당하다니 도저히 말이 되지 않는다. 확실히 우리 달인의 영역에 있는 자에게 길버트는 체술도, 신체 능력도 부족하다. 그러나 그렇게 말하자면 사우드도 별로 다를 바 없다. 마법의 재능이 있는 만큼 길버트가 유리하다고 나는 판단했다.

혹시 길버트의 움직임이나 생각을 둔하게 하는 술법이라도 발동되었다든가? 나에게 마력의 흐름 하나도 보이지 않고? 그렇다면 저 여자는 벨제바부 이상의 강자란 뜻이 된다.

"어쨌든 내 예상이 틀렸다…… 그런 건가……."

시련은 클리어할 수 있는 수준이 아니면 의미가 없다. 나조차 마력을 감지하지 못하는 상대라면 저 미숙한 길버트로는 상대도 되지 않는다.

지금도 거북이 같은 속도로 걷는 사우드를 보며 키지가 매우 당황한 목소리로 지시를 내렸다. 직후 사우드가 달려가 키지에게 접근해 그 목덜미에 길게 뻗은 손톱을 찌르려고 했다.

나는 아이템 박스에서 꺼낸 무라사메로 그것을 가볍게 막아냈다.

"카, 카이토?"

경악하여 눈을 크게 뜨는 키지.

"모두 동굴 안까지 데려가서 물러나 있어. 이건 내가 처리할게."

나는 강한 어조로 지시를 내렸다.

"아, 아니…… 하지만──."

"어서 가!"

크게 호통쳤다.

"아, 알겠어. 고맙군. 애들아, 동굴 안으로 돌아가자!"

키지는 다른 쉽캣족을 데리고 동굴로 달려갔다.

"날벌레 따위가 나의 일격을 막다니 조금 놀랐습니다만, 한 마리도 놓치지 않겠습니다!"

그런 몹시 착각에 젖은 대사를 내뱉는 사우드.

"내가 직접 상대해주마. 너의 진정한 힘, 어디 보여봐."

무라사메의 칼끝을 그녀에게 향하며 강한 어조로 권했다.

즉시 사우드의 얼굴에 온통 굵은 핏대가 서며 악귀 같은 형상으로 변해갔다.

"날벌레 따위가!"

나의 말이 굉장히 굴욕적이었던 모양이다. 사우드는 새된 소리를 지르며 긴 손톱으로 베어내려고 했다.

어떻게 된 거지? 이런 어린애 장난 같은 조잡하고 무른 공격이라니. 신입 헌터조차 더 나은 공격을 했을 것이다. 마력의 잔상조차 보이지 않는 약체화계 능력이라면 나에게는 항상 상태 이상 무효가 있으니 효과가 없는 것도 이해가 간다. 이해할 수 없는 것은 이 참격의 강도와 기술의 조잡함이다. 이런 것은 일류 전사라면 맨몸으로도 충분히 막아낼 수준이다. 이런 미숙한 공격에 길버트는 어찌 죽은 걸까?

"어, 어째서 내 손톱이 닿지 않지?!"

사우드가 동요를 감추지 못하고 몇 걸음 뒤로 물러나 공중에서 무수한 빛의 화살을 만들어냈다.

"홀리 애로우!"

주문을 외치며 나를 향해 일제히 쏘았다.

천천히 다가오는 화살을 나는 왼손으로 파리를 쳐내듯이 쳐냈다. 나에게 닿기만 했는데 유리처럼 산산이 부서져 흩어지는 빛의 화살.

"뭐야? 이게?"

도저히 분노가 가라앉지 않는다. 부끄러움도 없이 잘도 이런 시시한 공격 수단을 선택하는 녀석에게 나의 시련이 엉망으로 망가졌단 말인가? 아니, 침착해! 너무 단정 짓지 마라. 나도 알아차리지 못할 교묘한 수법으로 길버트를 죽였을 것이다. 그렇게 생각해야 하고, 그것 외에 이 모순을 설명할 수단은 없다.

"나, 나의 홀리 애로우가 모두 막혔다고?!"

사우드가 경악하여 외쳤다.

"그런 어린애 장난이 전장에서 싸우는 나에게 닿을 리가 없지. 이제 장난은 그만두고 어서 진짜 실력을 드러내!"

결국 짜증이 나는 바람에 새어 나온 마력으로 발밑의 지면이 꺼지며 산산이 부서졌다.

"너, 너는 평범한 마물이 아니군요!"

그녀는 그런 사망 플래그를 완벽하게 세우는 말을 내뱉고 오른손으로 가슴의 펜던트를 쥐었다. 끝까지 자신의 연기에 취하려는 걸까.

"다시 한번 말하겠어. 나에게 장난은 필요 없어. 죽고 싶지 않으면 당장 전력을 다해!"

"하등한 마물 따위가——!"

사우드가 호통을 지른 순간, 온몸의 피부가 부글부글 부풀어 곧장 하반신에서 무수한 촉수가 돋아나고 두 팔이 원뿔 형태가 되었다. 그리고 얼굴의 입꼬리를 찢어질 듯 올리자, 날카롭고 긴 이가 뻗어 나왔다.

"어떻습니까! 나의 주인에게 받은 신성한 모습이! 알겠습니다! 알겠다고요! 너의 공포와 후회가!"

외뿔 형태의 두 팔로 자신의 몸을 끌어안으며 의기양양하고 거만하게 사우드가 말했다.

"말은 됐어. 나보다 강한 것을 증명해봐."

왼쪽 손바닥을 위로 향하고 손가락을 구부려 손짓했다.

"마물 따위가 날 얕보다니!"

강한 바람을 휘감고 다가오는 촉수를 모두 무라사메로 절단하고 그 두 팔도 절단했다.

"어?"

그녀는 얼빠진 소리를 내며 자신의 두 팔에서 흐르는 파란색 선혈을 바라보더니, 곧 찢어질 듯이 절규하고 데굴데굴 굴렀다.

"이봐, 나도 인내심이 강한 편은 아니야. 어서 진짜 실력을 발휘해서 길버트를 죽인 방법을 보여줘."

지금도 꼴사납게 비명을 지르고 있는 사우드의 코앞에 무라사메를 들이대고 위협적인 어조로 지시했다.

"요, 용서해줘……."

나를 올려다보는 사우드의 두 눈 안쪽에 있는 것은 실컷 보아온 전의조차 상실한 패배자의 것이었다.

"젠장!"

화를 내며 사우드를 걷어차자 공처럼 나무들을 쓰러뜨리고 아득히 먼 곳에서 겨우 멈췄다. 나는 사우드에게 질주하여 확인하였으나, 움찔움찔 경련하며 이미 빈사 상태였다.

이제 됐다. 이것으로 확실해졌다.

"그러니까 그건 그 원숭이에게 어렵다고 말했지 않소."

뒤에서 아스타가 한숨 섞인 말투로 몇 번이나 반복한 말을 꺼냈다.

"내가 실력을 잘못 파악했단 말인가……."

"마스터는 자신을 너무 과소평가하고 있소. 하등한 인간은 마스터의 생각보다 훨씬 약하고 무른 것. 그래, 이 정도의 잔챙이에게 일방적으로 패배할 정도요."

과소평가. 그리고 인간이 약하다고. 그런 것은 지금까지 생각도 하지 못했다. 애초에 10만 년이나 그 이지 던전에 갇혀 있느라 인간과 싸우기는커녕 얽힌 적조차 없었으니 같은 인간에 대한 강함의 감각이 매우 둔하다.

하지만…… 만약 나의 인식이 근본적으로 틀렸다면——.

"저기, 혹시 전에 그 풍선 같은 언데드는 강했어?"

"강함의 기준을 어디에 두느냐에 따라 다르오. 우리를 기준으로 하면 잔챙이. 그러나 이 세계의 주민에게는 압도적인 초월자. 타르타로스는 우리에게 방심할 수 없는 강자. 그리고 그 타르타로스조차 마스터에게는 그냥 잔챙이. 그야말로 숲에서 배회하는 고블린에 가깝소."

그런 것이었나. 확실히 위화감은 있었다. 왜 그렇게까지 순순히 바벨과 헌터 길드가 나의 지시에 따르는지.

——절대 이기지 못하니까.

그렇게 생각하면 모두 앞뒤가 맞는다. 설마 그 팬티 하나만 입은 변태 남자도, 약해빠진 삼두룡도 강자였단 말인가? 그렇다면, 그렇다면 말이다. 이제 나는 두 번 다시——.

“아스타, 너는 앞으로 내가 전력으로 검을 쥘 수 있을 것 같아?”

아스타는 고개를 돌리고 작게 가로저었다.

“……그런가…….”

자연히 턱이 가슴에 닿았다.

“크하하! 어떻게 된 것 아닌가, 나는?!”

그것은 슬로 라이프를 바라는 나에게 바라던 바일 터가 아니었나? 그렇다면 이유가 뭘까? 어째서 이렇게 더할 나위 없이 허무함을 느끼는 걸까?

“아스타, 지금이라면 네가 했던 말을 잘 알겠어.”

“그런가…… 그럼 앞으로 계획은 어떻게 할 생각이오?”

아스타가 조금 쓸쓸하게 나에게서 시선을 피하고 말할 것도 없는 사항을 물었다.

“물론 모두 백지야. 나의 인식 차이로 죽이고 말았으니까. 무엇보다 시련을 내릴 상대를 잃어버렸어.”

마물들은 기리메칼라 쪽에 명령하여 죽기 직전에 보호하라고 지시를 내렸다. 따라서 이 시련으로 죽은 것은 길버트 오직 한 사람이다.

본래 나는 길버트를 죽일 생각이었다. 그것을 솜니와 테토루 두 사람의 관대함으로 이 시련을 치르게 하여 살아남을 기회를 준 것에 불과하다. 따라서 길버트가 시련으로 사망하는 것은 처음부터 가능성이 있었을 터였다. 그런데——.

“크하하! 나는 미치고 만 건가?”

이것은 단순히 계획이 망가진 것에 대한 분노가 아니다. 나는 길버트가 죽은 것 자체에 적지 않게 낙담하였고, 잘못 인식한 자신에게 격렬한 분노를 느꼈다.

"뭐, 됐어. 지금부터 노스그랜드의 모든 문제는 내가 책임지고 처리할게."

시련의 성격상 예상된 결과 중 하나라고는 해도 나의 인식 차이로 길버트를 죽이고 말았다. 그 책임을 져야 한다.

장난을 친 중앙교회와 그 뒤에 있는 쓰레기 자식에겐 철저한 제재를 가하고, 여기 북쪽에서 마음대로 날뛰는 마족도 내가 직접 없애겠다. 그 뒤에 누가 있다면 그것도 모두. 그것이 내가 져야 할 책임이다.

그러나 그 전에—— 조금 시험하고 싶은 것이 있다.

나는 토벌 도감을 꺼냈다. 토벌 도감은 확실히 그 이지 던전을 클리어하며 등록 대상이 확장되었고, 일정한 강함 이상의 인외로 등록이 확장되었다.

그러나 그로부터 여러모로 이 토벌 도감에 대하여 시험했으나, 일반적인 마물과 언데드는 토벌 도감에 등록되지 않았다. 가능한 것은 이프리트, 데이모스 같은 인외거나 페리스처럼 그 피를 잇는 자뿐이다.

그 이유는 쭉 불명확했지만, 지금이라면 어렴풋이 추측된다. 토벌 도감의 등록은 나와 영혼의 연결이다. 즉, 일정한 강함이 없으면 토벌 도감에 등록할 수 없을 것이다. 따라서 애초에 인간인 이 녀석은 등록할 수 없다. 그러나 어떻게든 나는 그를 등록하고 싶었다.

"죽은 지 별로 시간이 지나지 않았어. 아직 영혼은 그 육체에 있어. 등록도 이론상 가능할 터⋯⋯."

나의 진심 어린 바람에도 토벌 도감은 역시 아무런 반응이 없었다.

"불가능한가⋯⋯."

나는 크게 숨을 내뱉었다. 그렇겠지. 인상이란 마음대로 되지 않는 법이다. 자신이 행동한 결과는 두 번 다시 원래대로 돌아갈 수 없다. 특히 이미 죽은 자를 되살리는 일은 불가능하다. 그것은 인간 세상의 섭리라는 것이다.

딱히 입바른 소리를 할 생각은 없고, 길버트를 죽이고 만 것에 대하여 내가 죄책감을 느끼는 것도 아니다. 나는 본래 독선적이고 몹시 이기적이다. 따라서 이것은 나의 꼴사납고 너무 치명적인 실수에 대한 분노와 같은 것이다.

"기리메칼라, 벨제, 있어?"

"바로 여기⋯⋯."

"있습니당."

나의 앞에 무릎을 꿇는 기리메칼라와 벨제바부.

"벨제, 저기 누워 있는 쓰레기로부터 배후 관계를 알아내! 알아내면 그 녀석들을 한꺼번에 처분해! 절대 타협하지 말고 이 세상의 지옥을 보여줘라!"

"알겠습니당."

키샤키샤키샤 하는 평소보다 더 흥분한 느낌으로 입을 움직이는 벨제바부.

"만약 그것이 천군의 심부름꾼이라면 어떻게 하시겠습니까?"

그 옆에서 진지한 얼굴로 기리메칼라가 자명한 질문을 해왔다.

"천의 심부름꾼? 아아, 너희가 말하는 천군, 악군이라는 촌스러운 조직 말인가. 물론 당연하지! 나에게 이빨을 드러낸 이상, 전면 전쟁이다! 조각도 남기지 말고 해체해!"

설령 하잘것없는 약한 존재더라도 일단 칼을 들었다면 죽을 각오는 했을 터였다.

"어둠의 나라 마족의 배후에는 악군이 있습니다만, 그것도 처리하시겠습니까?"

"당연히 모두 제재를 가한 뒤, 처분하겠다."

"알겠습니다!"

기리메칼라의 세 번째 눈이 새빨갛게 물들고 온몸에서 검은색 안개가 새어 나왔다.

"계획은 중지야. 나머지는 모두 내가 처리해. 이것은 나의 책임이자 의무다. 너희는 잔챙이들의 소탕과 뒤처리를 담당해줘."

"알겠습니다!"

"원하시는 대로 하겠습니당!"

둘이 고개를 끄덕이는 것을 확인하고 어깨에 멘 무라사메를 뽑았다.

"자, 죽이자."

안개의 마왕 프로키온, 그리고 악군, 천군이라고 했나. 너희는 될 수 있는 한 잔혹하게 되도록 굴욕적으로 죽여주마. 물론 이것은 그저 나의 화풀이다. 그러나 실컷 이 세상의 주민을 이

용하며 마음대로 해왔다. 자신이 손 쓸 방도도 없이 죽을 각오
쯤은 해두었겠지?

입꼬리가 한계까지 올라가는 것을 느꼈다.

나는 몸에 깃든 격렬한 분노에 몸을 맡겼다.


──카이 하이네만이 살육을 위해 떠난 뒤.

보통 토벌 도감은 빠르게 카이 하이네만의 안에 자동으로 흡
수되어 사라지곤 했다. 그런데 아직 도감은 같은 지점에 부유하
고 있다.

그리고 토벌 도감이 팔락거리며 넘어가더니 책에 글자가 새겨
졌다.

──길버트의 토벌 도감 등록── 실패! 이론상 불가능.

──길버트의 토벌 도감 등록──── 실──패! 이론상──
불가능.

──길버트 로트 아멜리아의 토벌 도감 등록── 실패? 이론
상── 불가능?

──길버트 로트 아멜리아의 토벌 도감 등록── 시일패애!

──길버트 로트 아멜리아의 토벌 도감 등록── 시일……
패애!

──길버트 로트 아멜리아의 토벌 도감 등록── 시일………
패애!

──길버트 로트 아멜리아의 토벌 도감 등록── 시일………
패애!

──길버트 로트 아멜리아의 토벌 도감 등록── 시시시시시시 시시시, 실…… 패!

──길 버 트 로 트 아 멜 리 아 의 토 벌 도 감 등 록── 시 시 시 시 시 시 시 실……………………………… 패패 패패패애애애애애애!

반복되는 일그러진 문장.

그것들이 수 페이지에 이르렀고──.

──길버트 로트 아멜리아의 토벌 도감 등록───────── 성공!

──길버트 로트 아멜리아가 토벌 도감 소지자, 카이 하이네 만의 정당한 권속으로 승격되었습니다.

──마스터인 카이 하이네만과 영혼 접속───────── 성공!

──길버트 로트 아멜리아의 영혼으로부터 육체를 재합성합 니다──── 실패!

──길버트 로트 아멜리아의 영혼으로부터 육체를 재합성합 니다──── 실패!

──길버트 로트 아멜리아의 영혼으로부터 육체를 재합성합 니다──── 실패!

──길버트 로트 아멜리아의 영혼으로부터 육체를 재합성합 니다──── 실패!

──길버트 로트 아멜리아의 영혼으로부터 육체를 재합성하 는 것은 불가능하다고 판단. 도감 소지자 카이 하이네만의 마력 으로 길버트 로트 아멜리아의 기프트── '최상위 마법사(특질계)'

의 변질을 시행———— 성공—— 칭호 '영혼의 귀환자'를 획득. 권능—— '환영'을 획득하였습니다.

새로운 획득 칭호—— '영혼의 귀환자'의 발동을 시행————
성공.

길버트 로트 아멜리아의 영혼을 현시점부터 과거의 일정 기간 내로 무작위로 회귀합니다.

＊＊＊


——정당한 권속 길버트 로트 아멜리아의 토벌 도감 등록 신청——— 거부.

——정당한 권속 길버트 로트 아멜리아의 토벌 도감 임시 등록 신청——— 승낙.

——임시 등록한 범위 내에서 영혼의 정보로부터 육체, 정신, 상식을 약간 변경합니다.

묘하게 무기질적인 목소리를 자장가 삼아 바닥에서 의식이 떠오르는 감각.

눈을 뜨자 그곳은 그 동굴 속이었다.

"이봐, 길, 괜찮아?!"

동굴에서 키지에게 온몸을 흔들리고 있었다.

"이곳은……."

혼란스러운 머리를 몇 차례 흔들었다.

"큭——?!"

저 묘하게 생생한 광경이 머릿속에 떠올라 벌떡 일어나 주위를 빙 둘러보았다.

불쾌한 듯 이쪽을 응시하는 빨간 머리 쇼트커트에 고양이 얼굴의 여자. 그 모습이 무참하게 목이 꺾인 모습과 겹쳐지며——.

"타마!"

튕기듯이 일어나 다가가 그녀를 끌어안았다.

"무사했구나?! 다친 곳은 없고?!"

그리고 손바닥으로 찰싹찰싹 온몸을 두드리며 그 생존을 확인했다.

"히엑?!"

타마가 너무 놀라 잠시 멍한 상태로 있었으나, 점차 얼굴을 새빨갛게 물들이고 눈을 이리저리 굴리더니——.

"▽○◆×——."

잘 모르는 괴성을 지르며 나를 떠밀고 동굴 안쪽으로 도망치고 말았다.

그제야 지금 상황을 생각할 만한 냉정함을 되찾았다.

그것은 대체 무엇이었을까? 몇 가지 확인했으나, 차트와 타마는 멀쩡했다. 무엇보다 나와 함께 배치된 사실을 완전히 잊고 있었다. 아니, 잊었다는 것은 정확하지 않다.

——모두 없었던 일이 되어 있었다.

아마 이것이 가장 정확한 답일 것이다. 지금은 저 악몽에서 몇 시간 전 우리가 동굴로 돌아와 타마와 말다툼을 벌였을 때다. 말다툼이 한창인 와중에 내가 갑자기 쓰러져 의식을 잃었다고 한다.

　백일몽이라는 것일까? 그러기에는 너무 생생했다. 그것을 그저 꿈이라고 단정 지을 수 없다. 그렇다면 생각할 수 있는 것은 미래시인가, 아니 자고 있었으니 예지몽이 더욱 정확하려나. 나는 기억을 잃었고, 나의 기프트를 모른다. 충분히 가능한 이야기다.

　그리고 그 트리거는 아마 목숨의 위기. 위기가 가까이 다가와 강제로 미래를 보게 되었다. 그렇게 생각하면 완전히 앞뒤가 맞는다. 그렇다면 매우 위험하다. 그 하얀 옷의 여자를 이길 수 있는 요소가 하나도 없다. 그보다 하얀 옷 여자의 움직임을 간파하는 것조차 불가능했다. 지금 상태로는 어떻게 해도 모두 죽는 결말밖에 없다. 할 수 있는 일이라면 도망을 꾀하는 것이지만, 그러면 샤르는 두 번 다시 돌아오지 않는다. 그런 느낌이 든다.

　"사면초가라는 것인가……."

　머리를 벅벅 긁고 있자 키지와 차트, 카이토가 다가왔다. 뭐, 다들 목숨을 걸고 싸움에 임하고 있다. 이만큼 태도가 이상하면 신경 정도는 쓰일 것이다.

　차트가 나의 멱살을 잡고 동굴 안쪽의 개별 방으로 끌고 갔다. 키지도 뒤를 따랐다.

　"길, 무슨 일이 있었지? 말해주겠나?"

　키지가 진지한 얼굴로 물었다. 이 장소로 데려온 것은 별로 타인에게 들려주고 싶지 않기 때문일 것이다. 아마 키지의 지시라고 생각하지만, 이번에는 더할 나위 없이 정당하다. 그야 절대 이기지 못할 상대와 싸우는 것을 알면 혼란에 빠질 것이 분명하기 때문이다.

"믿을지 말지는 너희에게 달렸어."

나는 목소리를 낮추면서도 내가 보고 느낀 것을 말하기 시작했다.


"예지몽인가. 확실히 그건 최악이군."

키지가 나직하게 중얼거렸다.

놀랐다. 진심으로 이 이야기를 믿는 건가. 자신이 얼마나 황당무계한 이야기를 했는지 안다. 무엇보다 나 자신이 반신반의하였다. 설마 이렇게 순순히 믿을 줄은 꿈에도 상상하지 못했다.

"뭐야, 키지 씨, 진짜 그런 꿈 얘기를 믿는다고?"

눈썹을 찡그리며 차트도 당연한 질문을 했다. 차트는 믿을 수 없는 듯하지만, 격노하지 않는 것으로 보아 내가 장난이나 농담으로 말한 것이 아님은 느꼈을지도 모른다.

"그래. **그 녀석**도 그런 믿을 수 없는 능력을 지녔어. 대체로 예지몽은 너희 인간족의 신에게 받는 기프트란 거잖아."

'예지몽의 기프트? 하지만 이 녀석의 기프트는 마법계였을 터. 생각할 수 있는 건 숨겨진 두 번째 기프트란 말인가? 확실히 이론상 불가능하지는 않아…….'

카이토가 턱에 오른손을 대고 작은 목소리로 무언가 중얼중얼 혼잣말을 했다.

납득한 듯한 두 사람에게,

"이봐, 그렇다면 내가 죽는단 말이야?"

차트가 새파랗게 핏기가 가신 얼굴로 엄지손가락을 자신에게 향하며 강렬한 불안함을 드러냈다.

"걱정하지 마. 나에게 생각이 있어. 잠시 기다려."

키지가 방에서 뛰어나가더니 가늘고 긴 나무상자를 안고 돌아왔다.

"이거다!"

나무상자의 뚜껑을 열자 그곳에는 세 개의 말뚝 같은 것이 들어 있었다.

"그것은?"

"과거에 어떤 헌터에게 받은 능력 제한의 말뚝이야."

"옛날에 샤르의 목숨을 구한 헌터 말이야?"

"그래. 그 녀석에게 정말 물러날 곳이 없을 만큼 궁지에 몰렸을 때 쓰라는 말을 들었어. 그 세 개의 말뚝 범위에 대상을 넣고 마력을 주입하면 발동된다고 해. 공교롭게도 우리 쉽캣족은 샤름 외에 마력 조작이 불가능하지만, 이번에는 네가 있어. 그때 그 녀석이 우리에게 왜 이런 쓸데없는 물건을 맡겼는지 몰랐지만, 어쩌면 그 녀석은 네가 이곳에 오는 것을 예상했을지도 몰라."

말뚝을 손에 들고 조사했다. 확실히 이 문자는 고대어. 틀림없이 유적에서 발굴된 고대 병기다. 고대 병기의 효과는 그야말로 비상식적으로, 국가 보물로 여겨진다. 제대로 기능만 한다면 그 괴물에게도 충분한 효과를 낼 것이다. 아마 그것에 승리하려면 이것밖에 없다.

“응. 이것밖에 없네. 하지만 가장 큰 문제는 그것이 이 보물이 발동할 때까지 얌전히 기다려주겠냐는 거야.”

나는 그 녀석의 행동을 전혀 간파할 수 없었다. 그 괴물이 얌전히 발동까지 가만히 있을 것이라고는 도저히 생각할 수 없다.

“그 녀석이 그렇게 빨라?”

“빨라. 녀석의 움직임이 나에겐 전혀 보이지 않았어.”

어느새 그것이 뒤에 있었다. 그 괴물에게 우리는 둔한 슬라임에 가깝다. 도저히 성공할 것 같지 않다.

“어떻게든 그 녀석을 일정 시간 동안 정위치에 붙잡아둘 계획은 없나?”

붙잡아둘 계획…… 녀석은 상당히 화가 난 듯했다. 정보를 알아내기 전에 우리 세 명을 모두 죽일 정도로. 한마디로 격한 분노로 정상적인 사고조차 날아가 버렸을 것이다. 그렇다면 그 사고를 잠시 강제적으로 되돌리면 어떨까?

“본래 그 여자의 목적은 쉽캣족의 포박이었을 거야. 그렇다면 조우하자마자 그 목적을 떠올리게 하면 잠깐이나마 시간을 벌 수 있을지도 몰라.”

딱히 설득할 필요는 없다. 잠깐 망설이는 것이면 된다. 그동안 능력 제한의 효과를 발동하여 일제 공격으로 쓰러뜨리면 된다. 마지막은 모두 이탈한 뒤 카이토의 보물 창으로 마무리를 짓는다. 솔직히 이것밖에 승기를 잡을 만한 것이 없다. 다만——
—.

“그건 구체적으로 어떤 수단인데?!”

“하지만……..”

그것은 그야말로 굶주린 맹수 우리 안에 먹이를 던지는 것과 마찬가지다. 본래는 내가 그 역할에 제격이지만, 공교롭게도 제한 말뚝을 발동할 수 있는 사람은 나뿐이다. 즉, 지극히 위험한 미끼 역할을 타인에게 떠넘기는 것을 의미한다.

“무엇이든 좋아! 부탁할게! 마을의 미래가 걸려 있어!”

키지가 나의 양쪽 어깨를 잡고 필사적인 얼굴로 애원했다. 감추더라도 불신감을 줄 뿐 의미가 없나. 키지라면 안 되는 이유를 이해할 것이다.

“한 사람이 앞에 나가서 전면 항복할 의사 표명을 해. 그러면 아마 그 여자는 망설일 거야. 그러나——.”

“살해하지 않는다는 보장이 없나…….”

“그보다 우리 모두를 살려둘 필요성이 없어. 그러니 일단 죽이려고 할 거야. 중요한 것은 아주 잠깐, 미칠 듯이 분노한 그 여자의 머리를 식히고 주저하게 만드는 거야.”

“그럼 내가——.”

차트가 나서려고 했다.

“넌 안 돼.”

“이유가 뭔데?!”

내 멱살을 잡고 차트가 거칠게 따졌다.

“그 여자는 중앙교회의 경건한 신도야. 그럼 본능적으로 그들의 교의에 구속될 가능성이 커. 중앙교회가 믿는 성무신 아레스의 교의에는 여성에게 친절해야 한다는 것이 있어.”

"흥! 여기 우리는 마물밖에 없어. 녀석이 마물을 여자라고 해서 봐줄 것 같아? 안 그래, 카이토?"

"그래, 그들은 여자와 아이 상관없이 우리 마을의 모두를 죽였어. 그런 올바른 신앙심은 없겠지."

카이토가 얼굴을 혐오로 물들이며 그렇게 쏘아붙였다.

"맞아. 살해하려고 할 거야. 그러나 그 여자는 자칭 경건한 신도. 그럼 저항하지 않는 여자의 전면 항복을 앞에 두고 자신의 욕망과 교의 사이에서 조정하려고 할 거야."

"길이 하려는 말은 알겠어. 한마디로 변명을 생각할 만한 시간은 벌 수 있다. 길은 그렇게 말하려는 거지?"

"어디까지나 가능성이고 절대적이지는 않아. 반면 그 리스크는———."

"확실히 죽이려들 것을 아는 상대 앞에 무방비한 모습을 드러내야 할 만큼 위험하다는 말인가…….."

키지가 씁쓸하게 중얼거렸다.

"그 미끼 역할, 내가 맡겠어!"

"나도 할래!"

문을 열고 빨간 머리 쇼트커트에 고양이 얼굴 여성——— 타마와 등에 새하얀 날개가 돋은 검은 머리 미소녀가 들어와 그렇게 선언했다. 아마 둘 다 방 밖에서 귀를 기울이고 있었을 것이다.

"애쉬?! 안 돼. 절대 안 돼!"

카이토가 초조한 목소리로 거부했다. 검은 머리의 가루다족 소녀는 카이토의 소꿉친구인 애쉬다. 이미 카이토를 통해 간단한 자기소개는 마쳤다.

“반대해도 난 할 거야!”

애쉬가 사명감에 사로잡힌 듯 진지한 표정으로 외쳤다.

“나도 뜻을 굽힐 생각은 없어.”

“대체 너희는 얼마나 위험한 일인지 알면서 말하는 거야?”

내가 말한 것은 이 방법이 도저히 말도 안 되는 무모한 것임을 모두에게 이해시키기 위해서다. 애초에 채용할 것이라고는 생각도 안 했다.

“외부인은 가만히 있어!”

타마가 나에게 외치더니 키지에게 다가가 머리를 숙였다.

“키지 님, 저, 미끼가 되겠어요!”

“안 돼! 너무 위험해!”

키지가 고개를 가로저으며 거부한다.

“그렇게 그 인간이 강하다면 결국 도망칠 수 없을 거야. 잡히면 어차피 죽어. 그럼 설령 위험하더라도 마을을 위해 나도 싸우고 싶어!”

타마는 매우 진지한 표정으로 그렇게 속마음을 드러냈다.

“나도 모두의 원수를 갚고 싶어!”

애쉬도 오른쪽 주먹을 굳게 쥐고 설득했다.

“키지 씨, 이번에는 나도 타마에게 찬성해. 그 여자의 속도가 그 정도라면 우리는 허수아비나 마찬가지야. 미끼 역할조차 하지 못하고 바로 죽어. 하지만 타마와 애쉬가 미끼가 된다면 잠깐이라도 망설일 가능성이 있어. 그럼 실행해야 해.”

"차트, 나는——."

"길! 타마도 말했잖아! 그들은 우리를 의지가 있는 생물로 보지 않아! 상대가 그런 쓰레기 자식이라면 결국 어디에 있더라도 죽게 돼. 우리가 살아남으려면 그 변태 여자를 죽일 수밖에 없어! 아니야?!"

아랫입술을 깨물면서도 차트가 호통쳤다.

틀린 말은 아니다. 특히 애쉬는 인간과 그리 다를 바 없는 외모다. 적어도 순간 녀석은 망설일 터. 그것에 바로 이번 싸움의 승기가 있다. 게다가 어느 쪽이든 이 작전이 실패하면 이곳에 있는 사람은 모두 죽는다. 한마디로 괴롭게 죽느냐, 쉽게 죽느냐의 차이에 불과하다. 우리에게는 그 여자를 죽이는 것밖에 이 위기를 극복할 방법이 없다.

"알겠어. 나는 키지의 결정에 따를게."

키지는 잠시 눈을 질끈 감았다.

"하자! 마을을 지키자!"

그리고, 그렇게 말을 쥐어 짜냈다.


그 여자는 이상할 만큼 빠르다. 만약 능력이 제한되더라도 밀림 속에서 그렇게 움직이면 이미 포착하는 것은 불가능하다. 그렇다면 되도록 트인 장소가 낫다.

따라서 이 동굴 앞에 펼쳐진 탁 트인 장소를 일부러 선택했다. 녀석이 어떤 경로로 습격할지 모르는 이상, 섣불리 동굴에서 나가는 것은 위험하다. 따라서 여자와 아이들은 동굴 안에 머물게

하고, 교전 상태가 되면 동굴 안쪽을 나아가 뒤로 탈출하기로
했다.

다만 그 속도라면 설령 도망치더라도 우리가 전멸하면 바로
잡힐 것이다.

즉, 모든 것은 우리가 이 싸움에 승리하느냐 아니냐에 달려
있다.

"상대는 진정한 이상자야. 타마, 애쉬, 모쪼록 무리는 하지 마."

광장에 말뚝 설치를 마치고 지금도 허리에 양손을 대고 우뚝
서 있는 타마와 애쉬에게 다가가 다짐해두었다.

"무리고 뭐고 상대는 인식하지 못할 만큼 빠르다며? 그럼 어
디서 무얼 하든 마찬가지야."

"그야 그럴지도 모르지만……."

"……너, 인간인 주제에 진심으로 마물인 우리를 걱정하는
거야?"

의심스럽게 묻는 타마.

"당연하잖아. 너는 나에게 소중한 사람이니까."

그렇게 강하게 단언했다.

나에게는 과거의 기억이 전혀 없다. 그렇기 때문일까. 지금도
나에게 가장 중요한 것은 샤르다. 그런 그녀가 슬퍼하는 얼굴만
은 절대 보고 싶지 않다. 그렇게 강하게 생각한다. 따라서 나는
샤르가 웃기 위해 꼭 필요한 이 마을과 그녀의 소중한 가족을
지키기 위해 목숨을 걸고 있는 것이라고 생각한다.

"…………"

퍼뜩 놀라는 타마 옆에서 애쉬가 그 얼굴을 들여다보았다.

"흐음, 흠흠, 타마 얼굴이 빨갛구나."

히죽히죽 의미심장한 미소를 짓는다.

"바── 무슨 소리야! 이 녀석은 인간이고 우리의 적이야! 요만큼도 신뢰 같은 건 하지 않으니까!"

타마가 금세 얼굴을 새빨갛게 물들였다.

"솔직해져. 나도 카이토가 걱정해주면 기뻐."

팔짱을 끼고 일정한 리듬으로 발을 구르고 있는 카이토를 바라보며 애쉬가 볼을 살짝 붉혔다.

"너 말이야, 지금 상황이 어떤지 알아? 우리는 지금부터 죽을지도 모르는데?"

"응? 나는 죽을 생각은 전혀 없는데?"

타마는 의아한 얼굴로 그렇게 대답하는 애쉬에게 허탈해진 모양이다.

"……이제 됐어. 그 적이라는 게 언제 올지 몰라. 어서 가자! 가!"

타마가 크게 한숨을 내뱉고 성가신 파리라도 쫓는 것처럼 두 손을 팔랑팔랑 흔들었다.

"잘 들어, 절대 저항하면 안 돼. 뒷일은 우리에게 맡겨."

다시 한번 같은 말을 반복하고 그녀에게서 등을 돌려 지정된 풀숲에 몸을 숨기려고 달려갈 때였다.

"고마워."

타마가 희미하게 그렇게 말한 듯한 기분이 들었다.

현재 나는 나무 뒤에 몸을 숨기고 있다. 지금부터 올 녀석은 진정한 괴물이다. 방심하면 바로 죽는다. 그런 상대다.

손끝이 잘게 떨리는 것이 느껴진다. 조금이지만 자신에 대해 알게 된 것이 있다. 나는 어쩔 도리가 없는 겁쟁이에 나약한 자다. 본래는 이런 용사 같은 짓은 절대 할 법한 인간이 아니다.

'주제에 맞지 않겠지.'

뭐, 그렇게 말할 수 있을 만큼 자신을 아는 것은 아니지만, 어쨌든 이대로 샤르와 그녀가 돌아올 장소를 모른 척할 수는 없다. 지금 나의 유일하다고도 할 수 있는 아이덴티티로 나의 내면에서 무언가가 시끄러울 만큼 주장하고 있다.

'그러고 보니……'

——만약 절대 이기지 못할 상대가 있으면 꼬리를 말고 도망쳐. 하지만 만약 자신의 신념으로 싸워야만 할 때가 오면 압도적인 강자를 떠올려라. 그리고 그 강자가 되었다고 생각하고 행동해.

옛날에 그런 말을 들은 기분이 든다.

'우습군…… 나는…… 누구에게 들었는지도 기억나지 않는데……'

하지만 공포를 없애려면 가장 좋은 행위다.

'나에게 최강의 존재인가……'

갑자기 머릿속에 떠오른 것은 의외로 평범한 회색 머리 소년이었다.

'어째서 이렇게 별로 강해 보이지 않는 녀석이 나에게 최강의

존재지?'

무심코 입에서 마른 웃음이 터졌다. 언뜻 보아 흔한 마물에도 패배할 듯 약해 보인다. 하지만 어쩐지 그 회색 머리 소년이 지는 모습을 나는 상상할 수 없었다.

'그래. 어디 흉내 내볼까. 어디의 누구인지 모르는 그 사람을.'

나는 그 소년을 떠올렸다. 가슴 중심에 뜨거운 덩어리가 생기며 그것들이 급속도로 퍼져갔다. 굳이 말로 하자면 육체 내부가 부글부글 끓는 감각일까. 상식적으로 생각하면 이상하기 짝이 없는 감각일 터인데 이때 나는 왠지 묘하게 편안함마저 느꼈다.

나는 이미지에 몰두해갔다…….

잠시 회색 머리 소년의 이미지를 계속 떠올렸을 때, 숲 깊은 곳에서 무언가 강렬하게 꺼림칙한 것이 이쪽으로 다가오는 것을 깨달았다. 악취 덩어리가 다가온다고 말하면 알기 쉬울까. 예지몽에서는 애초에 아무것도 느끼지 못했지만……. 뭐, 어차피 꿈이다. 그 정도로 정확성을 요구하는 것도 이상하다.

아무튼 저것이 그 꿈에 나온 하얀 옷 여자인 것이 분명하다. 능력 제한 말뚝을 발동하고 곧장 녀석을 일격에 죽인다. 그것이 최선이지만…… 점점 꺼림칙한 느낌이 다가온다. 그러나 이상하다. 꿈에서는 순식간이었다. 더욱 공포를 느껴도 좋을 것 같지만, 무슨 까닭인지 위협적으로 느껴지지 않는다. 물론 극심한 불쾌감은 있지만, 위기감은 별로 없다.

혼란스러운 감정 속에 몸을 감추고 있자 드디어 숲에서 하얀 천으로 두 눈을 가리고 호화로운 장식을 한 하얀 옷을 입은 여자가 모습을 드러냈다.

역시 꿈에 본 그 하얀 옷의 여자다.

다소 등을 굽힌 자세로 나타난 하얀 옷의 여자는 두 손을 들고 선 타마와 애쉬를 보았다.

"마물 따위가 건방지게 항복입니까? 그리고 이걸로 함정에 빠뜨릴 셈입니까?"

하얀 옷 여자가 주위를 빙 둘러보며 우스운 듯 중얼거렸다. 그리고——.

"이런 저속한 함정을 친 하찮은 벌레에게 이 나의 신앙이 더럽혀졌다. 그렇단 말입니까!"

이마에 무수한 핏대를 세우고 타마와 애쉬를 노려보았다.

한 번 노려보는 것만으로 타마는 새파랗게 질린 얼굴로 온몸을 덜덜 떨었다.

"나는 알아!"

애쉬가 알 수 없는 말을 외친 순간, 하얀 옷 여자의 긴 손톱이 애쉬의 코앞에서 멈췄다.

"안다고? 설마 파리 괴물 말입니까?"

하얀 옷 여자가 얼굴을 가까이하고 그 의도를 확인하려고 했다.

'지금이다!'

말뚝에 모든 마력을 주입했다.

'우와!'

자신의 오른손에서 방출된 너무나 농후하고 탁류와 같은 양의 마력에 무심코 작게 경악이 새어 나왔다.

"둘 다 떨어져!"

하얀 옷 여자를 둘러싸도록 삼각형 마법진이 지면에 떠오르며 검은색 사슬이 그 온몸을 휘감았다.

잠시 하얀 옷 여자는 어안이 벙벙한 듯 자신의 온몸에 휘감긴 검은 사슬을 바라보았다.

"함정인가…… 크큭! 허튼짓하지 마라!"

그녀는 귀가 따갑도록 절규하고는 검은 사슬을 끊으려고 했다. 그러나 꿈쩍도 하지 않고 오히려 꽁꽁 묶였다.

"이 나를—— 하등한 마물 따위가!"

저주를 퍼붓는 하얀 옷 여자. 그때——.

"어머나, 그거 드물게도 구세대 장난감이잖아. 하지만—— 안타깝게 됐네——."

여자의 나른한 목소리와 함께 검은 사슬이 쉽게 끊어지고 말았다. 동시에 삼각형 마법진이 흩어졌다.

젠장! 중간에 하얀 옷 여자가 억지로 강제 해제했나? 아니, 지금 하얀 옷 여자로부터는 대단한 위협이 느껴지지 않는다. 효과는 있었다고 생각해야 하나? 하지만 그건 발동 전부터 그랬던 것 같고…….

'지금은 깊이 생각하지 마!'

아무튼 적어도 그 꿈에서는 절대 대적하지 못할 괴물처럼 느꼈을 터였다. 그 꿈과 비교하면 지금은 그런 느낌이 전혀 없다. 이렇게 직접 보니 발동 전보다도 약해진…… 듯한 기분이 든다. 역시 저 말뚝에 일정한 효과는 있었다고 생각해야 한다.

"열등하고 사악한 마물이 이 나를 모욕하다니!"

이성을 잃고 미친 듯이 분노하는 하얀 옷 여자를 향해 힘껏 바닥을 박찼다. 주위 경치가 고속으로 흘러가며 순식간에 하얀 옷 여자와 거리가 좁혀졌다.

"어?"

놀란 소리를 내는 하얀 옷 여자의 배에 오른쪽 손바닥을 올렸다.

"플레임 불리이잇!"

나의 가장 특기인 마법—— 플레임 불릿을 발동했다. 손바닥에서 검은 화염이 방출되어 하얀 옷 여자의 온몸을 꿰뚫었다. 그것만이 아니다.

"쿠워어어어어어어어엇?!"

충돌한 충격으로 하얀 옷 여자가 데굴데굴 몇 번이나 굴러 나무들을 쓰러뜨리면서 멀리 날아가고 말았다.

"뭐야 이거?"

지금까지 나는 이런 위력의 마법은 다루지 못했을 터였다. 애초에 화염의 색 자체가 빨강에서 검정으로 바뀌고 말았다. 사실 저 말뚝은 대상자의 약체화와 함께 발동자에게 힘을 주는 효과라도 있을 걸까. 아무튼 하얀 옷 여자의 움직임은 꿈에서 본 것과는 다르게 둔해졌다. 말뚝은 충분히 효과를 발휘한 모양이다.

"기, 길?"

타마가 뒤에서 당황한 듯 이름을 불렀다.

"길, 해치웠구나!"

흥분한 어조로 오른쪽 주먹을 드는 애쉬.

"상대의 움직임은 대단할 것 없어. 둘 다 이때를 틈타 동굴 안으로 대피해!"

"…………."

역시 우물쭈물하며 동요를 감추지 못하고 있는 타마.

"알겠어!"

그런 타마를 대신하여 애쉬가 크게 고개를 끄덕이고 타마의 손을 억지로 끌고 카이토가 있는 동굴로 달려갔다.

"용서하지 않겠습니다……."

하얀 옷 여자가 휘청거리면서도 일어나 자신의 두 눈을 가리고 있던 하얀 천을 찢고 새빨갛게 충혈된 눈으로 나에게 쏘아 죽일 듯한 시선을 보냈다.

"죽여주마!"

그녀가 원망하는 목소리로 외쳤다. 약체화되었다고 해도 상대는 확실히 강하다. 언제 약체화가 사라질지 모른다. 그렇다면 여기서 절대 여유조차 주지 말고 끝내야 한다.

"네놈은 태어난 것을 후회할 만큼——."

하얀 옷 여자가 무언가 말하는 것을 곁눈질하며, 나는 자신이 보유한 최고의 마법인 '신체 강화(상)' 마법을 걸어 지면을 전력으로 박차고 다시 하얀 옷 여자에게 다가갔다.

살짝 움직이는 것조차 허용하지 않고 그 얼굴에 혼신의 힘을 담아 오른쪽 주먹을 꽂았다. 나무들을 쓰러뜨리며 날아가는 하얀 옷 여자를 쫓아가 오른발로 돌려차기를 날렸다.

나의 오른쪽 정강이가 하얀 옷 여자의 머리를 정통으로 때리며 뚜둑 뼈가 부서지는 소리가 났다. 나는 그대로 오른쪽 다리를 마저 돌렸다. 이번에는 엄청난 속도로 동굴 쪽으로 향한다.

다시 하얀 옷 여자를 향해 지면을 박차자 쉽게 따라붙어 추월했다. 그리고 위를 향해 다리를 차올려 동굴 벽을 발판으로 삼아 상공으로 이동했다.

"아니—— 잠——."

하얀 옷 여자가 무언가 말하려고 하였으나 그대로 발꿈치로 힘껏 내리쳤다.

——뽀각!

두개골이 산산이 부서지는 소리와 함께 하얀 옷 여자가 동굴 앞 바닥에 떨어졌다.

지면에 충돌하여 파열음이 고막을 흔들었다.

흙먼지가 일었고 그곳에는 거대한 크레이터가 생겼다. 그 중심에는 하얀 옷 여자 같은 것이 대자로 뻗어 있다.

해치웠나? 꿈쩍도 하지 않지만, 방심은 금물이다. 특히 능력 제한 효과가 해제되면 빈사 상태의 중상을 입고서도 나 같은 것은 쉽게 죽일 테니까.

만약을 위해 태워버리자. 나는 오른쪽 손바닥을 뻗었다.

"플레임 불릿!"

나는 그 육체를 하나도 남기지 않고 모두 태우기 위해 무수한 검은 불꽃을 계속 날렸다.

***

동굴 앞에서 길이 하얀 옷 여자를 저 높은 상공으로 걷어차고 도약하여 정수리를 발꿈치로 내리찍었다. 지면을 분쇄하도록 파고든 상태로 쓰러져 꿈쩍도 하지 않는 하얀 옷 여자.

거기서 길이 두 팔을 뻗었다.

"저 녀석, 아직도 공격할 셈인가……."

어이가 없는 듯한, 그리고 어딘가 두려움마저 담긴 차트의 말을 시작으로 길은 두 팔에서 악질적인 검은 불꽃을 무수히 내뿜어 불태워버렸다.

"아무래도 승리한 모양이군."

키지가 간신히 그 말을 꺼냈다. 상대는 이미 온몸이 엉망이 되어 도저히 숨이 붙어 있는 듯 보이지 않았다. 거기에 저만한 열량의 검은 불꽃을 쏘아댔으니, 이미 누가 보아도 승패는 정해졌다.

"저기, 키지 씨, 방금 거 보였어?"

차트가 크게 숨을 내뱉고는 옆에 있는 키지에게 물었다.

"아니, 전혀."

키지도 온 얼굴에 맺힌 폭포 같은 땀을 닦으며 고개를 가로저었다.

"저 말뚝은 능력을 제한한다고 했지?"

"적어도 그 녀석은 떠날 때 그렇게 말했어. 그러나 저것은 능력 제한이라기보다……."

그렇다. 저것은 능력 제한 어쩌고 할 차원이 아니다. 저 두 사람의, 아니 길의 움직임을 전혀 따라잡지 못했다. 간신히 보인 것은 길이 공격을 준비하던 찰나의 순간뿐. 곧이어 저 하얀 옷 여자가 박살 나고 말았다.

저 말뚝에 있던 것은 능력 제한이 아니라 능력 향상. 그렇게 생각하는 것이 훨씬 자연스럽다. 그래야 앞뒤가 맞는다. 저 지면에 떠오른 마법진에서 나온 검은색 사슬은 길이 아니라 하얀 옷 여자를 향했다. 마법은 잘 알지 못하여 확실하지 않지만, 저 상태로 과연 길에게 능력 향상 같은 것을 부여할 수 있었을까? 아니, 그래도 지금 현상은 그렇게 생각할 수밖에 없다.

그러나——.

생각이 미궁을 헤매기 시작할 때——.

"끝났어. 만약을 위해 뼈까지 태웠으니 이쯤이면 이제 부활은 할 수 없겠지."

길이 돌아보며 그런 엉뚱한 말을 했다.

"부활이라니 인간에게 그런 복원 능력이 있을 리 없잖아……마지막 발 공격으로 완벽하게 죽었을걸."

"맞아. 목이 완전히 꺾였으니까."

쉽캣은 시력이 좋다. 차트의 말대로 목은 꺾이고 두 팔과 두 다리는 물론 몸통 자체가 뒤틀렸으니 그것으로 살 수 있는 생물은 없다.

"그럴지도. 하지만 만약에 저게 진짜 강함을 되찾았다면 승패는 쉽게 뒤집혔을 거야."

"진짜 강함?"

의아한 얼굴로 묻는 차트에게 길이 어깨를 으쓱했다.

"그러니까 저 말뚝의 능력 제한 말이야. 그게 있어서 이겼지만, 없었다면 위험했어."

"아니, 아니, 무슨 소리야! 그건——."

"차트, 이제 됐어. 일단 이겼으니까. 그리고 이것으로 적도 끝이겠지. 나의 예상이 옳다면 샤름은 곧 돌아올 거야."

"그러기를 바랄게. 어라……?"

갑자기 길이 힘이 빠진 듯 바닥에 쓰러졌다.

"길!"

"이, 이봐!"

달려가 안아 들자 잠든 숨소리를 내는 것을 확인하고 안심하여 가슴을 쓸어내렸다.

"돌아가자. 모두에게 승리 선언을 해야 하니까."

"키지 씨, 그럴 필요는 없는 것 같은데?"

입꼬리를 올리며 차트가 엄지손가락으로 동굴 쪽을 가리켰다. 그곳에는 같은 쉽캣 동료들이 동굴에서 이쪽을 바라보고 있었다. 키지도 미소를 짓고 길을 안으며 오른손을 높이 들었다.

"우리의 승리다!"

그 외침에 큰 환호성이 주변 일대에 울려 퍼졌다.

***

캣냐에서 북서부로 길게 자란 초목이 무성한 덤불 속. 그곳에 원형으로 깔끔하게 깎은 거대한 공간을 중심으로 대기하던 아스타에게 나는 걸어갔다.

그리고 지금까지 억누르던 환희를 폭발시켰다.

"크하하! 캬하하! 으하하하하! 완전히 내가 예상한 결과야!"

참아왔던 웃음을 마구 터뜨렸다. 그것도 그렇다. 그 녀석이 내가 기대한 퍼포먼스를 보여주었기 때문이다.

"말도 안 돼……."

반면 아스타는 드물게 당황한 표정을 지었다.

"봐, 내가 맞았지?"

아스타 녀석, 괜히 길버트를 과소평가하였으나, 그 녀석은 저래 봬도 왕족이다. 어린 시절부터 괴물 재상에게 전술과 전략에 관한 영재 교육을 받았다. 게다가 그는 백 년에 한 번 나올 마법의 천재다. 길버트가 마법을 사용하면 저런 본성조차 보이지 않은 하찮은 버러지 따위 순식간에 죽일 수 있다.

"마스터, 당신이 그에게 무언가 하였는가?"

"응? 무언가라니 뭘 말이야?"

알 수 없는 말을 한다. 아스타의 질문에 대한 의도를 전혀 모르겠다.

"모른다고. 그렇다면 기리메칼라인가? 아니, 녀석이 마스터에게 말하지 않고 그런 금방 들킬 법한 짓을 할 리가 없어. 그렇다면 이것은……."

아스타가 예쁘장한 턱을 오른손으로 쓰다듬으며 생각의 바다에 잠기려고 했다.

"이 시련은 통과했어. 모두에게도 그렇게 전해둬."

첫 번째 시련의 종료를 선언했다.

"그런데 저 버러지를 조종하던 쓰레기는 어떻게 할 계획이오?"

"물론 지금부터 환영회를 열 거야. 중간에 끼어든 답례를 확실하게 돌려줘야지."

저 검은 사슬을 끊은 것은 저 버러지가 아니라 외부인이다. 관전을 결정한 정도라면 다소 제재를 가하는 수준에서 끝내는 선택지도 있었겠지만, 개입한 이상 그 대가는 치르게 하겠다.

"마스터, 하나 물어도 되겠소?"

"응? 뭔데?"

"마스터는 **저것**의 그 투쟁을 예견한 것이오?"

"응, 대충 예상대로야."

뭐, 저 하찮은 버러지가 본성을 드러내기 전에 쓰러뜨릴 줄은 몰랐지만. 그러나 전투에서 어떻게 자신의 특기를 무리하게나마 해내느냐가 중요하다. 상대가 아무것도 하지 못하게 하고 쓰러뜨린다. 그것은 어떤 의미로는 전투의 이상적인 형태다. 따라서 이번 첫 번째 시련은 저 바보 왕자의 승리로 해도 되겠다.

"자신의 그 어긋난 상식을 세계에마저 억지로 떠넘기는가. 마스터…… 당신은 정말 무서운 분이군."

아스타가 크게 한숨을 내뱉고는 진심으로 나의 평판을 깎는 말을 했다.

"그래서 샤름은?"

"물론 정중하게 보호하고 있소."

손가락을 딱 튕기자 목제 침대와 그 위에 잠든 샤름의 모습이 나타났다.

"이 시련은 끝났어. 당장이라도 그녀를 원래 장소로 보내둬. 아, 결계 조정도 해두고."

"예스, 마이 마스터!"

아스타는 자세를 바르게 하고 나에게 인사하고는 샤름과 함께 그 모습을 감췄다.

*** 

한층 커다란 나뭇가지에 머문 한 마리 흑조. 이 흑조는 천군 소위 베이그가 하계에서 활동하기 위해 영혼의 일부를 강림시킨 몸이다. 이 몸은 전투 능력은 전혀 없지만, 흑조 내의 베이그 영혼 일부를 통해 신의 기적을 일으킬 수 있다. 이 힘으로 사우드 같은 속물을 조종하고 잠시 심심풀이로 관찰하였다.

"뭐야, 저게?"

베이그는 자신의 마리오네트를 쓰러뜨린 정체불명의 생물에게 의구심을 드러냈다. 당연하다. 베이그가 직접 신력을 내려 개조했으니 그 여자는 이 세계의 토지신 클래스는 될 것이다. 그것이 저렇게 일방적으로 쓰러지고 말았다. 물론 저 금발 남자가 이 세계의 신격을 지닌 신이라면 이해가 간다. 그러나 저것은 그저 인간 아이. 적어도 조금 전까지는 힘없는 날벌레였다. 그것을 이 단기간에 베이그의 장난감을 부술 정도로 개조했다면, 상급신 정도가 할 수 있는 일이 아니다. 그것은 예의 그 파리의——.

"마, 말도 안 돼! 이런 세계, 이 이상 관여하지 않겠어요!"

그야말로 최악이라고 할 수 있는 결론에 도달하고 베이그는 이 세계와의 접속을 끊고 천계로 의식을 되돌리려고 했다.

"어? 어라?!"

그러나 그것은 실로 어이없게 거절당했다.

"어, 어째서 귀환할 수 없지?!"

반쯤 미친 듯이 귀환을 위해 주문을 외웠으나 역시 전혀 반응조차 하지 않는다.

"위대한 분께서 부르셨습니당. 따라와용."

그 인공적인 목소리와 함께 시야가 검게 뒤덮였다. 눈을 뜨자 그곳은 주위가 덤불로 둘러싸인 원형 공간이었다.

그 원형 중심에는 작은 바위가 있고, 회색 머리 소년이 두 손을 모으고 앉아 있었다. 그 옆에 선 것은 보라색 옷을 입은 보라색 머리 여자. 그리고——.

"——헉?!"

베이그는 그 회색 머리 소년의 앞에 정중하게 무릎을 꿇고 머리를 숙인 세 명을 보고 무심코 비명을 지를 뻔했다.

하나는 이족보행하는 코끼리 괴물.

다른 하나는 사자 머리를 지닌 갑옷을 입은 남자.

그리고 그 옆에 무릎을 꿇은 괴물을 본 순간.

"거짓말이지?!"

베이그는 자신이 무슨 꼬리를 밟았는지 명확하게 이해했다.

그렇다, 그것은 예의 파리 괴물이었다. 게다가——.

'뭐야, 이 녀석들의 이 말도 안 되는 위압감은?!'

이 압도적이라고 할 수 있는 위압감, 이것은 베이그의 주신인 오딘 님과 같은 종류의 것이다. 게다가 그것은 파리 괴물만이 아니라 코끼리 괴물과 사자 괴물로부터도 느껴졌다.

'어, 어디 세력이지?!'

가장 생각할 수 있는 것은 악군의 육대장이지만, 누구 하나 짐작 가는 곳이 없다.

유일하게 안 것은 베이그 정도로는 승리는커녕 도망치는 것조차 불가능하다는 것이다.

'괘, 괜찮아! 나의 영혼 대부분은 천계에 있으니까!'

만약 여기서 베이그가 죽더라도 본체가 조금 다치는 정도에 불과하다. 문제는 영혼이 사로잡혀 계속 고문당하는 것이지만, 이런 것도 있을까 하여 일정 기간이 경과하면 이 영혼 일부를 파기하는 술식을 짜두었다. 잠깐만 지옥을 버텨내면 천계에 있는 자신의 방으로 자동으로 전송된다.

"이 하찮은 것과는 대화가 안 돼. 아스타, 저 녀석을 내 앞에 끌어내."

"알겠소."

아스타라 불린 보라색 머리 여자가 회색 머리 소년에게 인사하고 베이그를 따분하다는 눈으로 힐끗 보았다. 그리고 손가락을 딱 튕겼다. 그 순간 발밑에 나타난 빨간색 마법진. 그곳에서 솟구치는 농밀한 빨간색 마력이 순식간에 베이그를 감쌌다.

눈을 떴을 때, 베이그는 천계에 있을 터인 신으로서의 완전한 육체로 서 있었다. 그 사실을 명확하게 확인하고 급속도로 싹 핏기가 가시기 시작했다.

"이것으로 더는 도망칠 수 없어. 넌 저 교회 버러지를 선동해서 나의 시련을 방해했어. 그 책임을 져야 해. 뭐, 너는 저 망할 여자가 가루다족 인형을 고문하는 것을 기쁘게 감상했던 것 같으니 자업자득이겠지. 안 그래, 애들아?"

회색 머리 소년이 물었다.

"인과응보, 사형이오!"

"음. 동감해. 약자밖에 괴롭히지 않는 쓰레기에게는 상응하는 죽음을 주어야 해!"

"사형? 너무 약해, 아스타로스, 네메아! 주인님께 대적한 이 천의 쓰레기는 우리 영역에서 영원한 악몽을 보여주자!"

"바부의 경애하는 주인님을 불쾌하게 한 죄, 죽을죄에 해당합니당. 바부의 구더기 모판으로 만들어야 합니당."

각자가 호통쳤다. 그렇다, 그들은 그저 분노하여 포효했을 뿐이다. 하지만 그때 생긴 마력의 폭풍으로 베이그의 육체는 날개처럼 아득히 먼 곳으로 날아가 버렸다.

빙글빙글 시야가 하늘과 땅을 오가며 바닥에 내던져졌다.

"이런 말도 안 되는 일이……."

방금 것은 그저 분노에 맡겨 그들이 마력을 방출했을 뿐이다. 단지 그것만으로 베이그는 적지 않은 대미지를 받고 말았다. 다른 누구도 아닌 이 천군 소장, 베이그가!

"흐음, 간단한 게임이라도 하려고 했지만, 이 꼴로는 성립조차 되지 않겠네……."

무참하게 네발로 기며 고개를 들자, 눈앞에 회색 머리 소년이 불쾌한 표정을 지으며 베이그를 내려다보고 있었다. 그 마치 벌레를 보는 듯한 차가운 눈에 딱딱 이가 부딪혔다.

'이 녀석이야, 이 녀석이 타르타로스를 죽였어!'

육천신 중 가장 두려운 존재인 타르타로스의 무참한 죽음, 그리고 암약하는 파리 괴물. 도저히 있을 수 없는 몇 가지 사실이 모두 이 괴물이 원흉이라고 생각하면 자연스럽게 이해할 수 있다.

"저, 저는 그저 오딘 님께 명령받았을 뿐입니다!"

필사적이었다. 필사적으로 이 절망적이라고도 할 수 있는 상황을 타파하려고 목소리를 높였다.

"응? 명령받았으니 어쨌다는 거야? 네가 중앙교회의 망할 버러지를 꼬드겨서 가루다족을 고문시킨 것은 달라지지 않잖아?"

"그것은 사우드가 멋대로——."

"너, 숨 쉬듯이 거짓을 말하는구나."

얼어붙을 듯이 차가운 목소리와 함께 베이그의 입에 엄청난 충격이 가해지며 다시 그 몸이 나무와 커다란 바위를 파괴하며 날아갔다.

"억…… 커헉…… 큭……."

온몸이 찢어질 것 같은 격통에 손가락 하나 움직이지 않는 자신의 몸. 회색 머리 괴물에게 걷어차였다. 그것만은 간신히 알아차렸다.

"살짝 찼을 뿐인데 이미 빈사 상태인가. 이런 고블린 정도의 힘으로 나의 게임에 끼어들었단 말인가……."

회색 머리 괴물은 그렇게 혐오감으로 가득한 어조로 중얼거리고 뒤를 돌아보았다. 그 시선 끝에는 세 명의 괴물이 무릎을 꿇고 있다.

"기리메칼라, 이 이상 외부인에게 방해받는 걸 난 좋아하지 않아. 천군이라는 불쾌한 잔챙이 집단이 개입하려고 하면 없애버려. 수단은 가리지 말고."

"넵!"

코끼리 괴물의 모습이 검은색 안개가 되어 그 모습을 감췄다.

"그리고 아스타, 사우드라는 중앙교회 쓰레기는 포박했어?"

"지시한 대로 저 원숭이에게 불타기 전에 사로잡았소."

즉시 답하는 아스타에게 회색 머리 괴물이 만족스럽게 크게 고개를 끄덕였다.

"벨제, 이 녀석과 사우드라는 중앙교회 버러지를 통해 나의 게임에 끼어든 바보를 알아내. 물론 그 녀석들에게 충분히 인사도 해둬."

소년은 마치 심부름이라도 시키는 듯 가벼운 말투로 베이그에게 파멸과 마찬가지인 명령을 내렸다.

"알겠습니당."

파리 괴물이 머리를 깊숙이 숙였다.

"살려——."

그 애원을 끝으로 베이그의 시야는 새까만 어둠에 뒤덮이며 그대로 의식을 잃었다.

＊＊＊

무거운 눈꺼풀을 들자 아직 앳된 모습이 남은 검은 머리 소녀가 걱정스럽게 나를 들여다보고 있었다.

그 귀여운 외모에 볼에서 돋아난 몇 개의 수염. 이 소녀를 잘 안다. 그렇다. 나답지 않게 목숨을 걸고서라도 구하고 싶던 소녀다.

"샤르, 안녕."

아찔한 안도감이 온몸에 퍼지며 웃는 얼굴로 인사했다.

"다행이야. 일어났구나."

샤르가 나를 끌어안고 가슴에 얼굴을 묻은 채 움직이지 않았다. 아무래도 상당히 걱정시키고 만 모양이다. 샤르의 뒤통수를 쓰다듬으려고 오른손을 들려고 하였다.

"아야?!"

뿌드득 오른팔 뼈가 삐걱거리며 근육이 비명을 질렀다. 왼팔, 두 다리도 마찬가지다. 손끝 하나 움직이지 않는 것 같다.

"나, 어떻게 된 거야?"

"길, 사흘이나 잠들었었어."

샤르가 오른팔 소매로 눈물을 닦고 대답했다.

"그렇구나……."

알지 못하는 것도 많지만, 일단 샤르가 돌아온 이상 큰 문제는

지나갔다고 생각해도 될 것이다. 적어도 중앙교회의 습격을 계획한 흑막은 이 건에서 손을 뗐다. 그렇게 생각해도 될 터였다. 다만 여전히 상대는 그 정체는커녕 목적조차 불명확하므로 앞으로도 비슷한 사태가 반복될 우려가 있다. 그래도—— 하나의 위기를 극복한 것은 분명하다. 그나저나——.

"나 지하 감옥에 있지 않아도 돼?"

괜히 나의 치료를 고집하다가 샤르의 입장이 나빠지는 것은 피하고 싶다. 나 자신조차 나를 완전히 신용하지 못하고 있으니까.

"걱정하지 마라. 만장일치로 길, 너를 이 마을의 주민으로 맞이할 것을 결정했어. 앞으로는 자유롭게 드나들어도 돼."

목소리가 들린 모양이다. 문이 벌컥 열리며 왼쪽 볼에 흉터가 난 빨간 머리에 고양이 얼굴 남자 키지가 통 같은 것을 안고 들어와 그 너무나 뜻밖인 말을 했다.

"어? 무슨 소리야?"

"그러니까 넌 정식으로 우리 쉽캣의 동포가 되었다고."

"나를 동료로 취급하겠다…… 그런 뜻?"

"그래, 맞아."

"괜찮겠어? 난 인간인데?"

얼마 전까지 인간족인 나를 죽이려고 할 만큼 나를 격렬하게 경계했는데 왜 이렇게 쉽게 동료로 인정하였을까?

"인간인 것은 상관없다……는 아니지만, 널 경계해도 무의미하다고 모두 깨달았겠지."

"무의미하다니?"

키지는 나의 물음에 어이가 없다는 듯 어깨를 으쓱했다.

"그런 엄청난 짓이 가능한 녀석이 적이 되면 결국 우리는 순식간에 멸망해. 경계해봐야 소용없다는 것을 모두 이해한 거야."

"아니, 그러니까 그건 아마 그 말뚝의 효과로——."

"아마 말뚝에는 그런 효과가 없어. 그 전투는 너의 순수한 힘에 의한 것이야."

"말뚝에 그런 효과가 없다고……."

확실히 나의 움직임에 위화감이 전혀 없었다. 그렇게 극단적으로 능력이 향상되더라도 신체 능력, 무엇보다 감성이 바로 향상될 리가 없다. 그때 나는 그것이 평소 움직임이라고 인식했다. 뭐, 그만큼 온몸은 딱딱하게 굳어 이처럼 손끝 하나 움직일 수 없지만.

"아무튼. 이번에 우리는 이 마을의 치명적인 위기를 인식했어."

"결계에만 의지해서는 안 된다는 거지?"

"그래, 이번엔 네가 있어서 다행이었지만, 이번처럼 샤름이 납치당하는 사태가 벌어지면 마을은 틀림없이 끝장이야."

그렇다. 샤르의 결계에 너무 의지했던 것이야말로 이 마을의 치명적이라고 할 수 있는 결점이다. 실제로 이번 상대는 그 결계 안으로 들어와 샤르를 납치할 정도의 상대였다. 다른 방위 수단을 생각하지 않으면 앞으로 살아남지 못한다.

그건 그렇고——.

"샤르, 넌 납치당했을 때 기억나?"

뭐, 물을 것도 없겠지만.

“아니…… 전혀 기억나지 않아. 정신이 드니 집 침대에 누워 있었어.”

역시나. 완전히 흑막이 바라는 대로 사태가 움직였단 말인가.

분명히 흑막에게는 샤르에게 위해를 가할 의도가 없었을 것이다. 어디까지나 이 마을을 시험하려던 걸까? 아니, 그것도 아닌가. 흑막은 교회의 습격까지 시간을 주어 이쪽에 대책을 세울 여지를 주었다. 그것이 없었다면 애초에 처음 습격으로 이 마을은 끝났다.

어쩌면 정말 장난이었을 뿐일지도 모른다. 이 마을 캣냐라는 장소를 이용한 놀이. 그렇다면 앞으로 또 저지를 가능성이 크다. 그것은 키지라면 어렴풋이 느꼈을 터였다.

“마을 방위력을 증강하지 않으면 안 된다. 그런 말이야?”

“그래, 바로 그거야. 여긴 우리 마을이야. 우리 손으로 지켜야 해. 그래서 말인데…….”

“알겠어. 어쨌든 나도 갈 곳도 없으니 미력하나마 협력할게.”

어물거리는 키지에게 나는 아까부터 근육통을 호소하는 오른손을 들며 승낙했다.

“길, 고마워!”

샤르가 나를 힘껏 끌어안았고, 나는 소리 없는 비명을 질렀다.

*****

천상계―― 조이하우스, 그곳은 육천신 중 하나 오딘의 성이다.

새하얀 바닥에 현란하게 장식된 하얀 기둥과 벽으로 이루어진 궁전 중심에는 온몸을 까만 갑옷으로 감싼 작은 몸집의 신, 오딘이 서 있었다. 그 시선 끝에 있는 것은 바닥에 놓인 화분 하나.

"…………."

오딘은 육천신 중에서도 얼마 없는 구세대 전쟁신이다. 데우스에 이어 서열이 존재하는 천상계 사람이라면 누구나 아는 신임과 동시에 전투 능력과 전투 기능 등 대부분이 알려지지 않아서 천군 중에서도 비밀이 많은 대신이다. 당연히 그 측근들도 구세대의 자로 구성되어 있다. 그야말로 천상계에서 가장 용맹한 자들이다. 동요는커녕 웬만하면 눈썹 하나 까딱하지 않는 신들이 한 마디도 꺼내지 않고 경악하에 눈을 크게 뜨고 그 화분을 바라보고 있었다.

그 화분에 심어진 것은 동포의 목이다. 베이그의 목이 강렬한 공포로 얼굴을 일그러뜨리고 콧물과 눈물을 줄줄 흘리며 깔깔 웃고 있었다.

"미쳤군……."

오딘의 측근이자 늑대 머리를 지닌 신, 프레키가 말했다.

"아무래도 잘못 생각했나 보군……."

오딘이 이마에 맺힌 커다란 땀방울을 닦고 간신히 말했다.

오딘을 비롯하여 이 자리에 있던 모두가 사태의 심각성을 오해하고 있었다. 그렇다, 그 회합을 개최한 데우스조차 이 정도일 줄은 꿈에도 상상하지 못했을 것이다.

이곳은 천상계 오딘의 성. 천계에서도 최고의 보안 장치가 설치된 장소이다. 이곳이라면 벌레 한 마리도 침입하기란 불가능하다. 그렇게 생각했다. 지금 이런 것이 도착하기 전까지는.

"악군일까요?"

전쟁의 여신 중 하나가 그런 엉뚱한 질문을 멍하니 입에 담았다.

"악군? 바보냐, 넌! 만약 악군이 그런 짓이 가능했다면 이미 오래전에 우리 천군은 이 세상에서 소멸했어!"

프레키의 말이 딱이다. 이번에 천군이 적으로 보는 자는 이토록 쉽게 이 천군 최고의 보안을 돌파하고 이 악질적이기 짝이 없는 선물을 보냈다. 즉, 이것은 '어디에 숨어도 소용없다'라는 놈들의 메시지이자, 그 뜻이 정확히 전해졌다는 것을 의미한다.

"오, 오딘 님!"

마침 생각의 소용돌이에 삼켜지려던 때, 부하인 거신이 몹시 초조한 목소리로 불렀다.

꺼림칙한 웃음소리를 내던 베이그의 입이 크게 찢어지더니 입 속에 빛나는 새빨간 겹눈이 언뜻 보였다.

"대피!"

잠시 잊고 있던 강렬한 위기감에 곧바로 외치며 뒤로 힘껏 도약했다. 일제히 후퇴하는 프레키, 전쟁의 여신, 거신. 그야말로 그것은 간발의 차이——.

"어라?"

베이그의 입에서 나온 거대한 얼굴에 순간 도망치는 것이 늦어진 부하들이 얼빠진 소리와 함께 잡아먹혔다.

피와 살이 튀는 와중에,

"전원, 전투태세!"

오딘의 외침과 함께 투쟁이 시작되었다.


오딘의 궁니르가 거대한 얼굴의 겹눈 괴물을 찌르자 사르르 먼지가 되어 소멸했다.

이번에는 오딘이 참전하였고, 측근인 프레키 등도 있다. 승패는 흔들림이 없다. 실제로 쉽게 적의 섬멸에 성공했다.

다만 전투의 여파로 아름다웠던 조이하우스는 벽, 기둥 등 곳곳이 파괴되어 보기에도 처참한 꼴이었다. 나아가 바닥에는 전투로 죽은 부하들의 몸이 흩어져 있었다.

물론 오딘이 진짜 힘을 발휘하면 전혀 희생자를 내지 않고 순식간에 끝냈을 것이다. 그랬다면 피해는 최소한으로 억누를 수 있었을 것이라고 생각한다. 그러나 적이 이번에 베이그를 이용한 것은 이쪽의 전력을 파악하기 위한 첩보이기도 하다. 쉽게 이쪽의 힘을 보일 수는 없었다.

"오딘 님, 어떻게 하실 생각입니까?"

프레키가 지극히 어려운 질문을 했다.

"그야 당연하지. 아마 우리는 이번에 적의 충고를 무시하고 명확하게 적대하고 말았어. 이제 와서 우리가 물러나도 의미가 없겠지."

이미 주사위는 던져졌다. 다름 아닌 천군 자신의 손으로. 이제 파리 괴물과의 충돌은 피할 수 없다.

이제 와서 얌전해져 봐야 제거될 뿐이다. 그런 것은 절대 사양하겠다.

살아남은 노련한 부하들을 빙 둘러보았다.

"적은 지금까지 중 가장 강대하고 상식이 통하지 않는다. 당분간 레무리아에 조사는 중지하라. 이쪽의 전력 증강을 최우선으로 삼겠다."

강한 어조로 명령했다.

아마 이 얼굴 괴물은 적에게 단순히 일회용 무기에 불과하다. 그 이상의 가치는 없다. 즉, 그들은 오딘의 성에 언제든지 침입할 수 있는 힘이 있고, 일회용이라도 부하를 쉽게 죽일 만한 힘이 있다는 뜻이다. 이런 짓, 만약 악군에게 가능하다면 천과 악의 게임 자체가 성립하지 않는다. 파리 괴물은 악군을 뛰어넘은 괴물일 가능성이 매우 크다.

"벨제바부……."

전쟁의 여신이 몹시 불길한 이름을 중얼거렸다.

"바보 같은 소리—— 지금까지의 우리라면 그렇게 일축했겠지만, 확실히 가능할지도 모르겠어. 그보다 그런 파리 괴물이 그리 흔하게 널려 있겠냐고! 하지만 그건……."

어물거리는 프레키가 하려는 말을 아주 잘 알겠다. 그것은 그 최악의 던전의 봉인이 풀렸다는 것을 의미하기 때문이다. 그렇다면 도저히 말도 안 되는 최악의 결론을 인정하지 않을 수 없게 된다.

"우리 위대한 분인가……."

데우스가 그 파리 괴물이 그렇게 선언했다고 말했다. 벨제바부는 신들의 제왕이다. 제왕에게 어울리는 긍지와 자존심을 지녔다. 따라서 데우스도 오딘도 아니, 그를 아는 구세대 자라면 누구나 굴복시키는 것은 불가능하다고 단언했다. 그렇기에 데우스는 파리 괴물을 벨제바부와 다른 무언가라고 결론 내렸다.

그러나 만약, 만약에 말이다. 수많은 전설을 남긴 구세대 대신을 힘으로 영혼까지 굴복시킨 자가 존재한다면? 그런 괴물이 던전의 봉인을 풀고 현세에 해방되었다면?

"크하하!"

무심코 자조하는 웃음을 터뜨리고 말았다. 이제 이 정도로 절망적이면 웃는 것 외에 다른 방도가 없다. 벨제바부 이상의 괴물이 적이 된다. 그런 상대라면 타르타로스가 농락당한 것도 당연하다. 아마 이번에 오딘 측이 적으로 간주한 상대는 천군의 총대장인 그 사람과 같은 부류의 생물일 것이다.

"이 건을 데우스와 다른 육천신에게 전해라. 지금부터 신중하게 일을 진행하지 않으면 제거당하는 것은 우리 쪽이야."

프레키를 비롯한 부하들에게 지시를 내리고 수련의 방으로 발을 옮겼다.

무뎌진 마력을 원래대로 되돌려야 한다. 적어도 벨제바부와 맞설 수준까지. 벨제바부는 괴물만 모인 구세대 중에서도 최강을 자랑한 괴물이다. 그보다 너무 강해서 온갖 세력이 그와 얽히는 것을 막은 말 그대로 재앙이다. 지금의 무른 사고와 마력으로는 오딘이라도 금세 패배하게 된다.

앞으로 조금이라도 길을 잘못 들이면 파멸을 향해 일직선으로 가게 된다. 이제 기사회생할 수단은 하나뿐이다. 그것은——.

＊＊＊

엠블레이드—— 그곳은 레무리아 최대 종파 중앙교회의 총본산이다. 중앙교회는 인류에 최고의 가치를 두는 성무신 아레스를 주신으로 믿는 독자적인 경제, 무력을 지닌 종교이며, 인류 전체를 지배하는 거대 권력 중 하나다. 따라서 엠블레이드는 이 세상의 재산을 모은 듯 호화찬란하게 만들어졌다.

이 엠블레이드 중심에 있는 코리크 대성당 내의 한 방에서 사대 주교 슈네의 보고를 받던 판도라는,

"허?"

얼빠진 소리를 냈다.

흠잡을 곳 없이 항상 침착하고 냉정한 그녀가 그런 태도를 보여도 아무도 위화감을 느끼지 않았다. 당연하다. 누구나 판도라처럼 그 보고 내용에 귀를 의심했기 때문이다.

"죄, 죄송합니다. 다시 한번 말해주겠습니까?"

판도라의 요구에 슈네는 간신히 입을 열었다.

"사우드가 죽었어. 아니, 일단 숨은 붙었지만, 나는 **그것**을 살아 있다고 인정하고 싶지 않아."

슈네가 시체처럼 창백하게 질린 얼굴로, 핏기가 가신 입술을 꾹 다물었다.

"그것?"

물어서는 안 된다. 온몸에 무수한 벌레가 기어가는 듯한 강렬한 오한이 그렇게 주장하는 가운데 판도라는 앵무새처럼 슈네에게 되물었다.

"…………."

슈네가 엄지손가락을 뒤로 향했다. 뒤에 있는 마도 통신기에 영상이 재생되었다.

"헉——?!"

그 광경을 보고 입에서 나올 뻔한 비명을 간신히 삼켰다. 그곳에 비친 것은 화분이었다. 그 화분의 적갈색 흙에서 머리만 남은 사우드가 돋아나 깔깔 웃고 있었다.

"우웩?!"

갑자기 신물이 올라와 바닥에 토사물을 흩뿌렸다.

시야가 눈물로 일그러진 외중에 몇 번이고 몇 번이고 구토한 뒤에야 겨우 마음이 정리되었다.

"상대는 악신……입니까……."

그 외에 생각할 수 없다. 맹세해도 좋다. 이것을 저지른 존재는 인간이 아니다. 마족도 아니거니와 정령, 환수, 용 같은 환상적인 생물도 아니다. 그런 뻔한 존재가 아니다. 이렇게 인간의 존엄을 모조리 부정하는 방식은 이야기에 나오는 악한 신이 가장 쓸 법하다.

사우드에게 파리 괴물의 조사를 지시했다. 그 결과가 이것이다. 분명히 우리는——.

"안이했어요. 아니, 제대로 예상하지 못했습니다."

간신히 그 말을 쥐어 짜냈다. 사우드는 성격에 제법 문제가 있어서 성직자로서는 실격이라고 할 수 있지만, 그 실력만은 뛰어났다. 그런 그녀가 손도 발도 쓰지 못하고 장난감이 되고 말았다. 이제 우리 아버지의 조력 정도로는 어떻게 해결할 수 있는 일이 아니다.

본래 이것은 당장이라도 손을 떼야 할 사안이다. 자칫하면 인류라는 종 전체가 사우드와 같은 꼴이 될 위험성마저 있다.

그러나 악신이 사우드의 목을 슈네에게 보낸 이상, 이미 판도라 일행의 적의와 동향도 매우 정확하게 알려졌을 것이다.

"보통 이런 것은 예상하지 못합니다!"

새된 소리를 지르며 자신의 머리를 마구 헤집었다.

사태는 다름 아닌 판도라의 손으로 최악이라 할 수 있는 방향으로 움직이고 말았다. 이미 돌이킬 수 없다.

한심할 만큼 부들부들 떨리는 무릎을 두드렸다.

"슈네, 사우드를 흙으로 돌려보내고 다른 대주교를 데리고 엠블레이드에 모이세요. 앞으로의 타개책을 생각하겠습니다."

자리에서 일어나 강한 어조로 지시를 내렸다.

"알겠어."

슈네의 통신이 뚝 끊겼다.

"해내겠어요!"

이제 판도라가 승리하려면 최강의 신, 아레스를 이 땅에 강림시키는 것밖에 방법이 없다.

다만 신의 강림 의식은 신에 대한 모독이므로 금기 중의 금기. 무엇보다 해낼 가능성은 없는 것이나 마찬가지다. 그래도——.

"할 수밖에 없어…… 우리 인류가 살아남을 방법은 그것밖에 없어."

그렇게 굳게 맹세하고 판도라는 절망을 떨쳐내듯이 걸어갔다.

# 제2장 마왕 습격 유희

안개의 마왕 프로키온에게 점령된 어둠의 나라 군 중앙 실험 수용시설은 그야말로 이 세상의 지옥과 같은 형상이었다.

금속 받침에 놓인 부식된 냄새가 지독한 고깃덩어리. 그곳에는 몇 개의 눈과 입이 떠 있다.

"으음, 이게 뭐지?"

"전 어둠의 나라 대로 예티가 닮은 고아 여자애들을 여럿 이용해서 어둠의 나라에서 탈출시킨 듯하여――."

카이저수염의 커다란 남자, 팜피가 한쪽 무릎을 꿇고 뒷말을 어물거렸다.

"나에게 거짓 보고를 했다고?"

광대 차림의 남자 로프트의 질문이 한 옥타브 낮아졌다.

"네! 죄송합니다."

대답과 동시에 팜피의 왼팔이 산산이 부서졌다. 격렬한 고통에도 미동도 하지 않고 팜피는 계속 고개를 숙였다.

물론 이 정도 일은 상정한 바다. 만약 애쉬메디아의 동생 미트라의 위치를 안다면 로프트 따위에게는 알리지 않고 보호하자마자 바로 도망쳤을 것이다. 지금 이곳에 있는 이유는 팜피도 미트라의 위치를 모르기 때문이다.

"하준의 행방도 모르고, 인간 같은 교활한 수법에 실컷 놀아나다니. 정말 마라의 부하는 쓸모가 없어. 마라가 너희를 처분하려던 이유를 잘 알겠네.”

변질되고 말았더라도 마라 님은 팜피를 비롯한 부하에게 최고의 주인이다. 그 마라 님에 대한 모욕에 피가 밸 정도로 오른쪽 주먹을 꽉 쥐었다.

“진심으로…… 죄송합니다.”

고통으로 떠는 것이라고 착각한 모양이다. 로프트가 모멸하는 표정으로 팜피에게 침을 뱉었을 때였다.

“끼어들어서 죄송합니다. 저희는 선대 마왕 애쉬메디아의 먼 친척인 소녀를 사로잡았습니다.”

같은 방구석에서 무릎을 꿇고 있던 팔이 네 개인 거인, 돌체가 그렇게 진언했다.

‘이 바보 멍청이가!’

자멸하는 말을 꺼낸 돌체에게 속으로 욕설을 퍼부으면서도 팜피는 타개책을 생각했다. 로프트에게 돌체 따위는 악군을 이 땅에 불러올 양분 외에 의미가 없다. 그들의 방식을 보면 싫어도 깨달아야 할 텐데.

‘아니, 알고 있을지도…….’

짧은 만남이었지만 돌체라는 마족은 절대 바보가 아니다. 아마 그의 바람은 어둠의 나라를 위한 것도 아니고, 자신을 위한 것도 아니다. 그저 이 세상 전체를 미워하여 철저하게 파괴하고 싶을 뿐이다. 그런 의미에서 돌체의 바람은 악군의 생각과 일치하고 말았다.

‘무서운 일이야.’

돌체의 이 악한 사상을 만든 것은 이 세상의 신 아레스, 그것을 믿는 인간들과 전설의 용사다. 그들에 대한 강렬한 미움이 돌체라는 마족을 뒤바꾸었다. 그 결과 이 세상의 모든 살아 있는 것을 파괴하기로 마음먹게 된 것이다.

같은 어둠의 나라 병사들에게 들려 울부짖으며 운반된 검은 머리 소녀.

"그 여자라면 나를 진정한 마왕으로 진화시킬 수 있나!"

몸을 내미는 프로키온에게 로프트는 히죽 미소를 지었다.

"글쎄. 일단 의식에 써보고 판단해야겠지."

손가락을 딱 튕겼다.

돌체의 부하들이 울면서 도움을 요청하는 마족 소녀를 중심에 있는 받침대 위의 고깃덩어리로 데려가 등을 강하게 밀었다.

마족 소녀가 받침대의 고기에 접촉하자 고깃덩어리에 커다란 입이 생기더니 소녀를 우적우적 먹기 시작했다. 그리고 트림을 하고는 부글부글 부풀더니 악질적이고 농밀한 오라를 내기 시작했다.

"응? 잠시만, 이 마력은?!"

마력의 폭풍에 로프트가 경악과 환희가 섞인 목소리로 외쳤다.

사방으로 흘러넘치는 검은색 마력이 바닥을 벌집 모양으로 도려냈다. 부풀어 오른 고깃덩어리가 점차 인간의 형태를 만들었다.

그곳에는 긴 귀에 이마에 긴 뿔이 돋은 남자가 서 있었다. 검은 머리를 올백으로 하고 눈초리가 험악한 인상, 악군이라면 한 번 보면 잊을 리 없다.

'최, 최악이야!'

팜피는 일이 최악의 길을 일직선으로 달리는 것을 실감했다.

'하필이면 이 남자인가!'

참모장 바알. 악군의 두뇌이자 계급은 악군에서도 딱 두 명인 상급 중위로, 권한과 강함은 육대장과 큰 차이가 없다고 칭해지는 악의 대신이다.

"안녕, 바알, 설마 네가 올 줄이야!"

로프트가 기뻐하는 목소리에 바알은 안경을 오른손 중지로 밀어 올렸다.

"로프트 공. 천군과의 전면 전쟁 건, 또 당신의 악질적인 헛소리라고 생각했습니다만, 이 내가 몸을 얻다니 아무래도 사실인 모양이군요."

바알이 왼손에 든 지팡이를 빙글빙글 돌리며 주위를 쭉 둘러본다.

"바알, 마침 잘됐어. 너, 이런 개조가 특기였지? 저거 개조해 줄래?"

왼손으로 프로키온을 가리키며 그렇게 지시를 내렸다.

"알겠습니다."

그렇게 말한 순간, 바알이 대충 지팡이 끝을 프로키온에게 향했다.

"어?"

프로키온이 선 바닥에 마법진이 나타나더니, 그곳에서 검은색 진흙이 솟구쳐 순식간에 감쌌다.

철벅, 좌압, 살이 짓이겨지는 소리가 방에 울려 퍼지며 프로키온을 삼킨 검은색 진흙이 부글부글 거품을 내고는 점차 작게 수축하여 검은색 구체를 형성했다. 검은색 구체가 깨지고 안에서 프로키온이 나타났다.

"…………"

멍하니 서 있는 프로키온.

"프로키온, 축하해! 네 바람이 이루어졌어! 너는 이제 진정한 마왕이야!"

로프트가 한쪽 눈을 찡긋하며 선언했다.

"내가…… 진정한 마왕?"

프로키온이 하얀 안개가 되어 벽까지 이동하더니, 하얀색 마력을 두른 오른쪽 주먹으로 벽을 때렸다. 굉음과 함께 반쯤 부서진 연구실. 잔해도 프로키온의 하얀 마력으로 사르르 모래가 되었다.

프로키온은 흥분하여 얼굴이 상기되었다.

"이게 이 몸의 새로운 육체인가! 정말 힘으로 가득 차 있어! 아주 훌륭해!"

그러고는 환희에 차 외쳤다.

"이제 애쉬메디아의 쌍둥이 동생을 찾아야겠군."

"황송합니다만, 애쉬메디아의 혈연을 신문한 결과 노스그랜드 안에 있는 인간들의 숨은 마을에 마왕 애쉬메디아의 동생 미트라가 살고 있다는 정보를 얻었습니다."

돌체가 보고했다.

"좋—아! 좋아! 돌체, 넌 정말 하찮은 마족으로 두기엔 아깝구나. 친족 하나로 바알이 현계했어. 애쉬메디아의 동생이 손에 들어오면 우리 육대장 몇 명의 강림도 가능하겠지!"

로프트가 해골 의자에서 일어나 떠들어댔다.

"마족 한 마리로 나를 강림시켰다고? 그게 사실인가?"

의심스러운 듯 눈썹을 찡그리고 바알이 물었다.

"그래, 전에도 말했잖아. 이 세계에서 어둠의 나라 마족은 특별해. 바알, 넌 바르토스와 함께 그 숨은 마을이라는 곳에 가서 미트라라는 여자애를 잡아 와줘."

"나나 바르토스가 움직여도 괜찮은 건가? 귀공의 예상으로는 육천신이 여럿 이 땅에 있다면서?"

"있어. 아마 노스그랜드에도. 그러니 겉으로는 각성한 프로키온에게 마왕군을 이끌고 공격하게 하자. 너희는 마왕군이 유린하는 소란을 틈타 미트라라는 여자애를 잡아 와줘."

"그래. 자네도 괜찮겠나?"

"그래, 마침 이 진화한 육체를 시험해보고 싶던 참이야! 그럼 나도 군을 준비해서 당장이라도 출발하겠어!"

벅찬 기쁨에 얼굴을 일그러뜨리며 프로키온이 동의하고 반쯤 부서뜨린 실험실에서 나갔다.

'젠장! 왜 이렇게 나쁜 방향으로 일이 진행되는 거야!'

그러나 모든 것이 나쁜 결과인 것도 아니다. 애쉬메디아의 동생이 있는 곳이 판명되었다. 이제 저들보다 먼저 보호하여 숨기면 된다.

조급한 마음을 힘껏 참으며 팜피는 로프트에게 경례하고 방에
서 물러났다.

***

……토벌 도감으로부터 보고── 길버트 로트 아멜리아의 정
식 권속에 대한 임시 등록으로 봉인 중인 기억 일부가 해방됩
니다.
──기억 5% 해방.
그곳은 휘황찬란한 방이다. 그곳의 호화로운 의자를 걷어차며
나는 분개했다.
"나는 차기 국왕이야! 본래 천한 것은 말하는 것조차 용납되
지 않아! 그런데 그 무능한 놈은!"
갓난아이처럼 우스꽝스럽게 발을 구르는 내게, 근골이 우람하
며 수염을 대충 기른 푸른 머리의 남자가 동정하는 듯한 시선을
보냈다.
"왕자님, 왕위 계승전은 이제 시작되었습니다. 아직 당신은
차기 국왕이 아닙니다."
남자가 나를 완전히 거절하는 말을 내뱉었다.
"아르, 네놈, 내가 저 모자란 것들에게 질 거라고 말하려는
거냐?!"
푸른 머리 남자, 아르는 작게 한숨을 내쉬고 자리에서 일어났
다. 그리고──.

"네, 지금까지 한 것만 보면 당신은 가장 먼저 이번 왕위 계승 전에서 탈락합니다."

"내가 진다고?! 저런 쓰레기들에게?! 불쾌한 소리 하지 마!"

"왕자님, 현실은 본래 생각대로 되지 않는 법입니다. 맹세해도 좋지만, 왕자님이 이대로 자신을 돌아보지 않으면 당신은 분명히 진심으로 후회할 것입니다."

아르가 차분히 단언했다. 아르는 나의 검술 스승으로, 지금까지 쓴소리를 한 적은 있어도 이렇게 나를 완전히 부정하는 발언은 하지 않았다.

"내가 후회한다고?! 내가 무엇에 후회한단 말이야!"

아르는 눈을 질끈 감고 고개를 가로저었다.

"아니, 틀렸군. 후회하고 나서는 이미 늦었어. 당신은 이미 여러 가지를 배신했습니다. 누나를 배신하고, 목숨 바쳐 따르던 가신을 버렸어요. 비정할 뿐인 주인은 아무도 따르지 않습니다. 친구를 찾아내세요. 지금 썩어빠진 텅 빈 당신이라도 손을 잡아주고 마음을 터놓을 수 있는 동료를."

연민하는 표정으로 왕족인 나에게 가장 모욕적인 말을 내뱉었다.

"아르, 네 이놈……."

그 설교하는 말투에 분노가 크게 들끓었다.

"제가 말할 수 있는 것은 여기까지. 앞으로는 왕자님 스스로 파악해야 합니다. 바라건대 그것이 왕자님에게 행복한 미래이기를……."

그는 그렇게 허탈한 듯, 그리고 자신을 달래듯이 중얼거리고
는 등을 돌리고 방에서 나가버렸다.

장면이 바뀌었다.

"나의 기사에 무능한 것은 필요 없다. 죽여라!"

"테, 테토루는 왕자님을 옛날부터 모신 신하입니다만?!"

측근인 나이 든 기사가 필사적으로 만류했다.

"그래서 어쨌다는 거야? 도움이 되지 않는 신하 따위 걸리적
거릴 뿐이야! 다시 한번 말하겠어, 죽여!"

강한 어조로 반복했다. 측근인 기사는 분한 듯 아랫입술을 깨
물고 인사도 하지 않고 방에서 나가버렸다.

"괜찮으시겠습니까? 듣자 하니 한 사람은 옛날부터 가신이라
면서요?"

최근 고용한 참인 듬성듬성 수염이 자란 전직 용병이 물었다.

"나는 불필요한 말을 듣고 있을 생각이 없어. 그건 너희도 마
찬가지야."

당연한 사실을 바로 대답했다.

"우와, 무서워라. 왕자님은 무서운 분이군. 하지만 그래야 왕
에 어울리지."

전직 용병이 가슴에 손을 대고 그런 나에게 당연한 말을 입에
담았다.


거기서 시야가 크게 일그러졌다.

그런가, 이것은 꿈이다. 어쩔 도리가 없이 구제 불능인 쓰레

기 자식에 관한 꿈이다. 자신을 특별하다고 믿어 의심치 않는 꼴사나운 광대. 우습다. 정말 꼴사납고 우습다. 그렇지 않나? 주위를 가치가 없다고 판단하고 단칼에 버리는 이 녀석이 사실 가장 이 세상에 필요 없는 인간이었으니까.

눈을 뜨자 최근 익숙해진 천장이 시야에 들어왔다. 창밖은 아직 푸르스름하여 해가 완전히 뜨지 않은 것을 바로 확인할 수 있었다.

제법 길고 생생한 꿈을 꾼 듯한 기분이 든다. 마지막 부분밖에 기억나지 않지만, 배신을 계속한 최악의 쓰레기 자식에 관한 인생이다.

"꿈 치고는 묘하게 생생했으니 그건 내 기억인가?"

그렇게 혼잣말을 하고 무심코 웃음을 터뜨렸다. 그것은 어떤 의미로는 감탄스러울 만큼 나쁜 인간이었다. 나도 착한 사람은 아니라는 자각은 있지만, 아무리 그래도 그 정도로 못된 사람으로 있을 자신이 없다. 키지의 예상으로도 나의 과거는 모험가였다. 그렇다면 바보 왕자를 호위할 때의 기억이나 그런 부류의 것인 듯하다.

아무튼 그런 나조차 본 적 없는 최악의 인간에게 나라를 맡기면 일단 멸망할 것이다. 그 아르라는 푸른 머리 남자의 말대로 그런 쓰레기는 어서 제거되어야 한다.

답답한 것은 사실이지만, 어디의 누군지 모를 쓰레기에게 골머리를 앓을 만큼 바보 같은 짓은 없다. 나도 그 정도로 한가하지 않다.

중앙교회 습격 사건으로부터 한 달쯤 지났다. 습격자를 무사히 격퇴하고 이곳 노스그랜드에 평화가 찾아왔는가 하면 절대 그렇지 않다. 오히려 노스그랜드의 마물들에게 더욱 골치 아픈 문제가 발생했다.

즉, 북쪽 마족들이 노스그랜드를 침략한 것이다. 그들은 노스그랜드에 침략 거점으로 기지를 짓고 그곳을 거점으로 삼아 마물들의 마을을 차례로 습격했다. 그 마족들의 침공에 대하여 기본적으로 개인주의인 마물은 부족 단위로 대처할 수밖에 없어서 일방적으로 유린되는 결과를 낳았다.

이대로 가만히 있으면 가까운 미래에 그들은 이곳 캣냐에도 침공할 것이다. 캣냐도 빠른 대응이 필요하다.

그때 힘차게 달리는 계단 소리가 들렸다.

"길! 일어나! 아침이야!"

검은 머리 소녀가 문을 벌컥 열고 들어왔다.

"안녕, 샤르."

크게 하품하며 오른손을 들어 아침 인사를 했다.

"오늘은 마을의 중요한 회의가 있잖아?!"

"맞아."

한 번 크게 기지개를 켜고 일어났다. 오늘은 앞으로 캣냐의 행동 지침을 정하는 중요한 회의가 있다.

이대로 샤르 한 사람에게만 의존하면 캣냐를 지킬 수 없다. 샤르를 납치한 흑막을 이번에 제거하지 못했다. 최악인 것은 마족들의 습격 때 다시 샤르가 납치되는 것이다. 그러면 이 마을은 이번에야말로 멸망한다. 당장이라도 대책을 세워야 한다.

이에 이번엔 내가 먼저 회의를 제안했다. 그 말을 꺼낸 내가 지각해서는 체면이 서지 않는다.

"그나저나 밤이고 낮이고 같은 옷을 입으니 불편하네. 이것도 대책을 세워야겠어."

근육통으로 움직이지 못하는 동안 나의 힘은 검증을 마쳤다. 나의 힘을 효율적으로 사용하면 마을 방어는 물론 이 마을의 생활 향상도 충분히 가능하다.

"얼른! 얼른! 밥 먹을 시간이 없어지겠어!"

샤르가 문 앞에서 허리 양쪽에 두 손을 올리고 볼을 부풀렸다.

"미안, 미안, 지금 갈게."

쓴웃음을 지으며 나는 1층으로 걸어갔다.


——이 묘하게 현실적이고 단편적으로 연결된 광경의 연속. 돌이켜 보면 그 너무나 현실에서 동떨어진 구역질 나는 내용에 어쩌면 이때 나는 기묘한 그리움 같은 것을 느끼고 말았을지도 모른다. 그리고 그것이 너무나 무서워서 곧바로 자신의 관심에서 제거해버렸다고 생각한다.


"이게 내가 제안하는 캣냐 개발 계획이야."

며칠 동안 수면 시간을 줄여 고민하고 고민한 계획을 제안했다.

"…………."

모두 아무 말 없이 입을 떡 벌리기만 했다.

“응? 뭔가 문제 있어?”

아무래도 불안해져 물어보았다.

“아니, 문제가 있다기보다는, 그치?”

차트가 옆에 있는 타마에게 잘 모르겠는 동의를 요구했다.

“응…….”

역시 미묘한 표정으로 턱을 내릴 뿐. 키지는 잠시 팔짱을 끼고 나를 응시하였다.

“아마 모두 궁금한 것은 ‘애초에 그런 것이 가능한가?’일 거야.”

모두의 이 태도를 정확하게 해석해주었다.

“아마 내 능력이라면 가능할 거야.”

며칠 동안 검증하여 그것이 입증되었다고 해도 좋다.

“샤름에게 의존하지 않는 방어 결계의 구축. 나아가 몇 가지 마법을 부여하여 효과가 지속되는 방어계 아이템을 개발하여 곳곳에 설치. 또한 마을 자체의 대폭적인 생산성 향상을 꾀하여 생활의 질을 끌어올린다. 만약 이런 일이 가능하다면…….”

키지가 중얼중얼 혼잣말을 하며 무언가 고민하기 시작했다.

“아무튼 승낙만 해주면 당장이라도 시작할게. 그보다 정해주었으면 하는 게 있어.”

“아까 자네가 말한 다른 부족과의 협력인가…….”

고양이 얼굴 노파의 말에 모두의 얼굴에 짙은 불안함이 드리워졌다.

“저는 반대예요! 과거에 그 녀석들에게 동포가 얼마나 희생되었는지 알잖아요?”

검은 단발머리의 고양이 얼굴 청년이 바로 강한 거절 의사를 밝혔다.

“하지만 마족들이 파죽지세로 남하하고 있어. 이대로 각각 응전하면 우리 마물은 모두 죽고 말아. 그건 틀림없는 사실이야.”

고양이 얼굴 노파가 고개를 크게 가로저으며 확인하듯이 말했다.

“그렇다고 저 야만적인 돼지들과 오니들 손을 잡다니 잘될 리가 없잖아!”

타마가 오른쪽 주먹으로 바닥을 내리쳤다.

“맞아. 손을 잡는 것이 목적이라면 그들 같은 전투광과는 잘될 리가 없지.”

이상하다. 기억이 없는 나에게 전투광 지인이 있을 리가 없는데 이것만은 단언할 수 있다. 그들과 사이좋게 손을 잡다니 생각만으로도 소용없다. 그들에게 있는 것은 자신보다 강하거나 약하거나. 그것뿐이니까. 우리가 약하다고 판단한 이상 이쪽의 말을 들을 일은 절대 없다.

“이봐, 너 설마 그들과 전쟁이라도 벌일 셈이야?”

“죽도록 싸울 생각은 없으니 전쟁은 아니야. 다만 철저하게 꺾어줄 뿐.”

완전히 굴복시키고 손을 내민다. 그것이 그들과 대등하게 대화할 유일하다고 할 방법이다.

“철저하게 꺾어준다니 쉽게 말하지만, 상대는 이곳 노스그랜드에서도 선두를 다투는 무투파 부족이라고?”

“상관없어. 어둠의 나라가 안개의 나라에 제압당한 이상, 유례가 없을 만큼 마족들은 강대해졌어. 그건 노스그랜드 북부가 거의 점령된 것으로 증명되었다고 말해도 되겠지. 이대로 전력이 분산되면 먼저 여기 남부도 마족에게 점령돼.”

“아니, 그런 말이 아니라. 그게 가능한지가 문제란 말이야!”

차트가 지극히 당연한 지적을 했다.

“가능하고 말고가 아니야. 할 수밖에 없어.”

강한 어조로 그렇게 단언했다.

이곳 캣냐를 관찰 대상으로 삼은 흑막은 악질적인 사고방식을 지녔고, 심지어 너무나 강대하다. 이번 건으로 확실해진 것이 있다. 흑막에게는 우리를 특별히 없앨 의사도 없거니와 구할 의사도 없다.

아마 흑막은 우리에게 난제를 떠넘기고 무사히 해결할 수 있는지 관찰하는 듯하다. 해결하면 다음 스테이지로 나아간다. 패배하면 거기까지. 그런 게임이라도 하는 것 같다.

그렇기에 이대로 손을 놓고 있으면 십중팔구, 우리는 패배한다. 그리고 우리의 패배는 죽음을 의미한다. 그렇다면 지금은 위험을 감수하고서라도 움직일 수밖에 없다.

게다가 그들이 이용하는 것은 저 마족들이다. 어쩌면 흑막에게는 세계에서도 선두를 다투는 전투 종족인 마족조차도 단순한 게임용 말에 불과할지도 모른다.

그런 신과 같은 절대적 존재가 뒤에서 줄을 당기고 있는 이상,

옛날부터 내려온 문제로 망설이는 것은 그들의 게임에서 패배를 의미한다.

"결국 그래야겠지. 이렇게 지금도 목이 조여지고 있는 상황에서는 그것밖에 수단이 없나. 나도 길의 말이 맞는다고 생각해. 키지 씨, 난 길의 제안을 지지할게!"

차트가 한숨 섞인 몸짓으로 어깨를 으쓱하고 진지한 얼굴로 말했다.

"다른 길은 없나……. 현 상황을 보면 확실히 그럴지도 모르겠네. 나도 길에게 찬성할게. 다들 이대로 가면 안 된다는 건 이미 잘 알잖아?"

타마도 고개를 끄덕이고 모두에게 동의를 요구했다. 모두 씁쓸한 표정으로 작게 고개를 끄덕였다.

"할 수밖에…… 없겠지. 결국 이대로 가면 이 마을에 아니, 이 노스그랜드의 마물에게 미래는 없어."

키지의 선언과도 같은 말을 계기로 캣냐는 다음 스테이지로 나아갔다.

＊＊＊

이곳은 어둠의 나라를 사실상 지배하는 돌체가 노스그랜드에 비밀리에 만든 실험 수용시설이다.

홉 고블린 마을 족장의 아들—— 고브자는 다른 마을의 동포들과 함께 이곳으로 연행되었다. 그곳은 목제 건물 안에서 한층 커다란 방이다.

그 방구석에 놓인 의자에는 팔이 네 개인 거인이 앉아서 무표정하게 방의 중심을 바라보고 있다.

"돌체 님, 좋은 느낌으로 완성되었슴다!"

검은색 어둠의 나라 군복을 입고 묘하게 눈이 부리부리한 까까머리 남자가 팔이 네 개인 거인 돌체에게 자세를 바르게 하고 그런 가벼운 어조로 보고했다.

실험실 중심에는 간신히 인간의 형태를 유지하고 있는 고깃덩어리가 놓여 있었다.

"이, 이거 놔아아아!"

그리고 그 고깃덩어리 앞에 같은 마을의 두 살 위인 홉 고블린 형이 강인한 어둠의 나라 마족 병사에 의해 끌려가고 있다. 마족 병사들이 고깃덩어리를 향해 떠밀자 그 고깃덩어리에 몇 개의 눈과 입 같은 것이 벌어지더니 덥석 깨물었다.

"으아아아아아아아악——!"

절규와 생리적인 혐오감이 드는 씹는 소리가 울리는 와중에 가족이나 마찬가지로 자란 형은 금세 고깃덩어리의 배 속에 담기고 말았다.

"끄윽!"

고깃덩어리가 크게 트림하자, 얼굴 같은 것이 빙글빙글 회전하기 시작했다.

"그 녀석들은 신을 이 땅에 강림하기 위한 먹이야. 이대로 계속해."

돌체가 그렇게 명령하고 의자에서 일어나 방에서 나갔다.

"알겠슴다!"

까까머리 남자가 눈으로 신호를 보내자, 차례로 동표들이 고깃덩어리에 던져져 먹혔다.

"이봐, 다음!"

마침내 고브자의 차례가 되어 사형 집행 지시가 내려졌다.

"레라드 님, 아무래도 실험체는 오늘 이것으로 끝인 모양입니다."

까까머리 남자 레라드가 작게 혀를 찼다.

"되돌려놔."

레라드가 불쾌한 표정을 감추지 않고 방에서 나갔다.

고브자는 구사일생하며 다리에 힘이 풀려 걷지 못하게 되어 병사들에게 이끌려 감옥에 갇혔다.

이때 고브자에게 있던 것은 동포를 살해한 것에 대한 분노도 아니고, 가족이나 마찬가지인 동료를 잃은 것에 대한 슬픔도 아니었다. 자신의 목숨을 부지한 것에 대한 안도감이었다. 그것이 그저 분하고 한심해서 고브자는 소리 죽여 계속 울었다.

***

──노스그랜드 중앙부 돌체군 고블린 수용소.

어두컴컴한 건물 안에서 꿈틀거리는 여러 사람의 그림자.

"음? 지금 뭔가 지나가지 않았나?"

졸린 눈으로 하품하며 보초를 서던 어둠의 나라 마족 병사가 건물 밖으로 나갔다.

"컥?!"

검은 그림자가 그 옆을 지나가자, 병사는 눈을 뒤집고 바닥에 쓰러졌다.

"이봐, 농땡이 피우지 마! 위에서 나까지 혼낼 거라고!"

불쾌한 듯 다른 보초가 얼굴을 찌푸리며 건물 문으로 나가려고 하자, 뒤에서 나타난 검은 옷에 의해 배를 맞고 일격에 쓰러졌다.

소리도 없이 나타난 거대하고 코가 긴 괴물과 보라색 정장을 입은 여자에게 검은 옷이 발을 나란히 하고 경례하고는 어둠 속으로 달려갔다.

"참으로 불쾌한 녀석들이군…… 이래서는 악군과 하는 짓은 별반 차이가 없는 것 아닌가. 정말 저 녀석들이 애쉬 양의 옛 부하인가?"

"그런 것 같소."

아스타가 신경질적으로 대답했다.

"로프트에게 세뇌되었을 가능성은?"

"없는 것 같소. 제정신이오. 저 남자는 제정신으로 이 세계를 파멸시키려고 하오."

"원한인가…….."

기리메칼라가 아니꼬운 듯 얼굴을 일그러뜨렸다.

"아무튼 로프트는 저것을 교묘하게 이용하여 악군을 이 땅에 불러올 생각이오.”

아스타로스가 담담하게 대답했다.

“애쉬 양의 여동생이 있다는 그것 말인가…… 우리가 유포한 정보에 놀아나는 것도 전혀 모르다니 우습군.”

“동감이오. 모든 것은 우리 마스터의 손바닥 위. 악군들의 불행은 이 세상에서 가장 악질적인 괴물에게 딱 좋은 장난감이라고 인정받고 만 것이오.”

“진심으로 무서운 분이야. 설마 악군과 천군 양쪽을 게임의 도구로 이용할 줄은 꿈에도 상상하지 못했어.”

“우리 마스터를 불쾌하게 하고 만 이상, 저들의 행선지는 이미 결정됐소. 본인 아스타로스가 선언하겠소. 저들 악군은 이 땅에 강림하여 무참하게 그리고 잔혹하게 죽을 것이오.”

“우리 주를 우롱한 쓰레기들! 먼지 한 톨 남기지 않고 없애주마!”

기리메칼라의 세 번째 눈이 수상하게 빛나더니 바닥이 파여 크레이터를 형성해갔다.

“기리메칼라, 그 이상 하면 들키겠소.”

“그렇지. 아무튼 이 이상 신민을 줄이는 건 못 참아. 도망치게 할 계획은 어떻게 됐지?”

“물론 고블린들도 남쪽의 지정된 장소까지 도망칠 계획이오.”

“그런가. 그럼 나도 게임의 다음 준비에 나서야겠어.”

그 말을 끝으로 기리메칼라는 검은 안개가 되어 모습을 감췄다.

아스타는 가슴에 손을 대고 정중하게 인사하며,

“마스터, 당신의 뜻대로.”

혼잣말을 했다.

＊＊＊

울다 지쳐 어느새 잠들고 말았을까. 정신이 들자 감옥의 창살이 달린 창문으로 커다란 달이 보였다. 그런 달빛 아래 금속이 삐걱거리는 소리와 함께 쇠창살이 천천히 열렸다.

"어, 어라?"

고브자는 작게 놀란 소리를 냈다. 이 쇠창살 문은 고블린들을 가두기 위해 저 마족들이 잠갔을 터였다. 아니, 애초에 쇠창살에 달렸을 터인 자물쇠가 사라졌다.

'일어나!'

고브자와 마찬가지로 구사일생한 동료들의 몸을 흔들어 깨웠다.

고브자의 소꿉친구인 고브미가 나직하게 중얼거렸다.

'그래, 다들 어서 여기서 도망치자!'

'그건 불가능한 일이야!'

작게 울먹거리며 말하는 고브미의 머리를 쓰다듬어 진정시켰다.

'어느 쪽이든 우리는 내일 먹힐 운명이야. 게다가 먹이인 우리는 내일까지는 죽이지 않을 거야!'

모두를 빙 둘러보며 말했다.

지금 고브자가 살아 있는 것은 저 고기 괴물에게 한계가 왔기 때문이다. 내일까지는 설령 잡히더라도 죽이지는 않을 터였다. 잡히면 맞을 것이라고 생각하지만, 위험을 감수할 가치는 있다.

'고브자 도련님의 말이 맞아. 나도 도망치는 데 찬성이야.'

나이 든 홉 고블린 남성이 크게 동의하고 일어났다.

'맞아. 여기 있어도 죽을 뿐이야. 어떻게 되든 도망쳐볼까……'

어두컴컴한 지하 감옥에 있던 모든 홉 고블린이 서로 도와 탈출을 시도하기 위해 감옥 문을 나갔다.


무슨 까닭인지 보초를 서는 마족이 없었다. 그저 검은 안개가 깔려 있을 뿐이라 주위는 기묘할 만큼 고요했고, 아무 마족과도 마주치는 일 없이 이 시설을 빠져나갈 수 있었다.

노스그랜드 북부는 이미 마족에게 점령되어 지옥이 펼쳐졌다. 도망친다면 남쪽이다.

남쪽에는 돼지 머리가 달린 하이 오크족과 눈이 하나인 거인족의 상위종인 사이클롭스족, 하이 오거족, 소 머리가 달린 레드 미노타우로스족 등 아직 강력한 전투 부족이 다수 남아 있다.

평소라면 절대 손을 잡을 일이 없는 사이지만, 어둠의 나라가 점점 남쪽으로 내려오면 고브자처럼 저 고깃덩어리의 먹이가 될 것이 뻔하다. 그렇다면 일시적이라도 손을 잡는 것이 가능할 터였다.

"이제 난 못 가겠어……."

멈춰서 울먹거리는 고브미의 손을 잡았다.

"조금만 더 가면 돼! 밝아지면 일단 몸을 숨기고 휴식을 취하자! 그러니 조금만 더 힘내서 걷자."

힘껏 격려하는 말을 내뱉었다. 지금 도망칠 수 있는 것은 어떤 의미로는 기적이다. 그러나 분명히 곧 추격자가 올 것이다. 잡히면 기다리는 것은 확실한 죽음이다. 지금은 가능하면 멀리 가는 것이 최선이다.

"으, 응!"

조금만 더 가면 휴식을 취한다는 말에 기운이 났는지 고브미가 걸음을 옮겼다.


얼마나 걸었을까. 이제 한 걸음도 못 걷겠다. 일동의 체력에 한계가 왔을 때, 밀림이 끝나고 광장 같은 장소가 나왔다.

주황색 아침 햇빛에 물든 가운데 그 광장의 중심에는 한 그루의 거대한 나무가 장엄하게 서 있었다.

"여기서 쉬자."

이 인원수에다 적은 추격할 마족뿐만이 아니다. 숲을 헤매는 야수도 지금 피로에 지친 고브자 일행에게는 충분히 위협적이다. 그렇다면 야수가 우글거리는 숲속보다 여기가 그나마 생존확률이 올라간다. 전원이 커다란 나무 그늘에서 쉬려고 앉으려던 때였다.

"뭐야 이게?"

놀란 소리를 내는 근육질의 홉 고블린 형이 자신의 발에 휘감긴 덩굴 같은 것에 인상을 찡그리고 말했다. 그 순간―― 발에 휘감긴 덩굴이 올라가며 형의 몸을 거꾸로 허공에 띄웠다.

"큰일이야! 마다가스카르야! 떨어져!"

나이 든 아저씨가 외친 것과 동시에 커다란 나무가 사방으로 갈라지며 날카로운 이빨을 지닌 커다란 입 같은 것이 만들어졌다.

"꺄아!"

옆에 있던 고브미의 몸에도 덩굴이 감기며 온몸이 허공에 들렸다.

"고브로 형! 고브미!"

얼른 두 사람에게 달려가려고 했다.

"안 돼! 도련님까지 먹히고 말아!"

아저씨가 뒤에서 몸을 붙잡으며 제지했다.

"하지만 고브로 형이! 고브미가!"

마다가스카르가 천천히 두 사람을 높이 들어 올려 입 같은 것이 있는 곳으로 가져갔다.

'어떡하지?!'

하필이면 마다가스카르의 소굴에서 휴식을 취하다니! 어떻게 이렇게 운이 없을까! 고향에서의 평범한 생활을 저 마족들이 간단히 망가뜨린 뒤로 고브자 일행은 이런 악몽 속에 있다.

'내가 소원을 빈 게 잘못인가?'

확실히 이런 아무 변화도 없는 생활은 따분하다. 고브자는 그렇게 생각했다. 따라서 과거에 구전으로 전해지는 마물들의 전설적인 영웅에 대해 어머니가 말해준 뒤로 쭉 동경하고 있었다.

그것은 마물들의 뜻을 모아 악신에게 대항한 영웅의 이야기다.

하지만 그런 것이 그저 잘 꾸며낸 이야기에 불과한 것은 저 더러운 마족들에게 쉽게 점령당하고 뼈저리게 이해했다.

　——나도 알아!

　그런 위기 상황에 구해주는 타이밍 좋은 영웅 따위는 없다. 이 망할 세상은 약육강식이다. 약한 자는 도태되고 강한 자만이 자기 뜻을 관철하는 법이다!

　——나도 알아!

　북쪽의 전투 부족이 차례로 점령되어 먹이가 되고 말았다. 고브자 일행은 지금 노스그랜드에서 한없이 무력한 개미에 불과하다!

　'하지만 난 싫어!'

　이대로 소꿉친구 두 사람을 버리고 꼬리를 말고 이 자리에서 도망치면 어쩌면 고브자는 살아남을지도 모른다. 하지만——.

　——그런 건 고브자가 바란 미래가 아니야!

　"고브자!"

　고브미가 도움을 요청하는 외침이 고막을 흔들었다.

　'그래! 혼자 도망칠 순 없어!'

　강렬한 마그마 같은 감정이 폭발했다.

　이대로 혼자 살아서 후회하는 짓은 절대 하지 않겠다. 이 이상 소중한 것을 빼앗길까 보냐!

　"아니, 도련님!"

　아저씨의 손을 뿌리치고 길에서 주운 봉을 쥐어 들었다.

　"고브로 형과 고브미를 놓아줘!"

　마다가스카르를 향해 돌진했다.

덩굴 같은 촉수가 꿈틀거리며 고속으로 옆으로 후려치는 바람에 고브자의 몸이 마치 작은 나무 열매처럼 바닥에 떨어져 튕겨 오르고는 뒤에 있는 커다란 나무와 충돌했다. 잠시 숨을 쉴 수가 없었고, 몸이 찢어지는 듯한 격통이 일었다. 그런 상황에 고브자는 오른손에 쥔 나무 봉을 들고 일어났다.

흐릿한 시야 속에 두 사람이 마다가스카르에게 먹히려는 것이 보였다.

"오오오오오옷!"

짐승 같은 신음을 필사적으로 목에서 쥐어 짜내며 다시 돌진하려고 하였지만, 무참하게 넘어져 얼굴부터 바닥에 꽂혔다.

바로 고개를 들자 고브미와 고브로 형이 입속으로 낙하하는 것이 보였다.

모든 힘을 동원해 소리를 질렀을 때, 두 사람이 입속으로 떨어지고 말았다.

"젠장……."

구하지 못했다. 또 고브자는 소중한 것을 잃었다.

완전한 무력감과 상실감에 오른쪽 주먹으로 바닥을 힘없이 내리쳤다.

"도, 도련님!"

아저씨가 뒤집힌 목소리로 외쳐 다시 고개를 들었다.

"어?"

식물 같은 잔해와 그 앞에 두 사람의 목덜미를 잡고 있는 새하얀 날개가 달린 투블록 스타일의 검은 머리 청년이 시야에 들어왔다.

"길, 키지, 무사히 구했어."

투블록 스타일의 검은 머리 청년이 고브자의 뒤로 시선을 보내며 외쳤다.

"수고했어. 그나저나 카이토, 너, 너무 강한데."

"그래, 맞아. 나에겐 지금 창의 궤적이 안 보였어."

투블록 청년의 시선 끝에서 금발에 고양이 얼굴 남자와 왼쪽 뺨에 흉터가 난 빨간 머리 고양이 얼굴 남자가 어이가 없다는 얼굴로 그런 감상을 말했다.

"그, 그야 평소에 단련하고 있으니까. 조금 속도에는 자신 있거든."

투블록 청년이 마치 얼버무리듯이 빠르게 대답하고 지면에 고브로 형과 고브미를 살며시 내려놓고 강하게 말했다.

"나이스 파이트! 애들은 무사해. 이제 괜찮아. 걱정하지 마."

그 몹시 듬직한 말을 들으며 고브자의 의식은 깊은 어둠으로 떨어졌다.


몸이 흔들려 무거운 눈을 뜨자 불안한 얼굴로 들여다보는 고브미가 보였다.

"다행이야!"

고브자는 자신의 가슴에 뛰어들어 울음을 터뜨리는 고브미를 잠시 멍하니 바라보았다.

"정신이 들었구나. 그럼 이쪽으로 와서 먹어."

뒤에서 목소리가 들렸다.

그 기억에 없는 목소리의 주인을 확인하기 위해 돌아보자, 모닥불 앞에는 마을 동료들과 함께 몇 명의 마물들이 온기를 느끼고 있었다.

"당신들은?"

음식을 권하는 왼쪽 뺨에 흉터가 난 빨간 머리 고양이 얼굴 남자에게 물었다.

"우리는 신도시 캣냐에서 왔어. 여행하던 중에 우연히 마다가스카르의 습격을 받던 너희와 마주쳤지. 가능하면 너희의 현재 상황을 알려줬으면 해."

금발에 고양이 얼굴 형이 그렇게 소개하고는 자리에서 일어나 고브자와 고브미를 모닥불 앞까지 안내했다.

"아, 네."

당황하면서도 고개를 끄덕이고 모닥불 앞에 앉았다.

마다가스카르에게 먹혔을 터인 고브미와 고브로 형이 무사한 것을 보아도 이 마물들이 저 마다가스카르를 쓰러뜨리고 두 사람을 구한 것이 분명하다. 하지만 그렇다면 목적이 뭘까? 마물은 개인주의이며, 목적도 없이 다른 종족을 돕지 않는다.

"어째서 우리를——."

"일단 배고프지? 먹어. 이야기는 그다음에 해."

투블록 스타일의 검은 머리 가루다족 청년이 고기 꼬치를 억지로 건넸다. 코앞에 들이 밀어진 구운 고기의 맛있는 냄새에 꼬르륵 배가 울린 고브자는 며칠만의 식사에 나섰다.

밥을 먹으며 구해준 마물들은 고브자의 이야기에 귀를 기울였다.

구해준 마물들은 모두 얼굴을 분노와 혐오감으로 일그러뜨렸다.

"그런가…… 그래서 그 녀석들……."

자신을 카이토라고 소개한 가루다족 청년이 작은 목소리로 나직하게 중얼거렸다. 가라앉은 그의 눈 안쪽에 깃든 광기와도 같은 격렬한 감정에 은근히 한기를 느끼고 마른 침을 삼켰다.

"카이토, 그들의 목적에 짐작 가는 곳이라도 있어?"

옆에 앉은 왼쪽 뺨에 흉터가 난 빨간 머리 고양이 얼굴 남자, 키지가 물었다.

"아니, 아무것도 아니야."

카이토는 그 이후 입을 굳게 다물고 고기 꼬치를 먹기 시작했다.

"설마 이 근처까지 마족의 손이 뻗쳐 있을 줄이야. 역시 남하하는 마족에 대항하기 위해서는 각 부족이 손을 잡을 필요가 있어. 그렇지 않으면 노스그랜드의 마물은 그들에게 모두 멸망할 거야."

**금발 고양이 얼굴 청년**, 길이 강렬한 의지가 담긴 목소리로 말했다.

"이제 우리도 고집부릴 여유는 없다는 건가……."

키지가 왠지 망설임이 담긴 표정으로 혼잣말했다.

"어떤 의미로는 전쟁보다 어려운 싸움이 되겠지만, 할 수밖에 없겠지."

카이토의 말에 길과 키지도 조용히 고개를 끄덕였다.

이야기의 내용을 보아 그들은 동료를 원한다. 아까 카이토가 순식간에 죽인 마다가스카르는 초무투파 부족 이외에 이 숲에 사는 자에게는 절대 다가가서는 안 되는 재앙 같은 마물이다. 마주치면 전력으로 도망쳐야 한다. 그것밖에 살아날 방법이 없다. 그것을 순식간에 쓰러뜨리는 실력. 그들은 틀림없이 강하다. 그들을 따라가면 고브자 일행의 생존율이 상승한다.

"우리도 동료로 넣어주세요!"

그것 외에 약소 부족인 고브자 일행이 살아남을 방법은 없었다.

"원래 그럴 생각이었어. 그렇지, 키지, 카이토?"

"그야 뭐."

"하지만 어떡하지? 그들을 도시까지 바래다주고 다시 출발할까?"

키지가 물었다.

"아니, 지금부터 돌아가면 하이 오크들이 전멸하는 사태가 벌어지게 돼. 그들을 데리러 가야 해."

카이토가 고개를 가로젓고 본래 목적지로 가야 한다고 주장했다.

"맞아. 지금은 한시가 급해. 노스그랜드에서도 강력한 하이 오크들이 패배하면 전력 이전에 다른 부족들의 마음이 꺾이고 말아. 이대로 계속 가자."

길이 살짝 고개를 끄덕이고 고브자 일행을 바라보았다.

"미안하지만, 지금은 우리와 동행해줘. 그다음에 우리 도시로 안내할게."

그러고는 이렇게 말했다.

****

설득이라는 이름의 무력행사를 위해 하이 오크의 마을로 우리는 떠났다.

멤버는 나, 키지, 카이토 세 명이다. 하이 오크는 노스그랜드에서도 손꼽히는 전투 부족으로 성질이 거칠다. 멤버는 엄선할 필요가 있었다. 마을에서 얼마 없는 전투가 가능한 차트와 타마에게 마을 방어를 맡기고 우리는 하이 오크의 마을로 떠나기로 했다.

중간에 마다가스카르의 습격을 받던 홉 고블린들을 구하고 사정을 들었다. 아무래도 마족들이 세운 시설은 그들의 거점임과 동시에 악질적인 의식의 실험장이었던 모양이다.

그들을 우리 도시까지 데려가는 것도 생각했지만, 마족의 움직임은 우리의 예상보다 더 빠르다. 이대로 그들을 데려가도 그들을 받아들이는 건으로 또 사람들을 설득할 시간이 필요해진다. 지금은 잠깐의 시간이라도 아까우므로 이대로 그들을 데려가기로 했다.

그리고 우리는 하이 오크족 마을에 도착했다.

돌로 만든 성에서 우리는 돼지 머리를 지닌 갑옷 차림의 마물들과 대치했다.

“어이, 너희들 고양이 따위가 감히 우리에게 손을 잡으라고? 농담하냐?”

다 같이 웃음을 터뜨렸으나, 그 이마에 선 핏대를 보니 모두 강하게 분노한 것이 엿보였다.

뭐, 쉽캣족은 이곳 노스그랜드에서도 약소 부족이다. 말하자면 급이 낮다. 그런 하찮은 존재가 대등한 동맹 관계를 요구했으니 인간족에서도 자존심이 강한 전사라면 화도 날 법하다. 그렇기에 그들을 따르게 할 방법은 한정되어 있다. 이런 수단에 대해 잘 아는 것을 보니 나는 주로 용병에 가까운 퀘스트를 받던 모험가였을지도 모른다.

“대등한 것이 싫다면 종속될 수밖에 없는데 그래도 괜찮은가?”

“길 씨, 잠시만요!”

옆에서 움츠러들어 있던 고브자가 안색을 바꾸고 나의 허리에 매달려 제지했다. 뭐, 그들이 보기에 하이 오크는 그야말로 공포의 대상이다. 그럴 만도 하다.

“종속……이라고?”

한층 커다란 갈색 피부의 오크가 돌의자에서 일어나 옆에 세워둔 커다란 도끼를 잡았다. 다른 오크는 모두 베이지색이라 빨강에 가까운 갈색 피부인 오크는 이 마물뿐이다. 분명히 하이 오크 중에서도 이질적인 존재일 것이다.

“그래, 이대로 가면 결국 노스그랜드의 모든 마물은 멸망해. 다소 내키지는 않지만, 따르지 않을 거면 여기서 쓰러뜨리겠어.”

이것은 어떤 의미로는 사실이다. 현재 진군 중인 마족은 안개의 나라 마왕 프로키온의 군이다. 이것은 그들이 북부를 제압했을 때 우리 도시로 도망친 마물들에게 들었으니 틀림없다. 지리상 노스그랜드의 북부에 펼쳐진 것은 어둠의 나라다. 즉, 어둠의 나라를 제압하지 않으면 마왕 프로키온이 노스그랜드로 올 일은 없다. 덤으로 북부를 제압한 마족 중에 어둠의 나라 병사가 섞여 있었다는 사실이다.

이것들을 종합하면 마왕 프로키온이 어둠의 나라 마왕, 애쉬메디아를 쓰러뜨리고 자신의 절대적 지배를 확립했다고 생각하는 것이 타당하다. 일단 사대 마왕 중 하나를 없앴다. 그들에게 단독으로 대항할 존재가 있다면, 용사라는 이계에서 불러온 괴물뿐이다.

‘어라?’

마왕 프로키온에게 이길 존재를 떠올릴 때, 머릿속에 스친 회색 머리 소년.

또 이 소년인가. 그러나 나는 마왕 프로키온이 이 소년을 이길 것이라고는 도저히 생각할 수 없었다.

‘이게 어떻게 된 일이지.’

현실에서는 도저히 불가능한 일이지만, 나에게 예의 회색 머리 소년은 마왕 따위보다 훨씬 무섭고 강한 존재라고 인식된 모양이다.

"고양이 따위가 잘도 말하는군. 상으로 그 목을 잘라 비바람에 드러내 주마!"

지금 나는 능력으로 외모를 청년풍 쉽캣으로 바꾸었다.

몇 가지 조사 때문에 판명된 나의 능력은 '변질'이다. 생각한 것이 되는 힘이라고 하면 될까? 다만 평범하지 않은 것은 외모와 신체 능력, 마력, 기능 등 겉과 속 모두 원하는 것으로 바꿀 수 있다는 점이다. 게다가 외모는 그대로 두고 신체 능력만 바꾸는 것도 가능했다. 전에 중앙교회 인간의 습격 때는 이 능력만 회색 머리 남자로 바꾸어 용케 격퇴했다고 생각한다.

다만 이것에는 몇 가지 조건이 있다. 능력은 내가 전에 만난 적 있는 자밖에 바꿀 수 없는 반면, 외모는 그리 제한이 없어서 그야말로 내가 떠올린 대로 만드는 것이 가능하다. 이 능력으로 고양이 얼굴로 바꿨다는 말이다.

그게 아무래도 인간보다는 같은 마물인 쉽캣이 더 받아들이기 쉬우니까? 실제로 고브자 일행도 나를 마물로 보고 마음을 열어 주었다.

"말은 됐어. 덤벼!"

왼쪽 손바닥을 위로 향하여 손짓하며 도발하자 갈색 피부의 오크 얼굴에 빠직빠직 몇 개나 되는 핏대가 섰다.

"배짱은 좋구나! 바라는 대로 죽여주마!"

나를 향해 한 걸음 내디디며 도끼로 내리치려고 했다.

강한 바람을 일으키며 다가오는 거대한 도끼를 허리에 찬 장검을 뽑아 힘으로 빗나가게 했다.

"아닛?!"

경악하여 눈을 크게 뜬 갈색 피부 오크의 안쪽으로 파고들어 장검의 칼자루로 후려쳤다.

갈색 피부 오크의 온몸이 반으로 굽혀지며 호쾌하게 날아가 등이 벽에 부딪혔다.

'역시 그 외에는 문제없어.'

여러모로 시험하였으나, 저 회색 머리 남자로 변질하는 것 외에는 움직이지 못할 만큼 몸이 피폐해지는 일이 없었다. 방금도 나의 이상적인 검의 스승으로 능력을 바꾸었으나, 전혀 부담 없이 움직일 수 있었다.

"…………."

갈색 피부 오크가 일어나 중심을 낮췄다. 그에게서 방심이 사라졌다. 아무래도 진지해진 모양이다. 지금부터가 진짜일 것이다.

지금 몸짓을 보면 일목요연하다. 그는 강하다. 얕보고 덤벼서 쉽게 이길 상대는 절대 아니다. 하지만 나에게도 질 수 없는 이유가 있다. 따라서—— 나도 검을 쥐고 돌바닥을 박찼다.


"저 하이 오크 족장, 부타이에게 이겼다고?"

"대단해……."

관전하던 홉 고블린들이 흥분한 어조로 감상을 말했다.

그렇다, 승패는 정해졌다. 갈색 오크는 나의 눈앞에서 대자로 뻗어 드러누웠다.

그는 강했다. 이미 나도 엉망진창이다. 지금 나에게는 힘을 빌린 스승이 누구인지도 모른다. 스승의 실력은 불명확하다. 하지만 검의 길에서는 압도적인 강자라는 것만 알겠다. 그 스승의 검술과 이 돼지 머리 마물은 거의 호각이었다. 승리한 것은 기초적인 신체 능력이 내가 살짝 더 뛰어났던 것에 불과하다.

뭐, 그 회색 머리 남자를 모방했다면 아마 순식간에 승부가 났겠지만.

"죽여라."

그가 무뚝뚝하게 외친다. 그 표정에는 싸우기 전처럼 우리에 대한 혐오감 같은 것이 완전히 사라져 있었다.

나도 패배를 받아들인 그 당당한 모습에 도저히 이 녀석이 마물이라고 생각하지 못하게 되었다.

"싫어. 너는 이곳 노스그랜드에 필요한 마물이야. 말했잖아? 서로 으르렁거릴 여유가 우리에겐 없다고."

"남하하는 마족들은 너보다 강한가?"

"그래, 아마도."

기억을 잃어도 사대 마왕 프로키온의 두려움 정도는 안다.

잔인하고 인간이라는 것을 벌레 이하로만 보는 최악의 마왕이다. 음유시인들의 입으로 묘사되는 이야기는 몸이 떨릴 만큼 잔학한 내용이 넘쳐났다. 그것은 고브자 일행에게 들은 몹시 악질적인 실험을 보아도 확실하다. 지면 그들의 실험동물의 제물이 되어 죽게 된다.

이대로 각 부족이 따로 도전해도 패배할 것이 뻔하다. 대항하려면 마물이 하나로 합치는 방법밖에 없다.

"그런가…… 좋다. 이야기 정도는 들어주마. 다만, 한 가지 조건이 있어."

그가 일어나 책상다리를 하고 팔짱을 끼고는 나를 노려본다.

"조건? 물론 나에게 가능한 일이라면 들어줄게."

"네 본성을 보여라. 네놈에게서는 마물 이외의 냄새가 나."

갈색 오크는 코를 킁킁거리며 그렇게 나직한 목소리로 말했다.

술렁거리는 실내. 하이 오크들뿐만 아니라 홉 고블린들도 경악하여 눈을 크게 떴다.

뒤에 있는 키지와 카이토를 보니 둘 다 고개를 끄덕였다. 이미 내가 인간족이라는 것은 키지를 비롯한 쉽캣족에게는 잘 알려진 사실이다. 언젠가 알려질 사실이다. 그렇다면 신뢰의 증거로 드러내야 할 것이다.

"알겠어."

변질 능력을 해제하고 원래 나로 돌아왔다.

오크들과 홉 고블린 사이에서 동요가 일었다.

"너, 인간족인가?"

"그래. 인간족 길이야. 뭐, 그 이름 이외에 어디의 누구인지는 모르지만."

인간 사회를 묘하게 잘 아는 것을 보아 인간인 것은 분명하다. 하지만 마법이 특기이거나, 이상한 능력을 다룰 수 있고, 무엇보다 이런 장소에서 기억을 잃었다. 꽤 특수한 사연이 있을 것이다.

"어디의 누구인지 모른다고?"

눈썹을 찡그리고 되풀이하여 묻는다.

"그래. 기억을 잃은 상태로 그들에게 보호받았어."

키지 쪽으로 왼손을 향하며 그렇게 대답했다.

"기억을 잃은 인간족인가…… 수상하기 짝이 없군."

갈색 오크가 비아냥거리며 입꼬리를 올렸다.

"동감이야."

곧바로 동의했다. 이런 수상한 사람, 그리 많지 않다. 특히 마물의 천적인 인간이다. 빠르게 받아들인 키지 쪽이 오히려 특이하다고 생각한다.

갈색 오크가 일어나 쓰러진 의자를 세우고 그곳에 앉았다.

"말해라. 사정부터 알아야겠어."

강한 어조로 말했다.

"괜찮겠어? 나는 인간인데?"

"흥! 인간이든, 오크든, 고양이든 강한 자를 따르는 것. 그것이 우리 일족의 규칙이야. 게다가 마족들이 멋대로 구는 것도 아니꼬우니까."

사실상 전면 승낙하는 말을 한다.

"고마워. 마침 홉 고블린에게도 듣고 싶던 내용이야."

안도하며 감사를 표했다.

"부타이다."

"응?"

"내 이름이야. 부라고 불러."

처음처럼 무뚝뚝하게 부가 그렇게 말했다. 우리 쉽캣은 최초의 전투 부족 동료를 얻었다.

＊＊＊

우리가 신도시 캣냐를 만들고 다시 몇 달이 지났다.

노스그랜드에서도 손꼽히는 무투파 부족, 부의 하이 오크가 가입하며 캣냐에 참여를 신청하는 부족이 급증했다. 특히 부 때처럼 강제에 가까운 설득으로 주변의 소규모 무투파 부족도 참여하게 되었다. 그리고 노스그랜드 최대 파벌 중 하나인 소 머리의 레드 미노타우로스족, 마족 침공의 생존자이자 거인족의 상위종인 사이클롭스족도 더해지며 노스그랜드 남부의 거의 절반에 가까운 세력을 이끄는 결과가 되었다.

"헤에, 제법 능숙한데."

대장간에서 완성된 검에 마법을 부여하던 중, 카이토가 들어와 감탄하며 말했다.

지금은 가끔 꾸는 꿈에서 본 유명한 대장장이와 마법 기사를 나의 능력으로 모방하여 마법 무기를 만들고 있다.

"아, 카이토, 너의 투창도 만들었어."

"이건 마법이 부여된 무기지? 어디……."

아까 만든 마법 창을 받고 카이토가 빙글빙글 능숙하게 돌렸다. 역시 이 몸놀림, 평범한 마물이라고는 도저히 생각할 수 없다. 카이토는 무기에 관한 지식도 풍부했다. 솔직히 나의 푸른 머리 검 스승을 모방하더라도 그를 이길 거라고는 생각할 수 없다.

사실 나는 그가 사우드에게서 도망친 것 자체가 거짓이라고 느낀다. 카이토는 어쩔 도리가 없는 이유가 있어서 자신을 약한 듯 위장하고 있다. 그런 생각이 든다.

다만 그렇게 생각하면 몇 가지 부자연스러운 점도 눈에 띈다. 카이토가 가루다족 족장 가루간추어의 외동아들인 것을 소꿉친구인 애쉬가 인정한 것이다. 애초에 애쉬는 거짓말을 하지 못하는 타입이다. 그런 애쉬가 카이토와 미리 짜고 말을 맞추었다고는 도저히 생각할 수 없다.

그렇다면 카이토가 자신의 일족을 희생해서까지 자신의 힘을 숨기고 있다는 것이 된다. 아직 알고 지낸 지 얼마 되지 않았지만, 카이토는 그런 박정한 마물이 아니다. 그렇다면 역시 나의 망상이다. 그렇게 생각할 수밖에 없겠지만, 역시 나는 자꾸만 그 부분이 너무 마음에 걸렸다.

"오? 이거 쓸 만한데."

혼잣말처럼 중얼거리는 카이토.

"좋아!"

무심코 신나서 외쳤다. 이것으로 하나 쓸 수 있는 무기가 늘었다.

마족의 노스그랜드 침략은 점점 강해지고 있다. 더는 무시할 수 있는 상황도 아니다.

사이클롭스족 마을을 멸망시켰다고 일컬어지는 팔이 네 개인 마족의 소문.

잔존한 사이클롭스족의 입에서 나온 것은 압도적이며 불합리한 힘으로 유린하는 팔이 네 개인 파란 피부의 거인이었다. 파란 피부는 어둠의 나라 마족이라는 증표다. 따라서 그가 마족인 것은 틀림없다.

그러나 단독으로 거인족에서도 상위종인 사이클롭스의 마을을 사실상 파멸시킬 만한 강함을 마족이 지녔다니. 그것은 그야말로 현재 마왕에 필적하는 힘이라고 해도 과언이 아니다. 만약 우리가 구조하러 가지 않았다면 모두 죽었을 가능성이 크다. 그런 매우 위험한 상대다. 지금은 전력의 증강이 우선이다.

"하지만 어디까지나——."

"알아. 모든 것은 무기를 다루는 사람에게 달렸다. 맞지?"

"그래. 우리는 약해. 이대로 암운에 부딪히면 죽을 뿐이야."

카이토는 무력뿐만 아니라 전술과 전략도 뛰어나서 최근에는 마물들의 지도를 맡거나, 도시 방어를 위한 마물들의 경비와 배치에 대해서도 조언을 받고 있다. 사실 이 마법 무기도 나의 능력에 흥미를 느낀 카이토가 제안한 것이다.

"길, 카이토 씨, 회의 시간이거든?"

하이 오크족 두령 부가 안으로 성큼성큼 들어와 힘찬 목소리로 말했다.

"그래. 그럼 가볼까?"

"좋아!"

부도 얌전히 카이토의 뒤를 따랐다. 부는 마물 영웅 가루간추어의 아들이라는 것에 처음에는 카이토를 라이벌로 여기며 일만 있으면 시비를 걸었으나, 몇 번이나 대련하고 철저하게 패배하고는 항상 떨어지지 않는 제자 같은 관계가 되었다.

　나도 새롭게 만든 창을 들고 두 사람의 뒤를 따라갔다.


　한층 커다란 석재 통로에는 여러 마물이 오갔고, 그 옆에는 벽돌로 지은 건물이 규칙적으로 늘어서 있다. 큰길에 면한 고깃집에서는 식욕을 자극하는 맛있는 냄새와 위세 좋게 권하는 소리가 들려왔다. 술집에서 나오는 리자드맨 두 사람도 비틀거리면서도 돌아가고 있다.

　'여기도 완전히 달라졌어.'

　그로부터 마물이 늘어나 캣냐는 확장되어 인간족의 중간 규모 도시 수준까지 개발이 진행되었다.

　저 늘어선 건축물과 세이렌들이 노래하는 공원도 꿈에 나온 거리 풍경을 나의 '변질' 능력으로 재현한 것이다.

　이렇게 모두 안심하고 살 수 있는 것은 도시 주변을 감싼 높은 성벽 덕분이다. 저 성벽은 노스그랜드 남부 동굴에서 채굴한 특수한 금속, 아다만트로 만들었는데 강력한 물리적, 마력적 내성이 있다. 그 금속을 나의 능력으로 특수 가공하여 성벽으로 만들었다. 또한 몇 가지 방어 아이템도 설치했다.

　설령 프로키온의 군대더라도 이 철벽을 무너뜨리기란 매우 어려울 것이다. 그야말로 농성에는 제격인 철벽의 요새가 되었다.

　"앗, 길!"

　검은 머리의 고양이 소녀 샤르가 우리를 발견하고 환한 미소를 지으며 두 팔을 크게 휘둘렀다. 샤르의 옆에는 평소처럼 애쉬가 있었다. 샤르와 애쉬는 종족은 다르지만 사이가 정말 좋아서 언제나 같이 있다. 또 최근 알아차렸는데 애쉬와 샤르는 얼굴 조형이 닮은 기분이 든다. 그렇다. 마치 자매처럼 무서울 만큼. 다른 마물들이 그것을 알아차리지 못한 것은 애초에 마물은 인간과 동떨어진 외모이기 때문이라고 생각한다. 인간종 같은 얼굴은 모두 큰 차이 없이 보이는 바람에 닮았는지 아닌지 판단이 되지 않을 것이다.

"샤르, 달리면 넘어질 거야."

걱정대로 이쪽으로 황급히 달려오려다 앞으로 넘어지려는 것을 간신히 붙잡았다.

"그러니까 말했잖아."

"……고마워."

나의 품에서 얼굴이 새빨개진 샤르를 보며 쓴웃음을 지으면서도 일으켜 세웠다.

"샤르와 길, 정말 사이가 좋구나!"

못 말리겠다는 듯 애쉬가 그렇게 놀렸다.

원래는 부정해야 할 상황이겠지만——.

"응, 사이 좋아!"

샤르가 명랑하게 대답하며 나에게 기댔다.

"그렇댄다, 길!"

부도 나에게 히죽 미소를 지으면서도 등을 거칠게 두드렸다.

"아프다니까, 부. 맨날 말했잖아? 우리는 그런 사이가 아니라고."

"너도 남자라면 기합 넣어!"

전혀 나의 의견을 듣지 않고 호쾌하게 웃으며 등을 더욱 퍽퍽 두드리는 부.

"있잖아, 길, 그런 사이라니?"

고개를 갸웃하며 샤르가 물었다.

"그건——."

신난 어조로 폭탄 발언을 할 듯한 애쉬를 카이토가 끌어안고 그 입을 오른손으로 막았다. 카이토에게 안기자 금세 새빨개지는 애쉬. 솔직히 애쉬야말로 알기 쉽다고 생각하는데.

"뭐야, 길?"

"응, 아무것도 아니야."

질문하는 샤르의 머리를 부드럽게 쓰다듬었다.

"에이, 길, 얼버무리려고?"

"아니. 그런 게 아니야."

물론 얼버무리고 있지만.

애쉬는 카이토가 손을 떼고도 얼굴을 가슴에 묻고 움직이지 않고 있다.

카이토가 작게 한숨을 내쉬고 나에게 시선을 보냈다.

"길, 어디까지나 가정에 불과하지만, 앞으로 넌 중요한 선택을 하게 될지도 몰라."

진지한 얼굴로 그런 뜬금없는 말을 꺼냈다.

"갑자기 뭐야?"

"일단 들어. 그 선택에 답이 있다면 괜찮아. 하지만 만약 답이

없는 길을 선택해야만 하게 된다면 자신에게 묻고 후회하지 않는 선택을 해."

처음이라고도 할 수 있는 카이토의 의미심장한 조언.

"무슨 뜻이야?"

자연스럽게 그 뜻을 물었다.

"그때가 되면 알아."

카이토는 그렇게 답하고 애쉬를 재촉하여 다시 걷기 시작했다.


우리 눈앞에 3층짜리 저택이 보였다. 저것은 내가 알던 대단한 건축가를 모방하여 설계도를 그려 만든 건물이다. 도시 캣냐의 회의실이자 두뇌의 역할을 맡고 있다.

대회의실로 들어가자 긴 테이블에 각 부족의 족장 계급의 자들이 앉아 있다. 그들의 시선이 나에게 집중되었다.

나에게 향하는 것은── 신뢰의 시선, 살짝 불안함이 포함된 시선, 그리고 적의 어린 시선.

"인간이 이 회의에 나오다니 무슨 생각이야?!"

악어 얼굴의 남자 크로코다스가 이마에 굵은 핏대를 세우며 테이블을 내리쳤다.

움찔하며 몸을 움츠리는 샤르를 감싸기 위해 애쉬가 그녀의 앞에 서서 허리에 손을 대고 크로코다스를 노려보았다. 그리고──.

"이 자식, 신입인 주제에 뭘 멋대로 지껄이는 거야?"

부가 격노한 얼굴로 크로코다스를 찌릿 노려보며 위압하자, 크로코다스는 악어 얼굴을 굳히며 긴장한 목소리로 말했다.

"이, 인간과 사이좋게 지내는 너희가 더 이상해! 인간은 우리 마물의 적이야! 그건 이 세계가 시작되고 영원히 변하지 않는 원칙이었을 텐데!"

크로코다스는 당초 누구에 대해서도 거만한 태도를 취했으나, 한 번 부에게 혼쭐이 난 뒤로 주눅이 들어 얌전해졌다.

"그것은 저도 꼭 확실히 해두고 싶습니다. 카이토 공, 이곳은 마물의 도시일 텐데요. 인간이 이 땅에 게다가 이 도시의 운명을 정하는 자리에 있는 이유를 알고 싶군요."

지금까지 침묵을 지키던 수염 난 얼굴에 눈이 하나인 거인, 사이클롭스족 남자가 팔짱을 끼고 상황을 지켜보던 카이토에게 말을 걸었다.

그, 사이클론은 거인족 전투 부족, 사이클롭스의 생존자이며 후퇴 작전으로 카이토가 이끄는 이 도시의 구조 부대의 도움을 받았다. 그 후로 사이클론은 카이토를 인정하며 이 도시의 사실상 보스로 보고 있다.

구조대가 마족들에게 한번 전멸할 뻔했는데 그것을 카이토 혼자 대처한 것이 원인이라고 한다. 아마 구출할 때 카이토가 상당히 무리했겠지만, 구조대 전원은 이미 기절하여 아무도 기억하지 못하였고, 구조된 사이클롭스 누구나 그 당시 일을 말하지 않으므로 자세한 내용은 어둠 속에 있다.

"길은 이 도시의 일원이야. 그리고 너희보다 더 이 도시를 위해 행동하고 있어. 그 이상의 이유가 필요한가?"

카이토답지 않게 퉁명하고 감정이 담기지 않은 말에 사이클롭스는 마른 침을 삼켰다.

"우리 땅을 위협하는 것은 마족! 즉, 인간종입니다! 그 마족과 동등한 생물이야! 이 노스그랜드의 명운이 달린 회의에 참석하다니 이해가 안 돼! 너희도 그렇지 않나?"

크로코다스가 일어나 일동을 둘러보며 목소리를 높인다.

"확실히 그건 그럴지도. 인간은 보통 천박하고 야만적이니까."

개 얼굴의 코볼트족 여성 부족장이 나를 멍하니 바라보며 그런 생각을 밝혔다.

"전 딱히 상관없어요. 길 씨는 인간이라고는 생각할 수 없을 만큼 우리를 이해하니까."

리자드맨 청년이 반론을 제기했다.

"그건 그럴지도 모르지만, 인간과 친하게 지내는 건 좀…….."

개 얼굴 여성이 나를 힐끗 곁눈질하며 말끝을 흐렸다. 소속된 마물 종족이 늘어날 때마다 이 소외감이 강해지는 것은 느꼈다. 사이클론의 말대로 노스그랜드에서 멋대로 구는 마족들도 마물들이 보기에는 인간에 가깝다. 인간에 대한 불신감이 상당한 것은 생각할 것도 없다.

이 이상은 대화가 진행되지 않는다.

"난 먼저 집으로 돌아갈게."

진행 역할인 키지에게 그 말을 전했으나 키지는 카이토를 힐끗 쳐다보더니,

"아니, 길. 넌 이 회의에 참석해야 해. 이번 회의의 목적은 너와 같은 인간족이 목적이니까."

고개를 가로젓고 그렇게 말했다.


"마왕의 진군. 그 행선지가 인간 마을인가…….”

부가 나를 힐끗 곁눈질하며 복잡한 표정으로 중얼거렸다.

"그래, 내가 얻은 정보에 따르면 약 나흘 뒤, 적은 그 마을을 습격해. 여기서 그 마을까지 사흘은 걸려. 제때 갈 수 있을지 모르겠군.”

카이토가 팔짱을 끼며 그렇게 말했다.

"물론 아무것도 안 하겠지? 그 외의 선택지가 있을 리 없잖아!”

크로코다스가 얼굴을 혐오로 일그러뜨리며 키지의 의제를 강하게 거절하며 물었다.

"너, 키지가 지금 한 말 제대로 들었어?! 인간이 밉다고 끝날 일이 아니잖아!”

불평하는 얼굴로 부가 한쪽 눈을 뜨고 크로코다스를 책망했다.

"그렇다고 인간을—— 게다가 성무신을 숭배하는 인간들의 마을을 구하러 가다니 제정신이 아니야! 이봐, 안 그래?!”

크로코다스가 회의에 참여한 일동을 둘러보며 목소리를 높였다.

"…………”

나에게 호의적인 마물들도 입을 다물고 눈을 내리깔았다. 동의라고 보아도 좋을 것이다. 그만큼 중앙교회의 신자는 마물들에게 적 이외에 아무것도 아니다.

“어둠의 마왕의 친족이 그 마을에 있고, 그것이 적의 신을 불러내는 트리거가 된다고…… 그야말로 최악이네.”

짜증스럽게 말하는 차트의 얼굴도 격렬한 분노로 가득 차 있다. 그것도 그렇다. 같은 신자인 중앙교회 사람에게 캣냐는 멸망할 뻔했으니까.

“그건 나도 마찬가지야. 본래는 돕는 것도 거절하는 것 외에 다른 선택지는 없어. 하지만…….”

키지의 말문이 막혔다.

“그냥 죽게 놔두면 십중팔구 우리는 멸망해.”

카이토가 곱씹듯이 확인했다.

“어둠의 마왕 친족이라면 박해를 받고 있나?”

복잡한 표정으로 애쉬가 물었다.

“아니, 마족임을 알면서 신부의 외동딸로 소중하게 자란 모양이야.”

카이토가 바로 대답했다.

“결국 같은 인간종이라는 건가!”

크로코다스가 증오심이 담긴 목소리로 외쳤다. 마물이라면 당연히 그렇게 생각할 것이다. 그러나 그것은 큰 착오다. 중앙교회에겐 마족도 역시 살아갈 가치가 없는 죄 많은 생물이다.

그 인간 마을을 정찰한 카이토의 정보에 따르면 애초에 그들은 동쪽의 대국 부토에서 도망친 성무신을 믿는 경건한 신도들이다.

부토는 이 세계에 몇 없는 중앙교회의 신앙이 인정되지 않는 나라다. 본래 부토의 국교는 무신 어스다. 성무신 아레스와 무신 어스는 성지도 같고, 가르침과 이름도 비슷하다. 기프트를 받는 것도 같다. 사실 아레스도 어스도 같은 신이라는 것은 일목요연하고, 바벨의 신학자들도 그것은 인정한다. 그러나 서쪽 각국의 중앙교회와 부토의 신무교는 자신이 믿는 신이야말로 이 세상을 다스리는 신이라고 주장하며 양보하지 않고 상대방을 배제하는 방침을 취하고 있다. 그들은 성무신 아레스를 믿기에 부토에서 박해를 받아 부토와 노스그랜드를 나누는 험준한 산을 넘어 이곳 노스그랜드의 동쪽 끝에 정착한 자들이다. 그 신앙심은 상당히 강하다. 중앙교회에는 마족이 사악하다는 교의가 있는 이상, 보통은 처분될 뿐이다. 그 마족 딸을 소중하게 키우다니 본래는 천지가 뒤집히더라도 있을 수 없는 일이다.

"소중하게 키워졌다고……."

안도하는 표정을 짓는 애쉬. 마왕의 친족 소녀의 안부를 걱정하는 애쉬의 태도에 기이해하는 시선이 쏠렸다.

"어떻게 하면 좋을까?"

새삼 키지가 모두에게 의견을 구했다.

"검토할 것도 없이 그런 안건, 절대 거절하겠다고 했잖아!"

크로코다스가 호통을 쳤다.

"그래, 검토할 것도 없는 일이야. 우리 감정에 따르면. 그러나 이번에 저울에 올라간 것은 마물 전체의 존속이야. 그것을 바탕으로 다시 한번 묻지. 정말 무시해도 되겠나?"

키지가 회의장에 모인 일동을 빙 둘러보며 의사를 확인했다.

“…………..”

누구나 고뇌하는 표정으로 입을 다물었다. 마왕조차 벅찬데 그들이 숭배하는 신까지 나오면 더는 승산이 없다.

“젠장!”

어떻게 하면 좋을지 모르겠는 듯하다. 크로코다스가 일어나 의자를 걷어찼다.

사이클론도 팔짱을 끼고 입을 다물 뿐이다.

“구해야지!”

애쉬가 그 와중에 일어나 강하게 주장했다.

“하지만 애쉬, 상대는 인간이잖아? 게다가 공격받는 것은 지금도 우리를 없애려고 하는 마족의 딸인걸.”

식물계 인간형 마물, 드리아드가 설득하듯이 부드럽게 애쉬에게 말을 걸었다.

“마물도 인간도 마족도 없어! 곤경에 처했다면 구해야 해!”

실내가 술렁거렸다.

“확실히 마족을 키울 정도이니 평범한 인간족은 아니겠지만…… 그래도.”

코볼트 여성이 당혹스러운 듯 말끝을 흐렸다.

“인간을 구하기 위해 우리 마물이 목숨을 거는 것은 단호히 거부하겠지만, 확실히 이대로 손가락만 빨며 멸망을 기다리는 것도…….”

“너, 너희들 알고 있는 거냐! 상대는 안개의 마왕 프로키온의 대군이라고? 이길 리가 없잖아!”

크로코다스의 위협적인 말에 불편한 침묵이 흘렀다.

"한마디로 그 마왕의 친족이라는 애를 적에게 뺏기지 않으면 되잖아? 그럼 답은 하나야. 잡히기 전에 죽여야 해."

"그것밖에…… 없겠네."

마물의 입장에서 말하면 그 선택지밖에 없다. 나는 솔직히 찬성하는 의견이 많을 것으로 생각했으나, 실제로는 그것을 주장하는 사이클론조차 씁쓸한 표정을 짓고 있었다.

"사이클론 씨의 제안에 이의는 없는 듯하군! 그럼 그 마왕의 딸을 죽이는 팀을 당장 편성하자!"

콧김을 내뿜으며 강하게 주장하는 크로코다스에게 아무도 부정하는 말을 꺼내지 않았다.

"죽이다니 그러면 안 돼!"

오직 한 사람, 그런 크로코다스의 의견에 정면으로 거부하는 애쉬와,

"나약한 새 여자는 가만히 있어!"

물어뜯을 기세로 목소리를 높이는 크로코다스.

"가만히 있지 않겠어! 그런 건 절대 용납할 수 없어!"

회의실이 소란스러워졌다.

"길, 넌 어떻게 하고 싶지?"

갑자기 카이토가 나에게 물었다.

"이봐, 새 자식! 너처럼 일족을 죽도록 놔둔 겁쟁이 자식에게 발언할 권리는 없거든!"

크로코다스가 이빨을 드러내며 카이토를 위압했다.

“이, 이봐, 그만둬, 크로코다스!”

당황한 목소리로 사이클론이 크로코다스를 제지했다.

“막지 마십쇼, 사이클론 씨! 내가 이 겁쟁이 새를 단단히 교육할 테니까요!”

크로코다스가 카이토에게 다가가려고 했다.

“애송이, 얌전히 있어. 난 길에게 물었어.”

눈만 돌려 노려보는 것만으로도 크로코다스는 마치 돌이 된 것처럼 미동도 하지 않았다. 그것은 이 자리의 누구나 마찬가지였다. 모두 숨도 못 쉬고 그저 나와 카이토의 대화를 지켜보았다.

‘내가 어떻게 하고 싶냐고…….’

물론 애쉬와 달리 정의감은 강하지 않다. 그보다 없을 것이다. 그것은 확신하고 말할 수 있다. 나에게 중요한 것은 샤르와 키지 같은 사람들, 이 마을 자체다. 그 외에는 어떻게 되든 솔직히 별 상관없다. 따라서 냉정하게 생각해도 크로코다스의 말대로 그 마족 소녀를 죽이는 쪽이 훨씬 성공률이 크다. 그런데——.

‘하하…… 내 정신이 나갔나?’

지금 나는 도저히 나답지 않은 말을 하려고 한다.

“내가 몰려드는 마왕을 막아볼게. 만약 내가 실패하면 그 소녀를 살해하면 돼. 하지만 만약 내가 일시적이라도 적들을 막아낸다면 그사이에 소녀를 보호해줘.”

“고작 인간인 네가 마왕을 막겠다고?! 너, 제정신으로 말하는 거냐?!”

카이토의 노려보는 눈에서 남보다 먼저 해방된 크로코다스가 무시하는 어투로 나에게 물었다.

"진심이야. 마왕군을 쓰러뜨리기란 불가능해도 마왕군을 붙잡아두는 것뿐이라면 이야기는 별개야. 나에겐 비장의 수단이 있으니까."

물론 허세지만, 모두 거짓말은 아니다. 나의 힘을 완전히 사용하면 일시적이라고 해도 마왕군에 대미지를 줄 수 있을 것이다. 뭐, 나는 이세계에서 소환된 용사가 아닌 평범한 인간인 이상 마왕이 나오면 끝나겠지만.

"길, 네가 양동 역할을 맡으면 그사이에 그 마족 소녀를 구해라. 그런 것인가?"

"아니, 인간들도."

"들었지! 이 녀석, 역시 인간이야! 동료가 안타까워서 이런 제안을 하는 거야!"

"아니야. 중앙교회에 대한 견제야. 우리는 이미 중앙교회에 찍히고 말았어. 그들의 집요함은 너희도 들은 적 있겠지? 마왕군과 동시에 중앙교회까지 상대하면 분명히 무너져. 즉──."

"포로로 삼아 시간을 끌란 말인가?"

"맞아."

물론 그들은 부토에서 온 신자다. 이교도로 여겨져 버림받을 것도 충분히 생각할 수 있다. 그래도 주저 정도는 할지도 모른다. 그 짧은 시간에 다음 대책을 세우는 것은 가능하다. 무엇보다 마물만으로는 마왕군 전군을 쓰러뜨리는 것이 불가능한 이상, 인간들의 조력을 얻어야 할 때가 반드시 온다. 그러므로 그들을 죽게 내버려 두면 인간과 교섭할 기회가 완벽하게 사라지고 만다.

키지는 잠시 눈을 감고 있었다.

"알겠어. 나는 길의 제안에 찬성하지."

그리고 찬성하는 뜻을 보였다.

"키지 씨가 찬성한다면 나도."

차트도 동의하였다.

"헛소리하지 마! 대군세라고! 길 혼자서 마왕군을 붙잡아둘 수 있을 리가 없잖아! 다시 생각해!"

부가 안색을 바꾸고 만류했다.

"괜찮아. 아까도 말했잖아. 나에게는 비장의 수단이 있다고."

실제로는 비장의 수단이라기보다 이판사판인 도박에 가깝지만. 아마 그 회색 머리 소년을 모방하면 일시적으로 안개의 마왕 프로키온군을 붙잡아두는 것도 가능할 것이다. 그리고 혼란을 틈타 마을 사람들을 구조하면 된다.

"하지만…….."

역시 크게 당혹스러워하는 다른 마물들. 당연하다. 사실 나의 책략은 무모한 돌격에 가까우니까.

"나도 길의 책략에 찬성해. 걱정하지 마, 만약 길이 감당하지 못하면 내가 이어서 그 역할을 맡을게."

"뭐?! 너 같은 겁쟁이 자식이 늘어난 정도로——."

"크로코다스, 가만히 있어!"

보스로 모시는 사이클론의 위압에 허둥지둥 입을 다무는 크로코다스.

"카이토 공도 그 인간에게 협력하겠다. 그렇게 생각해도 정말 괜찮은 것이죠?"

사이클론이 진지한 얼굴로 물었다.

"그래, 만약 길이 실패하면 내가 책임지고 처리할게."

"그럼 저도 찬성합니다!"

사이클론의 찬성에 각 부족장도 차례로 찬성하는 뜻을 보였다.

"길……."

불안함이 가득한 얼굴로 샤르가 나의 왼쪽 소매를 잡았다.

"괜찮아. 어디까지나 양동이야. 마왕군을 붙잡아두는 것에 불과하니까."

물론 그냥 허세다. 상대는 안개의 마왕이다. 나에게 사지가 될 것이 분명하다. 그래도 기사회생할 수단은 이것밖에 없다. 만약 프로키온의 군에 다소 손해를 입힐 수 있다면 그들의 침공이 조금이라도 늦어진다. 그 결과 포로도 확보해내면 중앙교회를 견제할 수 있고, 인간과 교섭할 재료도 된다. 우리에게는 이것밖에 방법이 없다.

"나도 참가하겠어!"

애쉬도 나섰다.

"애쉬, 너는 애쉬메디아의 **동생**을 확보하는 걸 부탁할게."

카이토가 반론을 허락하지 않는 어조로 부탁했다. 그런 카이토의 독특한 표현에 살짝 위화감을 느꼈을 때였다.

"그럼 작전을 시작하지. 길, 카이토를 중심으로 마왕군을 막을 팀과 인간들을 확보할 팀으로 나눠! 출발은 오늘 밤이다. 알겠나!”

키지가 일어나 목소리를 높였다.

“오오!”

회의실에 모두의 목소리가 울려 퍼졌다.

***

회의가 끝나고 애쉬는 캣냐에서 묵고 있는 집으로 돌아갔다. 이곳은 길이 그린 설계도를 바탕으로 캣냐의 마물들의 도움을 받아 지은 애쉬와 카이토의 집이다.

“애쉬, 돌아왔구나.”

거실에서 며칠 동안 먹을 식량이며 옷으로 짐을 꾸리던 카이토가 손을 멈추고 애쉬에게 다정하게 미소 지었다. 그 평소와 다를 바 없는 카이토의 모습에 갑자기 가슴이 메는 듯했다.

“카이토…….”

애쉬는 그의 등에 기대어 옷을 쥐고 고개를 숙였다.

“애쉬, 무슨 일 있어?”

냉정한 카이토답지 않게 조금 당황스러움이 담긴 목소리로 묻는다.

“아무것도 아니야…….”

간신히 그렇게 대답했다.

그것은 거짓말이다. 여기서 카이토와 헤어지면 두 번 다시 만

나지 못하게 된다. 이때 그런 느낌이 들었다.

"음, 그렇게 보이진 않지만……."

아직 옷을 쥐고 떨어지려고 하지 않는 애쉬를 카이토는 살며시 끌어안고 뒤통수를 쓰다듬었다.

"카이토……."

"응?"

"없어지거나 하지 않겠지?"

"그래, 난 애쉬의 곁에 있어."

당연하게 대답하는 카이토의 말은 평소라면 안심해야 할 텐데 여전히 강렬한 불안함이 사라지지 않았다.

카이토는 강하다. 아마 이곳 캣냐의 누구보다도. 어쩌면 노스그랜드에서 최강일지도 모른다. 중앙교회의 습격 때도 걸리적거리는 애쉬를 데리고 있지 않았다면 카이토는 도망칠 필요가 없었다. 솔직히 지금 카이토가 패배하는 것을 애쉬는 상상할 수 없다.

따라서 이 불안함은 분명히 기우다.

"정말……이지?"

"그럼."

고개를 들고 카이토를 확인하자, 카이토가 눈을 크게 떴다.

"애쉬, 너 운 거야?"

그렇게 묻는다.

"울었다고?"

왼손을 눈에 대자 젖어 있는 감촉이 느껴졌다.

"애쉬, 이것만은 기억해둬. 어떤 순간에도 나는 항상 네 편이야. 그러니 너는 네가 믿는 길을 나아가."

카이토는 애쉬를 끌어안고 강하게 확인하듯이 말했다. 그 말이 너무나 감미로웠다.

"응, 알겠어!"

애쉬는 평소처럼 명랑하게 대답했다.

***

네일은 어둠의 나라에서 빠져나온 카이저수염 남자 팜피와 합류하여 어떤 사실을 전달받았다. 그것은 애쉬 님의 동생인 미트라 님이 있는 장소가 판명되었다는 것이었다.

당장 그의 안내를 받아 노스그랜드 동쪽에 있는 마을로 향했다.

팜피가 알려준 장소는 높은 나무가 우거진 밀림 속에 있었다.

'이것은 은폐 효과인가…….'

아마 마을 전체를 감싸고 있는 것은 은폐 효과를 지닌 결계다. 마법이 특기인 네일이 보아도 이 결계를 친 사람은 인간 중에서도 꽤 출중한 자라는 것을 알 수 있었다.

팜피는 매우 쉽게 결계에 구멍을 내고 그 안으로 침입했다. 결계 안을 잠시 걷자 언덕 위에서 아래로 분지가 있고, 그곳에 천 몇백 명 규모의 마을이 펼쳐져 있었다.

"저 인간 마을에 애쉬 님의 동생분이──."

중심에 있는 교회의 신부가 애쉬 님의 동생을 키웠다고 한다.

‘망할 놈들이!’

저 밑에 있는 것은 성무신을 믿는 인간들이다. 성직자의 호화로운 생활과 권력을 지키기 위해 일찍이 그들은 이세계에서 온 괴물, 용사 마시로와 손을 잡고 어둠의 나라의 무고한 백성을 모두 죽였다. 그 녀석들은 신의 이름으로 저항하지 않는 마을을 불태우고 도망치는 여자들을 죽이고, 포로도 기둥에 묶어 놓고 태워 죽였다. 게다가 마을의 건물과 논밭을 태워 벌판으로 만들고, 우물에 독까지 타는 등 철저하게 탄압했다.

그 사건 이후로 동포 중에서도 어둠의 나라를 진심으로 사랑해 마지않던 돌체는 변해 버렸을 것이다. 돌체에게 얼마나 갈등이 있었는지는 모른다. 그러나 그는 조국을 배신하고 결국은 어둠의 나라 동포마저 안개의 마왕 프로키온에게 팔아넘기고 말았다. 이것은 네일의 감이지만, 돌체의 목적은 지배나 권력 획득이 아니다. 그저 오로지 인간족의 멸망을 바라고, 그것만을 위해 살아가고 있다.

‘괴로우셨겠죠! 지금 이 네일이 구해드리겠습니다!’

일단은 마족이다. 아마 노예 이하의 취급일 것이 분명하다. 그런 네일의 마음을 간파했는지,

“네일, 이미 이곳은 감시당하고 있을지도 몰라. 이 마을의 주민은 절대 건드리지 마.”

팜피가 강한 어조로 못을 박아둔다.

“나도 알아. 미트라 님의 구출을 최우선으로 생각하고 있어!”

미트라 님을 구하는 것이 최우선이다. 그것을 위해서 네일의

마음은 중요하지 않다.

"그럼 됐고."

팜피는 그렇게 말하고는 마을로 내려갔다.

이 팜피라는 남자를 네일 일행은 당초 크게 경계하였으나, 금세 전폭적인 신뢰를 보내게 되었다. 물론 그는 네일 일행이 그토록 원하는 정보를 제공해주었고, 약하고 무른 네일 일행에게 가호라는 힘을 주었다. 그러나 의심이 많은 동포가 신뢰하게 된 가장 큰 이유는 팜피에게서 네일 일행과 같은 갈등을 보았기 때문이다.

본래 팜피는 설령 신념에 반하더라도 그리 쉽게 동포를 배반하지 않을 것이다. 그것은 짧은 시간이지만 단언할 수 있다. 그는 네일 일행과 마찬가지로 자신의 목숨보다도 소중한 것이 있고, 지금도 그 소중한 것의 명예를 지키기 위해 일부러 배신자라는 오명을 쓸 각오를 하고 네일 일행에게 협력하고 있다. 그것은 애쉬 님의 긍지와 소중한 것을 지키려는 네일 일행과 같다. 그런 공감 때문이다.

'애쉬 님, 반드시 동생분을 구하겠습니다!'

네일은 속으로 맹세하고 팜피를 따라 마을로 내려갔다.


네일 일행은 팜피의 힘으로 증강된 네일의 은폐 능력으로 모습과 기척을 지으며 도시 중심에 있는 교회를 향해 걸어갔다.

'이미지와 너무 달라.'

곳곳에 어지럽게 성무신의 석상이며 장식품이 있고 모두 기도를 하는 이미지였으나, 실제로는 농사를 짓는 어른들과 생활용품을 만드는 장인 같은 평화로운 시골 풍경이 펼쳐졌다. 그리고 농사를 짓는 자들 속에 푸른색 피부를 지닌 자들이 섞인 것을 보았다.

'마, 마족?!'

무심코 경악하여 소리를 지를 뻔했다. 그 푸른 피부와 이마의 뿔은 마족의 증표다. 그런데 하필이면 마족을 가장 미워하는 성무신을 숭배하는 마을에서 밭일을 하고 있다. 놀라지 않는 쪽이 이상하다.

'노예나 그런 부류일까?'

혼란스러운 머리로 어떻게든 이 의문에 답을 찾으려고 하였으나, 농사를 짓는 그들의 표정은 희망으로 가득 차 있고 비장함 같은 것은 느낄 수 없었다.

'네일 님, 이게 어떻게 된 일일까요?'

부하들이 작게 의견을 구했다.

'지금은 미트라 님의 구출이 먼저야!'

그렇게 지시를 내리고 걸어가려고 하였다.

'그런가, 분명히 그들은——.'

팜피도 눈부신 것을 본 듯 눈을 가늘게 뜨고 인간 사이에서 농사를 짓는 마족들을 바라보는 것이 눈에 들어왔다.

'팜피 공?'

'미안하군. 조금 옛날을 떠올렸을 뿐이야. 어서 가지.'

팜피도 걸음을 옮겼다.

　마을 중심에 있는 교회 안으로 기척을 지우고 들어가 나무 그늘에서 사람이 오가는 정원을 관찰했다.

　정원에는 몇 명의 어린아이들이 놀고 있었다. 그리고 역시 인간과 섞여 마족 아이도 놀고 있었다. 어른들과 마찬가지로 학대받는 듯 보이지 않는다. 그러기는커녕 동포 아이들의 얼굴은 모두 행복으로 가득했다.

　"애들아, 과자가 완성됐어!"

　교회 옆에 있는 민가에서 앞치마를 두른 빨간 머리 소녀가 나타나 크게 외쳤다.

　"와아! 과자!"

　"미트라 언니의 과자야!"

　폴짝폴짝 토끼처럼 뛰며 즐거워하는 아이들.

　'미트라 님…… 저분이?'

　빨간 머리 소녀는 아름답고 다정하게 미소를 짓고 있어서 노예 같은 취급을 받는 것으로는 도저히 보이지 않는다.

　그리고 마침 교회 입구 옆의 긴 의자에 앉아 아이들을 바라보는 다정해 보이는 신부.

　'어떻게 된 거지?'

　혼란스러운 머리로 자문자답했다. 네일은 으스대는 신부와 억압당하는 인민을 이미지로 떠올렸다. 그러나 이 따뜻한 광경은 네일이 원하던 이상적인 생활이다.

　의자에 앉은 신부가 이쪽을 돌아보았다.

"지금부터 손님이 올 예정이란다. 미트라, 맞이할 준비를 해 줄 수 있을까?"

"네! 아버님!"

미트라가 크게 고개를 끄덕이고 손을 짝짝 마주쳤다.

"자, 다 같이 간식 먹으러 가자. 손 깨끗이 씻고 먹어야 해!"

아이들과 손을 잡고 집으로 들어간다.

"어떻게 우리가 있는 걸 알아차렸지?!"

신중하게 싸울 준비를 하며 외쳤다. 팜피의 가호로 증강된 네일의 은폐 능력은 상당한 것이다. 그리 쉽게 깨질 만한 것이 아니다.

"나는 옛날부터 감이 좋거든. 어쩐지 말이야."

신부가 그렇게 말하고 자리에서 일어났다.

"자네들은 나의 친구, 예티의 동료겠지?"

그리고 그런 생각도 못 한 사실을 꺼냈다.


신부는 자신을 클리프트라고 소개하고, 네일 일행을 민가로 안내했다.

넓은 식당에는 아이들이 자리에 앉아 과자를 먹고 있다. 네일 일행은 그 방의 소파에 앉도록 권유받았다.

"소란스러워서 미안하군. 다 같이 식사하는 것이 습관이거든."

클리프트가 네일 일행에게 가볍게 사과했다.

"그보다 예티 님의 친구라니 사실인가? 이 마을의 마족은 뭐지? 어디에서 데려온 거야?"

“으음, 예티의 지시로 온 것은 아닌…… 모양이군. 이 마을은 내가 부토에서 데리고 온 신자들과 만든 곳이야. 그들은 밖에서 괴로운 일을 겪고 이 땅에 흘러들어온 자들이고.”

“괴로운 일을 겪은 자들?”

“그래, 이 세상은 괴로운 일이 너무 많아. 우리 신, 아레스신은 이 세상을 사랑하셔. 따라서 어떠한 것에도 사랑을 주려고 하지. 그리하여 나는 신의 뜻에 따라 그들이 잘 침상과 먹을 수단을 주는 것에 불과해. 딱히 강제도 하지 않으니 이 땅에 있는 것은 온전히 그들의 뜻이야.”

그것은 저들의 얼굴을 보면 안다. 무엇보다 아까부터 궁금했던 점이 있다.

“설마 이곳은 마물마저 받아들이는 건가?”

아이 중에는 녹색 피부로 머리에 뿔이 난 아이가 있었는데 마족과 인간 아이들 사이에 섞여 과자를 먹고 있었다.

“아까도 말했잖아? 신의 이름 아래 모두 평등하다고. 따라서 인간이든 마족이든 마물이든 모두 평등하게 평온하고 행복한 생활을 보낼 권리가 있어. 이 땅은 친구들과 함께 그런 우리의 이상을 구현한 곳이야.”

“믿을 수 없어.”

오른쪽 손바닥으로 얼굴을 가리고 신음했다. 마물은 인류의 적이다. 그것이 상식이다. 따라서 인간족에게도 마족에게도 마물을 보호하며 같이 산다는 발상이 없다. 이 마을은 어떤 의미로는 그런 인류의 가장 큰 금기를 깨고 있다.

“예티 님과 어떤 관계인데?”

“으음, 예티는 우리가 어둠의 성을 공격하러 갔을 때 우리 용사 파티 앞을 막아선 최강의 마족이지.”

예상하지 못한 적 선언에 네일의 부하들이 일제히 일어나 무기를 뽑으려고 했다.

“그만둬, 너희들!”

네일의 제지에 아이들이 움찔하며 미트라의 곁에 모였다. 그리고 미트라는 쏘아보는 시선으로 네일 일행을 노려보았다.

“우리 용사님은 특이한 사람이었거든. 목숨을 걸고 싸운 뒤, 선대 마왕님과 의기투합했으니까.”

선대 사천왕에게 들은 적이 있다. 난공불락인 어둠의 성은 딱 한 번 적의 침입을 허락한 적이 있다. 그것을 해낸 것이 선대 용사팀이다. 그들은 선대 마왕님과 사투를 벌였으나, 마왕님이 무사히 격퇴했다고 들었다. 설마 의기투합했을 줄이야…….

“프리스트였던 내가 이 마을을 만들겠다고 했을 때도 용사님도 선대 마왕님도 재미있어하며 지원해줬어. 그렇게 탄생한 마을이 이곳 이쿠오리야.”

“잠시 기다려줘. 좀 혼란스러워.”

이 마을이 선대 용사와 선대 마왕님이 지원한 곳? 도저히 현실에 감정이 따라가지 못하고 있다.

“자네 마음도 잘 알아. 그런데 오늘은 무슨 용건인가?”

미트라 님만 보호하면 바로 이 땅을 떠나려고 하였으나, 이 땅이 선대 마왕님이 지원하던 땅이라면 이야기는 별개다.

"지금 이 땅에 안개의 마왕 프로키온의 군이 다가오고 있어. 당장 이 땅을 떠나줘."

"안개의 마왕 프로키온, 아아, 그 젊은이인가. 그가 어둠의 나라를 함락시킬 수 있을 리가 없지. 그런가, 당신 같은 초월자가 있는 것도 사정이 있는 모양이군?"

신부가 네일의 옆에 앉은 팜피에게 정중하게 머리를 숙였다.

초월자? 팜피 공이?

"클리프트 공, 팜피 공이 초월자라니 무슨?"

당혹스러워하며 물었다.

"이런, 이런, 몰랐는가? 이분은 우리가 신이라 불러야 할 분이야. 본래 우리가 말을 나누는 것조차 황송한 일이지."

태연하게 네일 일행에게 매우 중대한 사실을 알려준다.

확실히 팜피 공은 악신이 이끄는 군세에 속해 있다. 그러나 설마 악신 군세 전체가 신인 것은 아닐 것이다. 그리고 지금도 어둠의 나라를 점거한 악신이 네일 일행 마족을 배려하는 것도 아니다. 따라서 팜피 공을 악신이 부리는 부하 중 한 사람이라고 보았다. 설마 팜피 공 자신이 그 악신 중 하나라고는 꿈에도 생각하지 못했다.

"할아범, 그런 태도는 필요 없어. 본래 이건 우리 측이 일으킨 잘못이야. 나는 이 세계의 자들에게 해악 외에는 아무것도 아니고."

얼굴을 씁쓸하게 찡그리며 팜피가 그렇게 토로했다.

"진정 당신이 이 세상에 해악이라면 이 도시를 구하려고 손을 뻗으시는 일은 일단 없겠죠."

클리프트가 웃으면서 고개를 가로젓고 그 말을 부정했다.

"구하려는 것은 아니야. 그저 자신과 주인이 범하고 만 잘못의 불씨를 이 이상 퍼뜨리지 않으려고 온 거지."

곁눈질로 미트라를 힐끗 보며 팜피는 차분하게 고개를 가로젓고 부정했다.

"그것은 같은 일입니다. 당신은 다정한 분이에요. 사정을 자세히 들려주십시오. 미력하나마 힘이 되겠습니다."

팜피는 작게 고개를 끄덕이고 말하기 시작했다.


"그렇습니까, 악신의 군세. 그렇군요."

클리프트가 팜피의 말에 고개를 끄덕이며 들었다.

"어서 피난을 떠나줘!"

네일이 절실하게 부탁했다.

"그럴 필요는 없습니다. 이 건은 결국 더욱 커다란 존재에 의해 해결될 겁니다."

클리프트가 예언 같은 말을 내뱉었다. 예언이라기에는 묘하게 단정적인 발언이다.

"더욱 커다란 존재?! 어떻게 그렇게 단정할 수 있지?!"

"이것은 전부터 확정된 필연. 아마 마리아는 오래전부터 이것을 막연하게 예지하고 있었겠지요. 따라서 저에게 이 땅에서 이 역할을 맡겼어요. 그렇게 생각하면 이해가 잘 됩니다."

"클리프트 공, 설명을 부탁하고 싶——."

네일이 애원하는 말을 꺼냈을 때, 이 민가로 마족 청년이 황급히 들어왔다.

"마, 마족의 대군세가 습지대를 통해 이곳으로 오고 있어!"

그리고 최악의 보고를 하였다.

***

약 사흘 뒤, 우리 마물 연합군의 마왕군 양동팀은 습지대에 도착했다. 이곳은 그 마왕의 친족이 있는 도시의 북부에 펼쳐진 습지대다. 이곳을 지나지 않으면 마왕군은 목적지인 마을에 도달하지 못한다. 그렇다면 이 땅에서 사전에 계획을 세워야 한다.

계획이라고 해도 그리 대단한 것은 아니다. 이 습지대에는 거대한 늪이 있다. 만약 발을 들이면 마왕군도 그리 쉽게 탈출하지 못하게 된다. 그 틈을 노려 일제히 공격하여 섬멸한다. 단순한 작전이지만, 몇 가지 조건을 만족하면 마왕의 친족이 있는 마을 주민이 피난할 때까지 충분히 붙잡아두는 것이 가능하다.

그 조건은 다음 세 가지다.

조건 하나, 마왕군이 제대로 늪에 빠져주는 것.

조건 둘, 애초에 마왕군에게 우리 공격이 통하는 것.

조건 셋, 늪에서 마왕군이 좀처럼 탈출하지 못하는 것.

당연한 일이지만, 하나라도 빠지면 마왕군은 막을 수 없다.

실제로 성공할지는 해보지 않으면 모른다. 뭐, 우리에게는 카이토가 있고, 내가 개발한 마법 무기도 여럿 있다. 특히 전에 완성한 창은 투척해도 곧장 소지자의 손으로 돌아오는 특별한 물건이다. 카이토의 공격력을 최대로 발휘할 수 있다.

"그나저나 설마 이 팀에 모두 참여할 줄은 몰랐어."

처음에는 나와 카이토, 키지, 부만 올 것이라 예상했다. 그러나 사이클론과 크로코다스를 비롯한 무투파 마물들도 이 팀에 참여하게 되었다.

"착각하지 마! 네놈을 감시하려는 것도 있으니까!"

크로코다스가 불쾌한 듯 크게 외쳤다.

"카이토 공, 만약 이 인간이 불온한 움직임을 보이면 바로 죽이겠습니다."

사이클론이 지금도 팔짱을 끼고 선 카이토에게 확인했다.

"마음대로 해. 어느 쪽이든 결과는 다를 바 없어."

카이토는 왠지 기분이 나쁜 듯했다. 혹시 애쉬가 구출 작전팀에 참여한 것이 마음에 안 드는 것일까? 카이토는 애쉬를 상당히 과보호하는 면이 있으니까.

"마왕군을 정말 이 마도구로 붙잡아둘 수 있을까?"

늪을 포위하는 것처럼 설치된 무수한 말뚝 마도구를 보며 부가 그런 순수한 질문을 던졌다.

"아마도."

저 말뚝은 나의 모방 능력을 구사하여 예의 능력 제한 말뚝을 만든 것이다. 본체보다 훨씬 성능은 떨어지지만, 어느 정도 성능이 있는 것은 부를 비롯한 여러 사람에게 협력을 받아 확인한 상태다.

뭐, 최악의 경우 효과 따위는 없어도 된다. 그보다 애초에 저 말뚝은 미끼다. 진짜는 다른 것이다.

새 마물이 이쪽으로 활공하여 지상으로 내려왔다.

"마왕군 놈들이 왔어! 대충 훑어봐도 수천은 돼! 앞으로 몇 분이면 목적지에 도착할 거야!"

딱딱한 어조로 보고하였다.

"수천……."

모두의 얼굴에 떠오른 것은 강렬한 절망감. 상대는 수천 명의 마왕군이다. 게다가 마왕 프로키온도 있다. 그에 비해 우리 마물 연합군은 수십에 불과하다. 압도적인 차이다. 모두의 마음도 절실하게 이해가 간다. 하지만——.

"할 수밖에 없어. 결국 쓰러뜨리지 않으면 길이 없어."

우는소리를 해도 마왕군이 멈춰줄 리가 없다. 여기서 마왕군을 막지 않으면 악신이라는 것이 부활하여 우리의 패배는 결정적이 된다.

"뭐, 그건 그래."

부도 고개를 끄덕였다.

"이봐, 인간, 나는 널 믿지 않아. 묘한 짓을 하면 곧바로 죽일 거라고?"

쏘아보는 눈빛으로 다시 한번 사이클론이 선언했다.

"그래, 그렇게 해."

나도 선선히 받아들이는 대답을 했다.

"그럼 작전 개시다! 모두 제자리에서 대기해!"

키지의 호령에 작전이 시작되었다.

***

“크하하! 모든 것이 새하얀 먼지가 되었어! 이것이야말로 이 몸의 힘이다!”

하얀 안개에 닿은 초목이, 바위가 새하얀 먼지가 되어 붕괴했다.

좌우 입꼬리가 찢어진 자그마한 남자가 거대한 흰색 용 같은 생물 위에서 환호했다.

동시에 땅을 울리며 진군하는 안개의 마왕군 수천. 그들은 온갖 것을 짓밟으며 대지를 유린했다.

“이 몸이 명령하겠다. 불태워라! 부숴라! 죽여라! 모조리 파괴해라!”

무서운 말과는 어울리지 않게 노래하는 듯 밝은 목소리로 안개의 마왕 프로키온이 마왕군 전체에 지시를 내렸다.

“우워어어어어어어어어어어——!!”

하얀 용 같은 생물이 하늘을 향해 포효하자 습지대의 온갖 생물을 죽일 듯이 하얀 화염 브레스가 뿜어져 화재를 일으켰다.

“크하하하! 이 몸의 분체만으로 이런 엄청난 강함이라니! 압도적이야! 이것이 마왕 중의 마왕, 진정한 마왕의 힘이다!”

안개의 마왕 프로키온이 기쁨에 몸을 떨었다. 이만한 힘이 있다면 이제 이 세상에 적이 없다. 이번에 프로키온은 전설의 마왕이 되었으니까.

지금까지는 용사라는 이계에서 온 괴물 탓에 인간들을 공격하지 못했으나, 지금 프로키온에게 용사는 잔챙이에 가깝다.

물론 로프트와 그 무리에게는 일정한 경의를 표해야 하지만, 그들은 프로키온에 의한 이 세상의 지배를 인정해주었다. 그들은 어둠의 나라에 강한 집착이 있는 듯하니, 모두 그들에게 주면 된다. 프로키온은 인간의 나라들을 받으면 충분하다. 인간들을 장난감으로 삼아 게임이라도 할까. 인간을 이용한 퍼즐은 어떨까? 인간을 표적으로 한 다트도 재미있을 듯하다.

"정말 설레는군!"

분체의 등에서 쾌락에 빠진 미래의 나날을 꿈꾸며 흥분한 목소리로 외쳤을 때였다.

"응?"

눈앞의 습지대에 희미한 마력의 잔상이 보였다.

아마 발을 들이면 구속형 술법이라도 발동하는 듯하다. 분체의 발이 잡혀 움직임이 일시적으로 제한되는 그런 장치.

"허튼짓을!"

마물의 어설픈 지혜란 것이다. 프로키온의 분체는 자신의 머리카락 하나를 사용하는 것만으로도 쉽게 만들어낼 수 있다. 이런 것으로 발이 잡힐 리가 없다. 무엇보다——.

"마물 따위의 술법으로 이 몸을 붙잡을 수 있을 리가 없잖아!"

그런 이루어질 리 없는 희망에 매달리다니 불쌍하고 우스운 생물들이다. 뭐, 하등 생물 따위의 머리로는 이 정도가 최선인가. 이대로 진로를 변경해도 좋겠지만, 그래서는 재미있지 않고 저들의 어설픈 지혜를 경계하는 것은 왕이 할 일이 아니다. 게 다가——.

"기대되는군."

——자신의 유일한 희망이 쉽게 부서진 마물들의 허둥거리는 모습을 보고 싶다.

——마물들의 절망으로 가득 찬 단말마를 듣고 싶다.

——목숨을 구걸하며 바닥을 기는 마물들의 모습을 보며 마구 웃고 싶다.

"영혼까지 짓밟아주마."

입맛을 다시며 프로키온은 자신의 분체에 짓밟도록 지시를 내 렸다.

***

"쿠워어어어어어어어어!"

수십 메르나 되는 거대한 흰색 용 같은 생물이 우렁차게 포효 하며 미끼인 구속형 술식을 차례로 파괴하고 우리에게 다가왔 다. 그리고 우리 코앞까지 도달했을 때, 그들은 우리의 진짜 목 적인 마도구의 효과 범위 내로 들어왔다.

"걸려들었어!"

본래 미끼인 구속형 술식은 비장의 수단인 마도구 사용을 은 폐하기 위한 것이다. 여기까지 오면 이제 적은 도망칠 수 없다. 주위에 설치해둔 구속형 마도구에서 몇 마리나 되는 붉은 뱀이

길게 나타나 하얀 용 같은 생물과 그 등에 탄 눈초리가 나쁘고 좌우로 입꼬리가 찢어진 자그마한 남자를 휘감았다.

"사슬? 소용없어!"

좌우 입꼬리가 찢어진 자그마한 남자가 붉은 뱀을 찢었다. 그러나 뱀은 다시 무수한 뱀으로 분열하여 그 온몸을 구속해버렸다.

"뭐야?"

처음으로 좌우 입꼬리가 찢어진 남자의 얼굴에서 여유가 사라졌고, 양손으로 찢어도 분열하여 그 수가 더욱 늘어난 뱀으로 뒤덮이기 시작했다.

이것이야말로 이 마도구── '대식가 화염 뱀'의 진면모다. 피구속자의 마력을 먹고 한없이 증식하여 대상자를 꽁꽁 구속한다. 그리고──.

"이 땅을 기는 버러지들이 얕보고 있어! 이 몸은 전설의 마왕, 진정한 마왕이다! 하등 생물 따위의 술법으로 이 프로키온 님에게 상처 하나 낼 수 있을 것 같으냐!"

프로키온이 그렇게 외친 직후, 붉은 뱀들이 급속도로 팽창하여 세계가 새하얗게 물들었다. 한 박자 늦게 귀청을 찢을 듯한 폭발 소리와 모든 것을 날려버리는 거센 바람이 휘몰아쳤다.

미친 듯이 불던 바람이 잦아들고 그제야 흙먼지가 가라앉았다. 우리 눈앞에는 바닥이 없는 늪이 있던 장소에 반구 형태의 크레이터가 만들어져 있었다.

"대, 대단해……."

크로코다스의 목소리에 두려움이 가득 담겨 있다.

“저 거구를 전부 날려버렸어.”

부도 크게 동의하며 감상을 말했다.

“하지만 날려버린 건 어디까지나 저 꼭두각시뿐이야. 본체는 아직 건재해.”

“나에겐 이미 죽기 직전으로 보이는데…….”

키지가 나직하게 중얼거렸다.

프로키온의 사지는 끝부터 뜯겼고, 내장이 언뜻 보였으며 얼굴은 절반 이상이 열로 흐물흐물 녹아 있었다. 확실히 제법 큰 대미지를 입은 듯 보인다.

그러나——.

“아니, 그렇지도 않은 모양이야.”

뜯어진 사지 단면, 용해된 복부며 머리에서 하얗고 가느다란 실이 다수 나타나더니 손상된 부분을 급속도로 수복해나갔다.

일단 마왕이라 내세우고 있으니 이 정도로 끝나지 않을 것쯤은 처음부터 예상했다. 지금부터가 진짜일 것이다. 무엇보다 그의 뒤에는 아직 마왕군의 대군세가 대기하고 있으니까.

“구더기들이! 이 몸에 대한 무례함, 그냥 넘어가지 않겠다! 산채로——.”

충혈된 눈으로 나를 노려보며 강하게 선언하는 그에게서 의식을 돌려 모방으로 나에게 최강인 저 평범한 외모의 회색 머리 소년을 떠올렸다. 전과 마찬가지로 가슴을 중심으로 뜨거운 덩어리가 생겨나 부글부글 끓었다. 동시에 내장이, 골격이, 피와 살이 삐걱거리는 소리를 내며 이 세상에서 최강인 생물로 바꿔어 갔다.

“______.”

원한을 내뿜는 프로키온을 향해 대지를 박찼다. 순식간에 나는 허공에 떠오른 그와의 거리를 좁혀 눈앞에서 오른쪽 팔꿈치를 크게 안쪽으로 당겼다.

“엥?”

어쩐지 얼빠진 소리를 내는 그의 왼쪽 뺨에 혼신의 힘을 담은 오른쪽 주먹을 뻗었다.

푸쉭 하고 무언가 터지는 소리와 함께 프로키온의 몸이 초고속으로 회전하여 뒤에 있는 수천 명의 마왕군 군세와 함께 습지대에 꽂혔다. 폭발로 동심원 형태의 모래 폭풍이 휘몰아치는 가운데 나는 그의 옆에 낙하했다.

“저, 저기——.”

무언가 외치는 프로키온의 머리를 거머쥐고 상공으로 차올린 뒤 곧장 도약했다.

일직선으로 구름을 뚫고 상공으로 날아간 그의 등 뒤로 가서 오른발로 돌려차기를 날렸다.

“커헉!”

다시 낙하하여 지면에 머리부터 부딪혔다. 깊이 팬 땅바닥의 중심에서 바르르 경련하는 프로키온에게 전에 카이토의 칭찬을 받은 내가 만든 마법검을 허리에서 뽑아 마력을 담았다. 도신에서 범상치 않은 양의 불꽃이 발생하였고, 그것들이 새의 형태를 만들었다. 그것을 지면에 있는 프로키온을 향해 힘껏 휘둘렀다.

"흐아아아아아———!!"

마왕군의 대군세와 함께 단말마를 지르며 증발하는 프로키온. 강한 안도감 속에 나의 의식은 천천히 하얗게 물들었다.

*　*　*


솔직히 이 작전에 참여한 마물 누구도 이런 결과는 예상하지 못했을 것이다.

상대는 저 안개의 마왕 프로키온과 그가 이끄는 대군세다. 마왕군의 강인함은 노스그랜드의 마물이라면 아니, 이 세상의 누구나 아는 공통된 인식이다. 이계에서 온 괴물인 용사가 아니면 팽팽하게 겨루는 것은 불가능하다고 여겨지는 괴물이다.

그 마왕이 쉽게 지더니 마왕군의 대부분이 괴멸하고 말았다. 그것도 한 인간 청년에 의해서 말이다. 다시 말하겠다. 이 세상의 불변이라고도 할 수 있는 상식이 하찮은 한 인간의 손으로 산산이 부서지고 만 것이다.

"카이토 공, 저건 대체 정체가 뭡니까?!"

사이클론이 왼쪽 집게손가락으로 지금도 바닥에 드러누운 길을 가리키며 질문했다.

"인간이야. 그건 내가 보장할게."

카이토가 아까의 불쾌한 얼굴과는 달리 마치 장난감을 받은 아이처럼 천진난만한 미소를 지으며 그렇게 단언했다.

"저게…… 인간?"

크로코다스가 갈라진 목소리로 말했다.

"그래, 길은 인간이야. 게다가 이 세상에서 길은 절대 강자가 아니야. 그런 길에게 쉽게 질 만큼 약한 걸 보아 프로키온이 어둠의 마왕을 쓰러뜨렸다는 것도 악질적인 헛소문이고. 아마 부모 덕분에 마왕이라도 된 최약 마왕이려나."

카이토의 그런 정신 나간 견해에 모두 당혹스러운 듯 얼굴을 마주 보았다.

"카이토 공…… 그거 진심으로 하는 말씀인가?"

사이클론이 볼을 움찔거리며 그 말의 진의를 물었다.

이 사이클론의 의문은 이 자리에 있는 모두의 공통된 인식이다. 그렇지 않은가? 닿기만 해도 모든 것을 붕괴시키는 하얀 안개에 모든 것을 짓밟는 용 같은 거대한 생물, 수천에 달하는 마왕군의 대군세. 아무리 생각해도 약해 보이지 않기 때문이다.

"물론 진심이지. 그러나 저 마왕 나부랭이를 쓰러뜨리고 금세 기절하고 말아서야. 아슬아슬하게 합격점이라고나 할까."

창을 빙글빙글 돌리고 있었으나, 갑자기 멀리서 바닥을 뚫으며 다가오는 붉은 광선.

"…………."

카이토는 작게 혀를 차고 그 모습을 감췄다.

그 순간 귀청을 찢는 듯한 굉음과 폭풍이 동심원 형태로 휘몰아쳤다.

휘익 하며 바람을 가르는 소리와 함께 시야를 가리던 흙먼지가 가라앉으며 길 앞에 창을 한 손에 들고 선 카이토가 보였다.

그리고 그 카이토의 시선 끝에는 철봉을 안고 기묘한 차림을 한 기품 있는 남자가 서 있었다.

"호오라, 이 바르토스의 마탄을 막다니. 네 이놈, 이 세계의 토지신인가?"

매우 흥미로운 듯 카이토를 바라보며 묻는다.

'뭐, 뭐야, 저건?!'

시선이 향한 것도 아니다. 그런데 바르토스라 소개한 남자를 언뜻 보기만 해도 등줄기에 얼음 기둥이 박힌 듯한 고통과 같은 압도적인 압박감이 밀려와 무심코 무릎을 꿇었다.

키지만이 아니라 부도, 사이클론도, 항상 당당한 크로코다스도 모두 질척한 바닥에 무릎을 꿇고 있었다.

'달라! 저건 너무나 달라!'

다가오던 마왕 프로키온과도, 엄청난 신체 능력을 지닌 길과도, 과거에 만난 인류 최강급 인간족 헌터와도 명확하게 종류가 다르다. 이 세상의 불합리함을 모두 모은 듯한 존재다. 키지는 가장 적합한 말을 과거에 알게 된 헌터에게 들어서 알고 있다. 그것은—— 이 세상을 다스리는 신, 초월자!

그러나 눈에 보일 만큼 강렬한 압박감의 폭풍우 속에 카이토는 바르토스를 마치 벌레라도 보는 듯한 눈으로 보았다.

"흠, 사이클론, 너와 약속했지. 길의 모자란 부분은 내가 책임지고 처리하겠다고. 뭐, 이런 망상을 좋아하는 잔챙이 마물로는 겨루기에 너무 부족하겠지만."

따분하다는 듯 말한다.

바르토스는 잠시 어안이 벙벙한 얼굴을 하였다.

"이, 이 나를 잔챙이 마물이라고!"

곧 노발대발하여 매섭게 호통쳤다. 고작 그것만으로 바르토스에게서 흘러 나온 빨간색 오라로 바닥이 함몰되어 거대한 크레이터가 생겼다.

"힉?!"

"끄악?!"

마물들이 공포에 질린 비명을 질렀다.

"그런 점이 잔챙이라는 건데."

한껏 모멸하는 감정이 담긴 목소리로 카이토가 그렇게 말한 순간, 카이토의 모습은 바르토스라고 칭한 남자의 뒤에 있었다.

"어라?"

바르토스가 놀란 소리를 낸 직후, 그 높았던 코가 툭 바닥에 떨어졌다. 분수처럼 뿜어져 나오는 선혈에 한 박자 늦게,

"흐갸악————!"

절규하는 바르토스.

"그렇게 아파할 여유가 있으면 한 번이라도 반격해봐!"

카이토가 신경질적으로 왼손으로 그 머리를 거머쥐고는 배를 걷어찼다.

"커헉!"

바르토스의 몸이 활처럼 휘어 위로 올라갔다. 카이토는 마치 쓰레기라도 던지는 것처럼 바닥으로 내던졌다.

크게 포물선을 그리며 바르토스는 등부터 바닥에 떨어졌다.

“………….”

바르토스가 필사적인 얼굴로 고개를 흔들며 일어났을 때, 눈앞에 있는 카이토와 시선이 마주쳤다.

“꾸엑?!”

바르토스는 짓눌린 청개구리 같은 비명을 지르며 튕겨나가듯이 등으로 벌떡 일어나 곧장 그 모습을 감추고 말았다.

이어서 습지대 지면을 증발시키더니 카이토에게 돌진하는 강대한 빨간색 섬광.

“유치한 장난을.”

분노를 감추려고도 하지 않고 카이토가 그 섬광을 창으로 휘감아 그대로 휘둘렀다.

“돌려주마.”

빨간색 섬광이 검은색으로 물들어 마치 시간을 역행하는 것처럼 돌아가 대폭발을 일으켰다. 아득히 먼 곳에 돔 형태의 검붉은 불꽃이 타오르더니 번개 같은 것이 곳곳에 쳤다. 이 세상의 종말과 같은 광경이다.

“설마 이걸로 빈사라고? 그건 너무 약하잖아.”

카이토가 왠지 낙담한 듯이 작게 한숨을 내뱉고 그 모습을 감추고 말았다.

“………….”

엄청난 사실에 누구 하나 말을 꺼내지 않았다. 그보다 무엇을 말하면 좋을지 모르겠다고 표현하는 쪽이 나을까.

“이봐, 키지, 저 녀석은 대체 뭐야?!”

충혈된 눈으로 크로코다스가 키지의 멱살을 잡고 호통쳤다. 그 얼굴에 드리워진 것은 농후하고 거스르기 힘든 공포였다. 크로코다스뿐만이 아니다. 사이클론도, 카이토를 따르는 부조차도 예외 없이 같은 감정을 드러냈다.

"나도 이제는 잘 모르겠군."

저 바르토스는 틀림없이 강했다. 대면한 것만으로 고개를 숙이지 않을 수 없는 압도적 강자였다. 저 마왕 프로키온과 그것을 토벌한 길, 키지가 이 세상 최강의 헌터라고 생각했던 마리아조차 발끝에도 미치지 못하는 것은 본능으로 알아차렸다. 아마 그것은 키지와는 다른 차원의 존재였다고 생각한다.

그 이레귤러를 카이토는 마치 벌레라도 짓밟는 것처럼 유린했다. 이것은 확신이다. 카이토는 마물이 아니라 더욱 거대하고 건드려서는 안 될 무언가다.

중앙교회의 습격자보다도 저 바르토스 쪽이 강하다. 그보다 한 번만 보아도 존재 자체가 다른 것은 명백하다. 카이토는 그 중앙교회의 습격자에게 일족이 모두 살해당하여 도망쳤다고 설명했다. 이것이 거짓이라는 점은 더 이상 의심할 여지가 없다. 즉, 카이토는——.

"그분은 신이야……."

두 손을 모으고 기도하며 리자드맨 부족장이 마침 키지가 도달한 결론을 작게 중얼거렸다.

소란스러움이 퍼져나갔다.

"설마 저 녀석도?"

길에게 시선을 고정하며 크로코다스가 떨리는 목소리로 물었다.

"아니, 길은 달라."

"어떻게 단언할 수 있지?"

"만약 길이 카이토와 같은 존재라면 저렇게 무방비하게 기절하지 않을 테니까."

카이토는 이 세상의 누구와 싸우더라도 저런 약한 모습을 드러내는 것은 도저히 상상할 수 없다.

길은 인간이다. 이 세상에서 고난에 고민하고, 실수하고, 좌절하고, 그리고 울면서 일어나는 그런 키지와 같은 세계의 주민이다. 머리끝부터 발끝까지 괴물인 초월자, 카이토와는 다르다. 키지는 그렇게 확신했다.

"카이토 씨의 이상함은 최근 나도 은근히 눈치챘어."

부가 코를 오른손으로 쓸면서 키지에게 의기양양하게 동의했다.

"확실히…… 우리를 습격한 마족을 슬쩍 웃으면서 일방적으로 썰어대는 저 모습을 보면 평범하지 않은 것은 일목요연하겠지."

사이클론도 턱을 쓰다듬으며 고개를 끄덕였다. 그래, 사이클론과 사이클롭스족이 그만큼 카이토 한 사람을 두려워하던 것은 그런 연유인가.

"아무튼 적어도 길이 지금 우리에게 적대할 의사가 없는 것은 알았지?"

바르토스와 카이토의 믿을 수 없는 모습에 크게 잊히고 말았으나, 저 안개의 마왕 프로키온은 틀림없이 강했다. 프로키온은 어둠의 나라를 침략하여 지배권을 획득했다. 즉, 프로키온이 어둠의 나라 왕, 애쉬메디아에게 승리했다는 것이다. 그 사실은 프로키온이 마왕으로서도 상당한 강자임을 증명했다고 할 수 있다. 그런 프로키온을 길은 매우 쉽게 쓰러뜨리고 말았다. 그런 길이 적대할 생각이라면 진작에 노스그랜드의 마물은 멸망했다.

"…………."

모두 복잡한 표정으로 조용히 긍정했다.

"길이 우리에게 적대할 생각이라면, 이미 오래전에 힘으로 행동했을 거야. 게다가 길이 저 힘을 사용하면 그 반동으로 며칠은 활동이 불가능해져."

확인하듯이 중요 사항을 지적했다.

"제한이 붙은 힘이란 말인가?"

"그래. 저 힘은 전에도 썼으니 일단 틀림없어. 며칠 동안 걷는 것도 제대로 되지 않겠지. 즉, 길은 우리를 믿고 저 힘을 썼다는 뜻이야."

키지의 말에 사이클론은 음과 양이 섞인 복잡한 표정으로 길을 바라보았다.

"지금 적대하지 않는 건 인정하지. 그러나 역시 신용할 순 없어!"

그러나 곧 무뚝뚝하게 목소리를 높였다.

"그거면 됐어. 본래 이제 막 알게 된 우리가 서로 신뢰할 수 있다고 생각하는 쪽이 이상해. 천천히 판단하면 돼."

키지의 말에 사이클론이 이를 악물었다.

키지가 쓴웃음을 지으면서 양손을 짝 마주쳤다.

"자, 승리 선언해야지."

늪지를 등지고 모든 마물을 빙 둘러본다.

"우리 마물의 승리다!"

키지가 오른쪽 주먹을 높이 들고 승리를 외쳤다. 잠시 침묵이 흐른 뒤, 습지대 전투에 참여한 마물들은 터질 듯한 환호성을 질렀다.

*　*　*

동심원 형태로 깔끔하게 증발한 습지대 한가운데에 바르토스가 드러누워 있다. 그 온몸은 엄청난 고열로 탄화되어 두 팔과 다리가 녹아내렸다.

"이런 걸로 죽다니……."

나는 녀석의 술법에 조금 색을 더하여 돌려주었을 뿐이다. 그것만으로 설마 빈사 상태의 중상을 입을 줄은 꿈에도 상상하지 못했다.

"마스터, 이렇게 빨리 본성을 드러내고 앞으로 어쩔 셈이오?"

아스타가 나의 옆으로 전이하여 알 수 없는 질문을 했다.

"본성? 무슨 소리야?"

아스타는 잠시 나의 얼굴을 바라보더니 깊은 한숨을 쉬었다.

"역시 알아차리지 못했군. 마스터가 방금 모든 걸 뒤집어엎는 바람에 계획은 엉망이 되었소. 계획의 대폭적인 변경이 필요할 것이오.”

이제 죽기 직전인 바르토스에게 시선을 보내며 단언한다.

“뭐? 나는 사이클론과의 약속대로 이 고블린 같은 것을 토벌했을 뿐인데?”

“그걸 진심으로 말씀하시는 점이 마스터의 무서운 점이오. 그것은 누가 보아도 고블린이 아니오.”

어이가 없다는 듯 오른손으로 미간을 잡으며 고개를 크게 가로젓는다.

“이 녀석…… 신종 고블린이 아니라고?”

머리에 뿔이 났고 피부도 붉다. 고브자에게 빨간 피부는 고블린의 최종 진화라고 들었다. 이런 타이밍이니 이것은 마왕 흉내를 내던 프로키온의 부하 마물이라고 생각했다.

노스그랜드 마물의 강함을 무슨 까닭인지 나는 전혀 감지하지 못하겠다. 아마 나는 인간과 비슷한 지능과 이성이 있고, 인간과 다를 바 없기 때문이라고 예상했다.

따라서 힘을 느낀 바르토스라는 마물은 이성이나 지능이 부족한 신종 고블린이라고 판단했다.

아니, 진화해도 지능이나 이성이 발달한다는 보장은 없지 않나? 실제로 저 악질적인 던전에서도 최하층에 있던 마물들 중에는 거의 이성이라는 것이 없는 쓰레기가 있었으니까.

“그건 악군 장관, 바르토스. 꽤 상급 장관이오.”

“이 녀석도 악군인가…….”

또 저 악이 어쩌고 하는 조직인가. 자꾸 내가 하는 일에 끼어 드는 자들이다. 그냥 철저하게 없애버릴까?

안 되지, 안 돼. 요즘 기리메칼라 같은 자들의 위험한 사고 회로가 옳고 말았다. 이래서는 그냥 위험한 인간이다.

"그래서? 앞으로 어떻게 할 생각이오?"

"어떻게 할 생각이냐니?"

"마스터의 일련의 삼류 연기는 이번에 마물들에게 완전히 들키고 말았소."

"그렇게 알기 쉬웠다고?"

아무리 그래도 삼류 연기는 너무 심한 말 아닌가. 내 혼신의 연기였는데.

"아까 그건 본인이 보아도 너무 이상했소. 저 마물들이라면 더욱 그렇겠지."

"그렇구나…… 그럼 이젠 돌이킬 수 없나."

분하지만 아스타는 타인의 강함과 능력 해석이 가능하다. 나보다는 좀 더 강함을 감지하는 능력이 뛰어나다. 그런 아스타가 이렇게 말했다. 아까 별 의미 없는 다툼도 마물들에게는 상당히 이상한 사태였을 것이다.

"그럼 이제 그 소꿉놀이는?"

어딘가 안심한 표정으로 아스타가 상기된 목소리로 물었다.

"어쩔 수 없지. 계획을 변경해서 나는 완벽하게 뒤에서 움직일게."

애쉬에게 언제나 함께라고 말한 게 얼마 되지 않았는데. 침이 마르기도 전에 이렇게 되나…….

"그럼 저 바알을 어떻게 할 생각이오?"

아스타도 평소와 달리 진지한 표정으로 물었다.

"아, 기리메칼라가 보고한 그 바알이라는 자는 이 내가 책임지고 처리할게."

지금도 오는 중이라는 자는 상당히 성가시다고 하니 힘이 제한된 애쉬로는 그를 상대할 수 없다. 내가 처리해야 할 것이다.

나는 목적지인, 이쿠오리로 향하기 위해 달려갔다.

****

애쉬와 차트, 타마, 코볼트족의 여족장 하나로 이루어진 팀은 지금 목적지인 마을에 도착했다.

이 팀의 목적은 마왕군의 침공보다 먼저 마왕의 딸을 보호하거나 죽이는 것이다. 보호를 완고하게 주장하는 애쉬, 길과 친한 차트나 타마만으로는 불안하다며 하나가 동행하게 되었다. 하나는 길이 실패했을 때 세 사람 대신 마왕의 딸 살해를 강행하는 데 선택된 마물이다.

마을을 빙 둘러싼 방벽에서 침입한 마을 내부 탐색을 개시했다.

"이런 말도 안 되는 일이……."

고블린으로 보인 마물이 인간족과 함께 밭을 일구는 것을 보고 목에서 경악에 찬 말이 튀어 나왔다.

그렇다. 여기서는 인간도, 마족도, 마물조차도 서로 손을 잡고 웃으며 살고 있다. 이곳은 그런 도저히 섞일 리 없는 존재가 절묘하게 조화된 마을이다.

그리고 하나는 인간들과 함께 웃으며 도시의 유일한 문으로 들어오는 코볼트족 같은 검은 털 청년을 응시하며 경직되었다.

"마, 말도 안 돼. 쿠로…… 오빠?"

하나가 갈라진 목소리로 가면을 벗고 달려가 버렸다.

갑자기 눈앞에 나타난 하나를 보고 인간과 검은 털 코볼트족 남자가 긴장했다. 검은 털 코볼트 남자가 곧 눈을 가늘게 뜨고는,

"하나……야?"

그렇게 물었다.


검은 털 코볼트, 쿠로의 집까지 안내받아 그의 이야기에 귀를 기울였다. 지금은 마왕의 딸을 보호하는 것이 최우선이다. 그것은 안다. 하지만 순순히 동행을 받아들인 까닭은 이 마을을 잘 아는 그에게 솔직한 감상을 듣는 것이 가장 정확하다고 애쉬는 물론 차트와 타마도 느꼈기 때문일 듯하다.

"내가 부족장 후계자 싸움에 지고 깊은 실의에 빠져 숲을 헤매던 때, 이 도시의 신부 클리프트 씨의 도움을 받았어. 물론 처음에는 반발도 했고, 의심도 들었지. 하지만 이 도시에 잠시 살아보니 지금까지 자신이 집착하던 것이 갑자기 어리석게 느껴졌어. 그 후로 여기서 생활하고 있어. 무엇보다 지금 나에게는 목숨보다 중요한 것이 있으니까."

쿠로는 옆자리에서 미소 짓는 푸른 피부의 여성과 그녀가 안

은 아이를 애틋하게 바라보았다.

"마물과 마족의 혼인만으로도 놀랄 일인데 아이가 생겼다고? 그건 일족의 최대 금기가 아닌가!"

하나가 머리를 양손으로 싸매고 마구 헝클어댔다.

"하나, 이곳은 마물도, 마족도, 인간도 없어. 다들 평범하게 일하고, 평범하게 사랑해. 물론 아무도 강제하지 않아. 모두 자신의 선택이야."

쿠로가 왠지 자랑스러움이 담긴 목소리로 말했다.

"믿을 수 없어. 아니, 믿고 싶지 않아. 그 오빠가 마족과 부부가 되다니!"

하나가 거칠게 외쳤다. 아기가 울음을 터뜨렸으나, 여성은 다정하게 미소 짓고는 하나의 옆에 앉았다.

"자, 네

고모란다."

그리고 지금도 우는 아기를 하나의 무릎 위에 놓았다.

"…………"

떨리는 손으로 하나가 아기를 안아 들자 울음을 뚝 그치고 새근새근 잠든다.

"역시 이 사람의 동생이네요. 낯을 가리는 이 아이가 이렇게 금방 따르다니."

장난스럽게 웃은 빨간 머리 여성이 하나와 애쉬 등을 바라보았다.

"어서 오세요, 우리 마을, 이쿠오리에."

여성은 쾌활하게 그렇게 인사했다.


"미트라가 마왕의 딸인가. 클리프트 씨답네."

사정을 들은 쿠로가 쓴웃음을 지으며 그렇게 말하고는 곧 진지한 표정을 지었다.

"마왕군의 습격. 그렇다면 아까 이보르가 허겁지겁 마을로 향한 것도 그 탓인가……."

그렇게 혼잣말을 하고 애쉬 쪽을 보고 부탁했다.

"지금 당장 클리프트 씨를 만나줘. 그 사람의 말이라면 이 마을 주민은 얌전히 따를 거야. 피난 유도를 하기 쉬워질 테지."

그리고 곧바로 자리에서 일어나 옆에 있는 마족 여성에게 시선을 보냈다.

"알고 있어."

여성이 안쪽 방에서 겉옷을 가져와 쿠로에게 입히고 부싯돌을 쳤다.

"그, 그 겉옷……."

"맞아, 부족에서 쫓겨날 때 아버지가 이별 선물로 준 거야."

쿠로는 그렇게 대답했다.

"지금 당장 클리프트 씨에게 가! 나는 마을 사람들을 설득하러 다닐게!"

그리고 멍하니 있는 하나에게 그렇게 외치고는 먼저 밖으로 뛰쳐나갔다.

쿠로의 아내에게 교회 위치를 듣고 향하려고 하였으나, 쿠로의 집 앞에서 갑자기 하나가 멈춰섰다.

"미안해. 나……."

이미 하나가 무슨 말을 하려는지 절실히 느껴졌다.

"괜찮아. 교회에는 우리끼리 갈게. 하나는 쿠로의 아내와 아기를 지켜!"

애쉬가 말했다.

"고마워……."

하나는 입가를 떨면서도 집으로 돌아갔다.


하나와 헤어진 뒤, 애쉬 일행은 마치 유도되는 듯 마을 중심에 있는 교회 부지 안으로 들어갔다.

교회 안에는 아무도 없었고, 옆집으로 들어가자 검은 옷을 입은 남녀가 안쪽의 아이들과 빨간 머리 소녀를 지키려고 일제히 애쉬 일행에게 무기를 들었다.

지금 애쉬 일행은 이번 미션이 시작했을 때부터 입은, 길이 만든 은닉 효과가 있는 검은색 마법 로브의 후드를 써서 머리를 완전히 가린 데다 덤으로 가면을 썼다. 수상하게 보이는 차림이니 당연한 일일지도 모른다.

"지금 마왕군이 남하하고 있어. 이곳은 위험해. 당장 대피해."

타마가 빠르게 꼭 필요한 정보를 전달했다. 타마는 내심 이 구출 작전에 반대하는 입장이었다. 성무신은 마물을 적시하는 신이다. 따라서 반대하는 것은 마물이라면 지극히 평범한 생각이다.

따라서 만약 이 마을이 마족과 마물이 공존하는 마을이 아니라면 더욱 냉정하게 대처할 수 있었을 것이다. 그러나 쿠로의 가족, 이 마을의 일부를 접하고 그녀도 혼란스러웠던 모양이다.

애쉬도 같은 마음이었으니까 안다.

"알고 있어. 하지만 너희가 그 애송이의 군대를 쓰러뜨려 줄 거야. 그러니 대피할 필요는 없지."

마치 미래라도 본 것처럼 신부가 그렇게 단언했다.

"안다고?! 상대는 마왕 프로키온의 군대야!"

타마가 신경질적으로 외쳤다.

"알고 있다니까. 그러나 이것은 이미 결정된 사항. 세상이 정한 인과율인 이상, 누구도 그것을 바꾸지 못해."

"당신은——."

이빨을 드러내고 외치려는 타마를 차트가 제지했다.

"진정해, 타마. 미안해, 여러분. 이 녀석, 지금 좋아하는 사람이 그 사지로 향해서 예민하거든."

"좋아하는 사람이라니—— 차트 무슨 말을——."

타마가 당황한 목소리로 말했다.

"됐으니까 뒤는 나에게 맡겨."

차트가 가면을 벗고 고양이 얼굴을 드러냈다.

"나는 차트, 마물 마을의 주민이야. 당신들은 책임지고 우리가 보호할게. 그러니 얌전히 따라와 줘."

그러고는 머리를 깊숙이 숙였다. 잠시 신부는 턱에 손을 대고 생각에 잠겼다.

“좋아. 자네들을 따르지.”

“클리프트 공!”

검은 옷을 입은 여성이 크게 당황한 표정으로 이름을 불렀다.

“괜찮네, 네일 군. 그들은 믿을 수 있어. 게다가 그것이 자네가 진정 바라는 성취와도 연결될 테니까.”

신부가 애쉬를 힐끗 보고 오른손을 들어 검은 옷을 입은 여성 네일을 제지했다.

“자네들을 따라갈 때 조건이 있네.”

“조건? 뭔데?”

“자네들에 대하여 자세히 알려줘.”

차트가 뒤를 돌아보고 동의를 구했기에 애쉬도 크게 고개를 끄덕였다. 타마도 고개를 돌리는 형태로 조용히 동의했다.

“우리는——.”

차트가 캣냐에 대하여 말하기 시작했다.


“마물이 도시를…… 게다가 그 성립의 중심인물이 기억 상실된 인간 길? 즉, 인간이 마물의 도시 계획에 관여했다고? 차례차례로 비정상적인 일투성이 아닌가! 악신에 이어 이건가! 이 세계는 대체 어떻게 되고 만 거지?!”

네일이 머리를 짚고 신음했다.

“네, 게다가…….”

네일의 측근이 애쉬를 보며 입을 어물거렸다.

“애쉬 님과 같은 이름에 어딘가 닮은 외모의 가루다족 소녀라니. 무언가 악몽이라도 꾸는 듯하군…….”

네일이 머리를 싸맨 채 애쉬로서는 반응하기 곤란한 모습을 보였다.

애쉬가 가면을 벗자 네일은 잠시 경직되어 얼굴을 응시했으나, 고개를 가로젓고 인사를 나누었다.

“아무튼 이곳 이쿠오리는 선대 마왕 폐하의 뜻으로 생긴 마을이야. 어떻게 해서도 지켜야 해! 그렇다면 그 캣냐로 이동하지. 우리가 후방을 맡겠어. 팜피 공도 괜찮겠지?”

네일의 옆에서 팔짱을 끼고 있던 카이저수염 남자에게 동의를 구했으나, 그는 갑자기 벌떡 일어나 외쳤다.

“이 기척—— 제길! 늦었나!”

남자가 두 손을 모아 인 같은 것을 맺자, 돔 형태의 푸른 막이 이 자리에 있는 전원을 감쌌다.

그 순간—— 주위가 새빨갛게 물들며 민가가 흔적도 남지 않고 증발하고 말았다.

수증기가 바람에 날려 시야가 트였다.

“헉?!”

너무나 참혹한 광경에 말문이 막혔다. 애쉬 일행을 지키는 돔 형태의 결계를 남기고 교회 부지 전체를 뒤덮듯이 새빨간 마그마가 부글부글 끓고 있었기 때문이다.

“역시 배신했나.”

애쉬 일행의 정면에는 긴 귀에 이마에 긴 뿔이 돋아난 남자가 오른손에 든 지팡이 같은 것으로 왼쪽 손바닥을 일정한 리듬으로 두드리고 있었다. 그 주위를 둘러싼 것은 파란 옷을 입은 군세.

"바알 참모장……."

팜피가 간신히 내뱉은 목소리가 떨리고 있었다.

바알은 품평이라도 하는 듯 애쉬 일행을 빙 둘러보았다. 시선을 보내기만 했을 뿐인데 애쉬와 팜피 이외의 모두가 바닥에 엎드렸다.

엎드리지 않은 애쉬도 마치 가위에 눌린 것처럼 손끝 하나 까딱할 수 없었다.

"그 소녀인가. 천군이 간섭하기 전에 얼른 용건을 끝내도록 하지."

오른쪽 손가락을 딱 튕기자 팜피가 친 결계가 사라졌다.

"큭?!"

이어서 바알의 몸이 팜피의 눈앞에 나타나 그의 목덜미를 잡고 들어 올리고 있었다.

"결국 우리 군의 수치심도 없는 부하란 건가. 싸울 맛이 안 나네."

더러운 것이라도 본 듯이 바알이 팜피를 올려다보며 모욕적인 말을 내뱉었다.

애쉬는 팜피가 완전히 화를 낼 것이라고 생각했다.

그러나 팜피는 입꼬리를 올리고 있었다.

"이거, 이거, 칭찬해주셔서 감사합니다. 바알 참모장님."

매우 기쁜 듯 그렇게 대답한다.

"뭐라고?"

팜피가 자신의 말에 눈썹을 찡그리는 바알의 얼굴에 침을 뱉
었다.

"그래! 우리 주인, 마라 님은 악의 대신! 이런 약자만 괴롭히
는 비겁한 집단 따위가 절대 아니야! 그리고 이 팜피 또한 그래!
우리는 일찍이 온갖 불합리에게 악을 집행한다는 신념을 지니
고 행동했어! 네놈들처럼 아무 긍지도 없이 안전한 장소에서만
힘을 떨치는 겁쟁이가 아니야!"

팜피는 눈을 빛내며 필사적인 표정으로 목소리를 높였다.

"네 이놈……."

송곳니가 늘어나 그야말로 악귀 같은 형상이 된 바알이 팜피
의 오른팔을 뜯어냈다. 절단면에서 빨간 불꽃이 타올랐다.

"우리 주인은 불멸이야! 반드시 너희의 목덜미로 손을 뻗으실
거다!"

눈썹 하나 움직이지 않고 팜피가 크게 외쳤다.

"헛소리하지 마라."

팜피의 왼팔을 비틀어 자르자 역시 불꽃이 일어 그 팔을 불태
웠다.

"헛소리가 아니야! 우리 주인은 너희처럼 이 세상의 쓰레기를
놓아줄 만큼 무르지 않아! 이제 와서 울어도 이미 늦었어!"

사정을 모르는 애쉬에게도 팜피의 외침은 패배를 인정하지 않
으려는 몸부림에 불과한 것이 느껴졌다. 그런데 이유가 뭘까.
어쩐지 팜피의 말에 강렬한 진실성이 있었다.

"닥치라고 했지!"

바알이 신경질적으로 팜피의 두 다리를 오른손에 든 지팡이로
폭발시켰다.

"봐, 뒤에."

불꽃이 일어 이미 죽기 직전인 몸의 팜피가 뒤를 보며 그렇게
말하자, 바알이 화들짝 놀라 뒤를 돌아보았다.

"크하하! 겁쟁이가! 악의 참모장이라는 직함이 창피할 정도군!"

팜피가 해냈다는 듯 크게 웃음을 터뜨렸다.

"네 이놈!"

얼굴에 몇 개의 혈관이 볼록하게 튀어 올랐고, 바알의 오른손
이 팜피의 가슴을 찔렀다. 그럼에도——.

"발할라에서 너희의 한심한 얼굴을 보고 있어 주마!"

팜피는 광기 어린 표정으로 웃으며 그런 저주를 남기고 불타
올랐다.

"이 버러지 따위가!"

바알이 난폭하게 팜피를 바닥으로 내던졌을 때, 코가 긴 괴물
이 팜피의 몸을 안아 들었다. 그리고 그 옆에 있는 옅은 갈색의
단발머리에 등에 날개가 돋은 소녀가 눈에 들어왔을 때——.

"하쥬?"

애쉬의 입에서 나온 어쩐지 그립고 낯선 이름. 직후 애쉬의 의
식이 새하얗게 물들었다.


＊＊＊

내가 이쿠오리에 도착했을 때, 금색 자수가 놓인 검은 군복을 입고 긴 귀에 긴 뿔이 이마에 돋은 남자를 선두로 한 집단에게 애쉬 일행이 포위되어 있었다.

처음에는 바로 도우러 갈 예정이었으나, 카이토의 모습으로 나가면 이야기가 점점 더 복잡해진다. 또한 카이 하이네만의 모습도 애쉬에게 보이면 애쉬가 우리에 관한 기억을 강제로 떠올릴 가능성이 있다. 그래서는 애쉬에게 내린 시련에 의미가 없어진다.

다만 나의 본심으로는 이번 시련에 애쉬를 넣고 싶지 않았다. 애쉬에게는 그 바보 왕자 같은 죄가 전혀 없으니까. 그래도 이 시련을 강행한 까닭은 애쉬의 과거 기억이 전혀 돌아오지 않았기 때문이다. 정신의 전문가인 사토리조차 포기할 만큼 애쉬의 기억 회복은 전혀 이루어지지 않았다.

솔직히 지금 이대로도 애쉬는 충분히 행복하지 않나. 그렇게 생각하기도 한다. 그러나 기억이란 경험이고, 만남이고, 존재의 증명이다. 내가 결국 이 세계에서 친구와의 기억을 잃지 않은 것으로 강한 집착을 느끼는 것처럼 그녀에게도 과거에 바꿀 수 없는 소중한 것이 있을 터였다.

그리고 아이러니하게도 지금 그녀의 내면에 있는 집착이 과거의 기억 회복을 방해하고 있다. 즉, 그 집착이 해소되었을 때 본래 그녀의 기억과 인격은 돌아온다. 사토리는 그렇게 추측했다. 사토리는 정신 연구의 스페셜리스트이니 사토리가 그렇게 말했다면 그럴 것이다. 따라서 그 집착이 무엇인지 조사하기로 했다.

그 해결책으로 이 시련을 제안한 것이 여신 연합이며 그것을 스파이, 기리메칼라 등 몇 명도 찬성했다. 이번에 이런 복잡하고 번거로운 역할을 연기하게 된 것은 그런 이유 때문이다. 뭐, 애쉬에게는 나도 상당히 신세를 졌다. 애쉬가 본래의 자신을 되찾을 수 있다면 이 정도 협력은 아끼지 않겠다. 그렇게 말하면서 나의 실수로 계획 변경을 해야 하게 됐지만.

아무튼 이번에도 상황을 살피고 있었으나, 팜피라는 마물이 살해당하기 직전에 기리메칼라와 하쥬가 나타나 감쌌고, 하쥬를 본 애쉬가 정신을 잃고 말았다.

물론 기리메칼라와 하쥬도 애쉬에게 목격되면 기억에 지장을 일으키는 것은 잘 알고, 나는 애초에 이 자리의 누구도 죽게 할 마음은 없었다. 육체가 사라지기 직전에 시간을 멈추고 이공간에 수납하여 힐링 슬라임으로 치료하는 방법도 있었다.

그래도 두 사람이 나타난 것은 팜피의 아까 행동 때문이다. 설령 내가 구할 것을 안다 해도 친구가 마음대로 농락당하는 것을 참지 못했기 때문일 것이다.

"마리, 넌 정말 좋은 부하를 뒀구나."

그렇게 말하며 나는 사토리에게 이 자리에 있는 모든 사람의 정신을 잃게 하도록 지시를 내리고 카이 하이네만의 모습을 드러냈다.

"네놈, 기리메칼라에 하쥰인가?! 과연, 너희는 역시——."

"시끄러워. 지금 나는 몹시 예민해. 잠시 얌전히 있어."

안구를 향하여 노려본 것만으로 바알은 움찔하고 경련하더니 뒤로 도약하고 지팡이를 들었다. 나를 보는 그 얼굴은 갑자기 맹수라도 마주친 듯 경악으로 일그러져 있었다.

"주인님의 위대한 계획을 방해하고 만 어리석은 행동, 너무나 죄송합니다."

기리메칼라가 고통스러운 표정으로 나에게 머리를 숙였다.

"미안하다고 해야 할까."

하쥬도 사죄하는 말을 꺼낸다.

"아니, 괜찮아. 이 남자는 마리의 소중한 친구야. 보호하고 정중하게 대접해줘."

"알겠습니다!"

나의 뒤에 무릎을 꿇고 있던 스파이에게 그렇게 지시했다. 그 순간 기리메칼라의 품에 있던 팜피의 모습이 스파이와 함께 연기처럼 사라졌다.

"그럼 남은 건 너희구나."

우리를 포위한 파란 옷 무리를 빙 둘러보았다.

정말 힘없는 잔챙이다. 그보다 저 바알이라는 마물도 약하지만, 다른 마물들은 애초에 차이를 모르겠다. 물론 투쟁이 성립할 리도 없다.

"넌 누구냐?"

진지한 얼굴로 바알이 물었다.

"대답할 필요성을 못 느끼겠네."

어차피 죽을 자들에게 대답해봐야 의미가 없다. 게다가 이 녀석은 내가 가장 혐오하는 부류의 마물이다. 대화하는 것조차 싫다.

"하찮은 놈, 오만불손하구나! 너 따위는 바닥을 기는 개미에 불과해!"

그는 마치 자신을 고무하는 것처럼 호통을 치며 왼쪽 눈에 마법진 같은 것을 띄우고 나를 응시했다. 분명히 저건 아스타가 쓰는 타인을 감정하는 능력이었다.

"허?"

금세 바알의 안색이 흙빛을 넘어 시체처럼 새파랗게 질렸다.

"뭐어————?! 뭐, 뭐야, 이건?! 이런 건—— 절대 있을 수 없어——!"

구슬 같은 땀을 폭포처럼 온몸으로 흘리며 새된 소리를 지른다.

으음, 뭔가 이 전개에 강렬한 기시감이 든다.

"젠장! 그 빌어먹을 피에로 녀석! 이런 진짜 괴물이 이 게임에 참전했다는 말은 못 들었어!"

욕설을 퍼부으며 바알이 오른손을 들었다. 그 순간 우리를 향해 일제히 원거리 공격을 하는 파란 옷 마물들. 그 혼란을 이용하여 바알과 절반의 파란 옷 군복 마물들이 이 자리를 이탈하려고 했다.

나를 향해 날아오는 유치한 공격을 모두 라이키리로 베어냈을 때, 머리 위에서 떨어지는 하얀 불꽃. 그것이 순식간에 도망치려는 군복 마물들을 새하얀 입자로 바꾸었다.

"이, 이봐!"

파란색 군복 마물이 비명처럼 외쳤다. 그와 호응하는 것처럼 주위를 줄줄이 크게 둘러싸는 토벌 도감에서도 최대 세력을 자랑하는 기리메칼라파의 마물들.

"저, 저건 드레카바크 중위인가?!"

마물 중 하나가 외쳤다.

"전 '루인'의 대장, 로노베 님?"

아연실색하여 중얼거리는 파란 군복 마물.

"타천사 아자젤도 있어!"

"마, 말도 안 돼! 모두 일기당천의 악의 대신님이잖아!"

그 말을 시작으로 공포가 전염되어 혼란이 극에 달했다.

나는 바알에게 라이키리의 칼끝을 향했다.

"이제 알겠지? 어디에도 너희가 도망칠 곳은 없어. 너희가 살아남을 단 하나의 방법은 우리를 한 사람도 빼놓지 않고 죽이는 것뿐이야."

그들에게 그 방법을 친절하게 알려주었다.

"사, 살려줘! 나는 명령받았을 뿐──."

목숨을 구걸하기 시작한 파란 군복 마물의 목을 절단했다.

"명령? 그런 게 면벌부가 될 거라고 생각하나?"

"히익!"

"싫어! 죽고 싶지 않아!"

포위한 부하들 사이로 빠져나가려는 여러 파란 군복 마물을 진계류검술 일도류 제1형── 사선으로 산산이 조각냈다.

"놓치지 않겠다고 했을 텐데. 자, 결정해. 싸우고 죽을래, 아니면 가만히 애들에게 농락당하고 죽을래?"

그들에게 사형선고를 내렸다.

"바알 님, 저희는 어떻게 합니까?!"

물어보려는 마물의 목을 날려버렸다.

"자신의 운명은 스스로 정해."

강한 어조로 그렇게 명했다.

그들이 딱딱 이를 부딪히며 떨리는 두 손으로 각자 무기를 굳게 쥔다.

"제기라아아알——!!"

자포자기한 듯한 말을 토해내며 가장 약해 보이는 나에게 달려드는 파란 군복 마물들. 그것을 나는 모두 사선으로 잘게 베어내 살점 조각으로 만들었다.

"남은 건 너뿐이네?"

얼굴을 공포로 일그러뜨리고 온몸을 덜덜 떠는 바알로부터는 전의가 전혀 느껴지지 않았다. 그보다 저것이 연기라면 오히려 배우고 싶다. 왜냐하면 나의 연기는 아스타에게 삼류 연기라는 평을 받았으니까.

"그래. 여럿이 하나를 상대하는 건 나도 내키지 않아. 만약 이 자리에서 가장 강한 나를 죽이면 너를 보내주마. 그럼 됐지?"

"알겠습니다!"

기리메칼라가 외치더니 하쥬를 포함한 모두가 나에게 머리를 숙였다.

"그런 건 당연히 불가능——."

이의를 제기하려는 바알에게 다가가 그 다리를 후려쳐 바닥에 쓰러뜨리고 배를 짓밟았다. 주위 일대가 함몰되며 바알이 피를 토했다.

"핑계는 됐으니 덤벼. 그게 너에게 남은 평온한 생활로 돌아가기 위한 유일한 길이야."

나는 웃으며 말대꾸를 허락하지 않는 어조로 그렇게 명령하고 가볍게 걷어찼다.

바닥에 몇 번이나 튕기더니 기리메칼라가 만든 결계와 충돌하여 쓰러지는 바알.

"제길!!"

눈물과 콧물을 흘리며 일어나 오른손에 든 지팡이를 들자 나의 머리 위에 검은 구름이 드리워졌다. 그곳에서 스르륵 눈이 하나인 거대한 생물이 나왔다.

"잔챙이가 잔챙이를 불러서 어쩌려고?"

치켜든 거대한 두 팔로 내리치려는 거인을 사선으로 자잘한 파편이 되도록 꼼꼼하게 잘라냈다.

"제기랄——!"

나의 사방에서 나타난 무수한 바늘이 달린 검고 커다란 상자. 그것들이 나를 찌르려고 다가왔다.

"시시해."

라이키리를 칼집에 넣고 상자를 무수한 바늘과 함께 두 주먹으로 박살 냈다. 순식간에 흩어져 검은 모래가 되어 사르르 무너지는 검은 상자.

"빌어먹을——!!"

바알이 지팡이를 위로 향하자 상공에 나타나는 검고 거대한

관. 그 틈에서 거대한 눈이 빛나더니 검은 광선이 나를 향해 쇄
도했다. 그 빛을 왼손으로 후려쳐 튕겨내 없애고, 그 관을 칼집
에서 뽑은 라이키리로 십자 모양으로 절단하자 산산이 먼지가
되어 사라졌다.

“제기라아아알————!”

혼신의 힘을 쥐어 짜낸 모양이다. 바알의 온 얼굴에 무수한 혈
관이 도드라지며 주문 같은 것을 외우기 시작했다.

나의 주위에 나타난 몇 개나 되는 팔. 각 팔의 손바닥에서 빨
간 빛이 일제히 나를 향해 쏘아졌다.

“나에게 원거리 공격은 안 통해.”

그것을 진계류검술 일도류 제3형—— 달빛 거울로 모두 튕겨
냈다. 게다가 나의 마력을 듬뿍 담아 덤으로 얹어서.

빨간 빛이 나의 마력에 검붉은 색으로 물들더니 빛을 쏜 팔과
충돌하며 증발되고 말았다.

“제기라아아아아아아아아알————————!”

자포자기하여 절규한 바알이 이쿠오리 마을 방향을 향해 거대
한 화염 탄을 쏘더니 나에게 등을 보이고 달려갔다.

화염 탄보다 앞서가 날려버린 뒤 그의 앞으로 이동하여 그의
두 다리를 절단했다.

“으앗?!”

그리고 그의 옆구리에 라이키리를 찔러 바닥에 고정시켰다.

“민간인을 향해 공격한 틈을 타 도망치려고 하다니. 너, 진짜
불쾌한 녀석이구나. 나에게 정면으로 달려들었다면 저들처럼

무난하게 죽여줬을 것을…… 기리메칼라!”

“네!”

“이 자는 네 친구의 긍지를 모욕했어. 그러니 이번엔 네가 처리해라! 그래—— 벨제!”

“부르셨습니까?”

내 앞에 무릎을 꿇고 쪽쪽이를 문 이족보행 파리, 벨제바부.

“베, 베, 베, 벨제바부————?!”

그렇게 외치는 바알의 얼굴에서 급속도로 핏기가 가시더니 새파란 얼굴이 되었다.

“기리메칼라의 제재가 끝나면 그 녀석에게 산 지옥을 보여줘! 절대 타협하지 말고 철저하게!”

“네, 알겠습니당!”

키샤키샤 기쁜 듯 외치고 벨제바부는 나의 그림자로 모습을 감추었다.

“그럼 기리메칼라, 뒤는 맡길게.”

“네!”

그렇게 대답하고 차례로 어둠으로 모습을 숨기는 기리메칼라 파의 마물들.

나는 기절한 자들에게 다가가 그중에서 애쉬를 찾았다.

“카이토, 좀 더 꼭 안아줘…….”

그렇게 중얼거리며 행복한 얼굴로 헤실헤실 웃는 애쉬에게 쓴 웃음을 지으며 그녀에게도 담요를 덮어주었다. 차트와 타마, 아이들과 이번 보호 대상이었던 미트라 양, 초로의 신부에게도 역

시 담요를 덮었다. 모두에게 다 덮어주었을 때였다.

"주인님, 드릴 말씀이 있습니다."

여신 연합의 맹주 네메시스가 나의 앞에 무릎을 꿇었다.

"뭔데?"

"애쉬의 이번 시련에 대해서입니다."

역시 그런가. 네메시스 쪽은 애쉬를 상당히 마음에 들어 했다. 사실 애쉬의 기억 회복의 필요성과 그 방법을 나에게 설명한 것은 그녀들이다. 네메시스의 모습을 보아 사토리가 말한 집착을 해소할 방법이 이 시련이다.

"기억은 아직 돌아오지 않았지?"

"네."

"그런가…… 아직 집착하고 있다는 건가."

"네, 그녀의 강한 마음인 듯합니다."

네메시스도 진지한 얼굴로 크게 고개를 끄덕였다. 역시 그녀들도 나와 같은 견해란 말인가.

애쉬는 심성이 착하니 인간과 마족이 서로 협력하는 사회 구축에 집착하고 있을 것이다. 나와 처음 만났을 무렵에는 그런 방향의 화제에 상당히 관심이 있는 듯했다.

다만 애쉬는 이미 아멜리아 왕국의 고위 귀족, 가라의 신뢰를 얻었고 바벨도 그 생각에 이의를 제기하지 않았다. 마족들에게 물과 기름이었던 중앙교회의 인간 중에도 이 마을의 신부처럼 마족과 마물을 돕는 자가 있다는 사실을 깨달았다.

굳이 말하자면 고향으로 추측되는 어둠의 나라를 안개의 마왕 프로키온군에 점령당한 것이 있지만, 길에 의해 이번 섬멸이 끝나면 금방 기억이 돌아올 터였다.

"이번에 길이 프로키온군을 섬멸하는 것에 기대해야겠네."

네메시스는 잠시 나의 얼굴을 응시했다.

"아니요, 맹세코 그녀의 기억은 그것으로 돌아오지 않습니다."

마치 그녀의 마음을 아는 듯 네메시스가 말했다.

"그게 무슨 뜻이야?"

곧바로 물었다.

"지금까지는 단순히 그녀의 바람. 그녀의 시련은 지금부터가 진짜입니다."

"그래?"

"네. 그녀는 이 시련으로 선택하게 되겠지요. 자신의 마음인가, 아니면 자신의 신념인가를. 어느 쪽을 고르더라도 정답은 없습니다. 그러나 저는 그녀가 후회하지 않는 선택을 하기를 진심으로 바랍니다."

네메시스는 어딘가 애수에 잠긴 표정으로 두 손을 가슴에 대고 눈을 꼭 감고는 차분하게 의미심장한 말을 하였다.

"너는 애쉬의 마음이라는 걸 알아?"

"어디까지나 저의 추측입니다만, 같은 마음을 품은 소녀로서 그녀의 마음은 질릴 만큼 잘 압니다."

네메시스가 뜨거운 시선으로 올려다보며 나에게 말했다.

"그건 나에게도 말할 수 없는 내용이야?"

"네. 그보다 주인님이기에── 아니요, 아무것도 아닙니다."

같은 소녀로서 말할 수 없다고. 그렇다면 네메시스는 절대 말하지 않을 것이다.

"시련에 대해 약속해주셨으면 합니다."

"약속? 뭔데?"

"이 시련에서 그녀가 답을 내리기까지 주인님은 그냥 지켜보셨으면 좋겠습니다."

"한마디로 앞으로 시련의 행방을 가만히 보라고?"

"그렇지 않으면 이 시련에는 의미가 없습니다."

곤란하다. 저 바보 왕자는 차치하고, 애쉬에게는 잘못이 전혀 없는 이상 위험해지면 즉시 도우러 갈 생각이었다. 그것을 방관하라는 말인가…….

무엇보다 애쉬에게는 언제나 같이 있겠다고 약속해버렸다. 그런데 위험해져도 도우러 가지 말라니. 그것은 애쉬와의 약속을 어기는 것을 의미한다.

그러나 그것이 애쉬를 위한 일이라면…….

"그건 기리메칼라나 다른 파벌들도 같은 의견이야?"

"네."

네메시스가 운명에 사로잡힌 표정으로 크게 고개를 끄덕였다. 네메시스는 고집을 부릴 때가 있긴 하지만, 이 정도로 완고하게 주장하는 일은 별로 없다. 무엇보다 네메시스는 자신의 마음에 든 사람은 과보호하는 경향이 있다. 실수로라도 이유 없이 이런 위험한 행위를 시킬 리가 없다. 게다가 각 파벌의 공통된 의견이라면 승낙할 수밖에 없다.

"알겠어. 너희에게 맡길게. 나는 당분간 일이 일어날 때까지 이 시련을 지켜볼게."

테토루와 솜니의 수행이 생각보다 빨리 진행되고 있다고 들었다. 어차피 그들의 수행에 전념해야 한다.

"감사드립니다. 그럼 저희도 계획을 다음 단계로 진행하겠습니다."

내가 없어지면 시련의 난도가 다소 올라가겠지만, 그래도 어쩔 수 없나. 어쨌든 그 바보 왕자 외에는 아무도 죽게 내버려 두지 말라고 엄명을 내렸다. 나머지는 어디까지나 본인의 주관에 따른 문제에 불과하다.

"그래, 부탁할게."

나는 지금도 잠들어 있는 애쉬에게 다가가 몸을 숙이고 그 머리를 쓰다듬었다.

"약속을 깨서 미안해."

그렇게 진심으로 사과했다. 신뢰를 보내준 사람의 마음을 배신했으니, 이런 것으로 용서받을 리가 없다. 하지만 이것이 애쉬를 위한 일이라면…….

나는 자리에서 일어났다.

"그럼 뒤를 부탁할게."

다음 일은 네메시스에게 맡겼다.

"네! 이 긍지를 걸고서라도!"

네메시스가 오른쪽 주먹으로 자신의 가슴을 두드리며 그렇게 선언했다.

그럼 어서 두 제자의 본격적인 수행을 시작해야겠다. 나는 그녀들을 네메시스에게 맡기고 리버티 타운으로 귀환했다.

***

이스트엔드, 리버티 타운의 종합 회의실 원탁에는 세계에서도 유수의 권세를 지닌 자들 대부분이 멍하니 공중에 떠 있는 도저히 믿을 수 없는 영상을 바라보고 있었다.

모두의 시선 끝에 있는 것은 안개의 마왕 프로키온과 그 대군세를 쓰러뜨리고 정신을 잃은 금발 청년의 모습이다. 오직 한 사람, 검은 머리 거한이 얼굴을 미칠 듯한 기쁨으로 일그러뜨리며 그 광경을 바라보고 있다.

철가면처럼 항상 냉정하고 침착한 남자의 모습이라고는 생각할 수 없는 광경에 아무도 놀라워하지 않았다. 왜냐하면 출석한 모든 사람이 그럴 때가 아니었기 때문이다. 실제로…….

"저, 저게 길버트 왕자? 아무리 그래도 이런 말도 안 되는…….'

가라 에스타크가 떨리는 목소리로 지금 비친 현실을 부정하려고 했다.

"카이 녀석! 할 줄 알았어! 알았지만, 설마 저 왕자에게 마왕 프로키온을 쓰러뜨리게 하나 보통?!"

충혈된 눈으로 랄프가 두 주먹으로 테이블을 두드렸다.

"예상은 했습니다만, 역시 그분은 앞을 읽을 수 없군요. 정말 상상조차 하지 못할 일을 태연하게 하는 분이야…….'

이네아가 달뜬 표정으로 자신의 몸을 안고 진심 어린 감상을 밝혔다.

"뭐, 사부가 얽혔으니까. 저 정도 개조는 숨을 쉬는 것이나 마찬가지지. 오히려 차별주의자의 화신인 저 바보 왕자가 마물을 목숨 걸고 구했다는 사실이 나는 더 놀라운데."

잭이 테이블에 오른쪽 팔꿈치를 대며 멍하니 중얼거렸다.

"최근 몇 년은 그랬지……."

랄프도 팔짱을 끼고 어색한 표정으로 잭에게 동의했다.

"응? 저 왕자, 옛날에는 달랐어?"

눈썹을 찡그리고 묻는 잭에게 대답한 것은 현 학교장 클로에 발렌타인이었다.

"바벨에 막 입학한 당시의 그라면 만약 마물을 구했다고 들어도 지금처럼 의외성은 없었을지도 모릅니다."

그녀가 아득한 눈으로 무언가 회상하는 듯 말했다.

"기억을 잃고 과거의 순진무구한 왕자로 돌아간 거라고?"

가라가 의구심이 가득 담긴 목소리로 물었다.

"뭐, 인간의 본질은 그리 쉽게 변하지 않는 법이야. 특히 왕자는 이미 근성이 썩어빠졌어. 지금 기억을 되찾으면 아마 전처럼 악화된 상태가 되겠지."

랄프가 눈을 꼭 감고 고개를 가로저었다.

"맞아. 그러니 이 시련은 지금부터가 진짜. 그렇지?"

요하네스가 회의실의 커다란 문 근처로 시선을 고정하며 그렇게 물었다. 집중된 시선 끝에는 보라색 정장을 입은 여성, 아스타가 서 있었다.

"마스터는 여기부터가 진정한 시련이라고 생각하오."

"지금보다 더 난해한 것이 된다고?"

"차원이 다르오. 저 원숭이에게 승산은 없는 것이나 마찬가지오."

아스타의 의미심장한 말에 일동에게서 핏기가 사라졌다.

"마왕 프로키온의 격퇴 이상으로 난해한 사태?! 그건 상상조차 안 돼! 카이, 너, 왕자에게 무엇을 시킬 생각이냐?!"

랄프가 머리를 감싸고 중얼중얼 앓는 소리를 내기 시작했다.

"그럼 다음 왕자의 적은?"

이네아가 떨리는 목소리로 조심스럽게 물었다.

"모르는 게 약이오. 그래도 알고 싶다면 알려주겠다만, 어떻게 하겠소?"

아스타의 의미심장한 비유와 확인에 이네아가 크게 당황했다.

"아니요! 전혀 알고 싶지 않습니다!"

새된 소리를 지르며 그 제안을 거부한다.

잭조차 진심으로 질린다는 표정을 짓는 와중에 아스타는 이들 중 유일하게 음흉한 미소를 짓고 있는 요하네스를 보고 크게 한숨을 내쉬었다.

"그렇군, 마스터가 질 나쁜 괴물이라고 칭한 이유를 알겠소."

그러고는 어깨를 으쓱하며 혼잣말했다.

***

　어둠의 나라 성 안에 마련된 옥좌의 방에는 악군 장관, 장교들이 줄줄이 늘어섰고, 구석에는 팔이 네 개인 마족 돌체와 그 부하들이 나란히 있었다.

　옥좌에는 악군 육대장 로프트가 앉았고, 그 앞에 부하인 바르토스가 무릎을 꿇고 있다. 바르토스의 온몸은 곳곳이 찢어져 이미 빈사인 상태임은 누가 보아도 확연했다. 다친 부하를 보는 그 얼굴은 평소 명랑한 로프트답지 않게 험악했다. 물론 로프트가 지금도 죽을 듯한 부하의 몸을 걱정하거나, 곧 찾아올 죽음을 우려하는 것은 절대 아니다. 로프트는 그런 대신이 아니다. 그 이유는 바르토스가 말한 보고 내용에 있었다.

　"천군 오딘의 함정에 빠져 기습을 받아 천군의 대군에 포위당하는 바람에 바알 참모장은 전사. 다른 악군 장관, 장교들도 마찬가지로 전사했습니다."

　술렁거리는 방에서 로프트가 작게 혀를 차자, 주위의 악군 간부들이 크게 허둥거리며 자세를 바로하자 곧 거짓말처럼 조용해졌다. 모두 로프트의 기분이 크게 상한 것을 알아차린 것이다.

　"오딘…… 그 여자가 나섰나…… 은밀한 행동이 특기인 자니 우리가 눈치채지 못한 것도 이해는 가지만……."

　로프트가 엄지 손톱을 딱딱 깨물었다.

　"바알 참모장은 최후의 힘으로 저를 도망치게 한 뒤, 예의 마족 여자를 로프트 대장 각하께 데려가라고……."

　바르토스가 떨리는 오른손으로 인을 그리자, 눈앞에 앞치마를 두른 빨간 머리 소녀 미트라가 나타났다.

직후 바르토스는 피를 토하며 쓰러지고는 새하얀 모래가 되어 사르르 무너졌다.

"맙소사!"

부하가 죽은 것 따위는 신경도 쓰지 않고 로프트가 환희에 찬 표정으로 몸을 내밀고 왼쪽 눈에 마법진을 나타나게 하여 정밀 조사에 나섰다.

그는 잠시 굳어 있었으나, 점차 온몸을 잘게 부들부들 떨었고 그 얼굴이 흥분으로 빨갛게 물들었다. 그리고——.

"좋아! 좋——아! 이걸로 완전한 상태의 '반혼 강림'을 발동하는 게 가능해졌어!"

기쁨이 폭발했다.

"그것을 여기로!"

어둠의 나라 병사들에 의해 운반되는 무수한 입과 눈이 달린 거대한 고깃덩어리와 보옥.

"제물을 바쳐라!"

로프트가 노래하는 것처럼 외치자 미트라의 온몸이 보옥을 운반한 어둠의 나라 병사와 함께 떠올랐다.

"히익?!"

비명과 함께 미트라와 병사들이 고깃덩어리로 향했고——.

——덥석!

고깃덩어리가 부자연스럽게 팽창하여 몇 메르나 되는 커다란 입이 되어 미트라와 병사들을 보옥과 함께 삼켜버렸다.

봉사들의 단말마와 생리적 혐오를 불러일으키는 씹는 소리가 방에 울려 퍼졌다.

동포가 무참하게 먹히는 모습을 보고도 팔이 네 개인 마족 돌체와 부하들은 눈썹 하나 까딱하지 않고 열중쉬어 자세로 똑바로 서서 일의 경과를 지켜보았다.

각자의 눈 깊은 곳에 있는 것은 강렬한 결의와 각오와——증오!

"자, 먹이도 잔뜩 보충했으니 시작해볼까요!"

로프트가 옥좌에서 벌떡 일어나 노래하는 어조로 춤을 추며 기묘한 영창을 시작했다.

——이 세상에서 가장 강한 힘은 악♬

——이 세상에서 가장 존귀한 것은 악♬

——이 세상에서 가장 순수한 것은 악♬

——그것은 우리 어머니이자 아버지. 태어난 이유이자 절대적 가치 기준!

——이 세상 전체를 절망으로 물들이자!

——이 세상 전체를 모조리 파괴하자!

——이 세상 전체에 악의 꽃을 피우자!

——그것이야말로 우리 악이 만드는 파라다이스!

——그것이야말로 우리 악군의 사명이자 존재 이유!

마법진에서 탁류처럼 흐르는 검은 오라가 고깃덩어리를 감싸자 질척거리는 생리적으로 혐오감이 드는 소리와 함께 짓눌리고 찢어지면서 한없이 커졌다. 그리고 결국 고깃덩어리가 세 개의 괴물 형태를 형성했다.

첫 번째는 빨간 갑옷으로 몸을 감싸고 빨간 피부에 얼굴이 세 개인 괴물, 아스라.

두 번째는 온몸에 붉은 기하학적 무늬가 새겨진 소년, 안라.

세 번째는 등에 쌍두 용이 돋아났고 수염이 난 거구의 할아버지, 티폰.

그리고 영창을 마친 로프트의 점토 인형처럼 일그러진 체구 전체에 무수한 균열이 생기더니 곧 깨져버렸다. 그리고 그 자리에는 화려한 의상을 입은 광대 차림의 남자가 서 있었다.

"우와! 설마 갑자기 루시퍼 외에 우리 네 명이 강림되다니! 진짜 깜짝 놀랐어!"

안라가 신나는 목소리로 말했다.

"맞아. 제법인데, 으음, 망할 피에로!"

얼굴이 셋인 오니, 아스라가 피에로라 불린 광대의 등을 퍽퍽 두드렸다.

"대단하지! 하지만 아무리 나라도 한 번에 너희 셋이 다 올 줄은 몰랐어."

로프트가 어깨를 으쓱했다.

"그래서? 우리의 이번 강림은 어떻게 한 겐가?"

티폰이 근본적인 질문을 했다.

"이 세계에 봉인된 특수한 광물을 촉매로 삼아 이곳 어둠의 나라 마왕의 피를 이은 여자를 제물로 써서 '반혼 강림'을 발동했어. 뭐, 약 1만 마족들과 마물의 영혼도 의육귀(儀肉鬼)에게 먹였지만."

로프트가 왠지 의기양양하게 말했다.

"봉인되었던 특수한 광물? 그게 우리가 올 수 있게 된 원인이라고?"

안라가 눈썹을 찡그리며 물었다.

"이 세계에서 숨겨진 보물에 속하는 물건이지. 하지만 우리에게는 그리 희귀한 것이 아니야."

"여전히 성가신 녀석이군. 어서 답을 말해."

안라가 불쾌한 듯 화가 난 어조로 말했다.

"참을성이 없으면 손해만 볼걸, 안라. 그 봉인된 희귀한 광물은 어디까지나 이 세계로 가는 문의 출구를 이 세계에 형성하는 것이야. 즉——."

"출구를 고정하여 더욱 강림하기 쉽게 했다고? 시치미떼지마! 그럼 이번 우리 육대장 네 명의 강림이 그 마왕의 핏줄 하나와 1만 정도의 마족과 마물 제물로 이루어졌다는 뜻이 돼!"

"거짓이 아니라 진실이야. 전에도 말했잖아?! 이 세계에는 재미있는 장난감이 있다고!"

빙글빙글 춤을 추며 두 팔을 벌리고 기쁨에 찬 목소리로 외친다.

"한없이 악과 상성이 좋은 마족이란 말인가. 도저히 믿을 수 없지만, 실제로 우리가 현계했으니 그런 것이겠지."

티폰도 턱에 오른손을 대고 혼잣말했다.

"강림한 이유는 아무래도 좋아! 우리 육대장 중 네 명이 이 세계에 있어. 그것이 오직 하나의 진실이야! 이제 우리의 승리가 확실해! 그렇지?!"

아스라가 여섯 개의 팔로 각각 주먹을 꽉 쥐며 다른 육대장에게 동의를 구했다.

"여전히 단순해서 부럽네."

안라가 어이가 없다는 듯 고개를 가로저었다.

"하지만 이번만은 그 단세포의 말이 맞을지도 모르지."

티폰도 몇 번이나 고개를 끄덕였다.

"그래. 그럼 슬슬 우리도 본격적으로 나서자."

로프트가 씩 추악하게 얼굴을 일그러뜨리고 손가락을 딱 튕겼다.

바닥에서 새빨간 사슬로 몸을 묶이고 좌우 입꼬리가 찢어진 자그마한 남자, 프로키온이 나타났다.

프로키온은 잠시 멍하니 주위를 둘러보았으나, 몸을 움직이려고 하더니 사슬로 묶인 것을 발견했다.

"이, 이게 무슨 짓이야?!"

곧바로 로프트에게 따진다.

"뭔가, 이 벌레는?"

티폰이 퍽 불쾌한 듯 로프트에게 물었다.

"그건 재미있는 게임의 먹이야."

로프트가 신나는 어조로 대답한다.

"아아, 또 로프트의 악취미적인 놀이인가."

"이봐, 대답해!"

“시끄러워! 버러지가!”

아스라의 세 얼굴이 화난 표정으로 바뀌더니 대기를 우르르 흔들 것처럼 커다란 목소리로 외쳤다. 호통으로 성벽에 큰 균열이 생겼다.

“——큭?!”

프로키온의 몸이 엉망으로 찌그러졌다. 비명을 지를 틈도 없이 프로키온이 부르르 경련했다.

“게임의 먹이를 망가뜨려서 어쩌려고…….”

그 모습을 보며 안라가 싸늘한 눈으로 비난했다.

“시, 시끄러워! 너희도 시끄럽다고 생각했잖아!”

“상관없어. 지금 우리에게 목숨 따위는 장난감. 그렇지?”

로프트가 손가락을 딱 튕기자 마치 처음부터 없었던 것처럼 프로키온의 상처가 완전히 사라졌다.

“………….”

덜덜 떠는 프로키온은 쳐다도 보지 않고 로프트가 구석에서 직립 부동의 자세로 있는 팔이 네 개인 마족, 돌체와 그 부하 마족을 새빨간 눈으로 쳐다보았다.

“흐음, 저거 꽤나 재미있는 개조를 했네.”

안라가 호기심이 가득한 목소리로 말했다.

“날벌레의 강함은 잘 모르겠어. 꽤 하나?”

“그래, 우리 군의 소위 정도의 힘이라면 있을 거야.”

“약하잖아!”

“뭐, 우리가 보기에는 말이지.”

"그런 잔챙이를 써서 로프트, 자네는 어쩔 셈인가?"

"돌체, 이걸 먹어. 몇 가지 실험으로 판명된 사실이야. 마족이 마족을 먹으면 그 힘이 폭발적으로 상승해. 이건 썩어도 마왕이고. 너는 한 단계 더, 아니, 몇 단계는 더 높이 올라갈 수 있어! 물론 돌체가 남긴 잔반은 너희도 먹어도 돼."

"네!"

돌체는 아무 망설임 없이 프로키온에게 다가갔다. 그리고 돌체의 뒤를 잇는 그의 부하 병사들.

"노, 농담이지?!"

조용히 무표정하게 다가가는 돌체 부대에게 비명과 같은 소리를 지르는 프로키온.

"오, 오지 마!"

그 거절하는 목소리를 시작으로 돌체의 얼굴이 부자연스럽게 부풀더니 커다란 입으로 프로키온의 몸을 베어 물었다.

비명과 절규가 터지며 프로키온은 돌체에게 먹혔고, 돌체의 부하들은 사방으로 튄 살점을 먹었다.

돌체의 움직임이 뚝 멎더니 목을 미친 듯이 긁어댔다. 그 온몸에 몇 개나 되는 빨간 혈관이 떠올랐다. 그것들이 맥동하여 코가 길어지고, 입꼬리가 크게 찢어졌다. 온몸에서 돋아나는 강철 같은 털. 강대한 짐승 같은 모습이 되어 하늘을 향해 포효한다.

다른 돌체의 부하들도 마찬가지로 짐승 같은 모습으로 울부짖었다.

"자, 돌체, 너희는 정식으로 초월자의 동료가 되었어. 악의 궁지에 따라 이 세상에 파괴와 절망을 선사하라!”

“알겠습니다!”

돌체가 자세를 바르게 하며 무릎을 꿇자 다른 병사들도 일제히 그 뒤를 따랐다.

“이 녀석들을 써서 어떻게 할 건데?”

“당연히 전력의 증강이지.”

“전력의 증강이라니…… 우리가 몸을 얻은 시점에 이미 승부는 났을 텐데…….”

“동감이다. 그 병적일 만큼 겁쟁이인 성격, 어떻게 안 되겠나?”

티폰이 질색하며 말했다.

“겁쟁이라니 실례잖아. 위기관리 능력이 뛰어나다. 그렇게 평가해줬으면 해.”

로프트는 깔깔 웃으며 지금도 미동도 하지 않고 무릎을 꿇은 돌체를 오른손에 든 지팡이로 가리켰다.

“넌 계속해서 마물들의 마을을 습격하고 제물을 포획해 와. 역시 어둠의 나라 마족, 안개의 나라 마족, 마물을 2:1:1 비율로 제물로 하는 게 제일 좋은 것 같으니까.”

“우리 신이 바라신다면!”

돌체는 그렇게 외치고는 자리에서 일어나 인사하고 대열을 짜 방에서 나갔다.

“자, 게임 시작이야. 모두 마음 다잡고 온갖 악을 행사하자고!”

로프트가 환희에 찬 표정으로 오른손으로 주먹을 쥐어 쳐들고는 그렇게 제안했다.

　　──그렇다. 이것은 확실히 게임이다. 그러나 본질은 어디까지나 어리석은 왕자의 목숨을 건 패자부활전이다. 그 이상도 이하도 아니다. 설령 그들 악군의 대장들이 어리석은 왕자를 죽이고 온갖 악을 행사하더라도 그들은 그들 이상 악한 존재에 의해 지옥 밑바닥으로 떨어지게 된다.

　　그렇다. 그들의 패배는 이미 정해졌다. 그 사실을 그들은 아직 모르고 우습게도 최악의 괴물의 손바닥 위에서 놀아나기 시작했다. 그렇게 신나는 몸짓으로 향하는 곳은 죽음보다 괴롭고 무서운 악몽으로 가는 여행이다.

　　모르는 게 약이다. 그야말로 그 말을 체현한 게임의 톱니바퀴가 이때 삐걱거리는 소리를 내며 천천히 움직이기 시작했다.

＊＊＊

　　펼쳐진 것은 황산으로 만들어진 천연 호수. 다른 유독 가스도 항상 발생하고 있어서 보통 마물들은 이 근처로는 절대 다가오지 않는다. 노스그랜드 북서부에 있는 이 위험하기 짝이 없는 산성 호수 앞에는 우두커니 작은 오두막이 세워져 있다.

　　본래 아무도 살지 않을 터인 죽음의 대지에 세워진 오두막 주변의 공간은 토벌 도감 중에서도 재능이 많은 기리메칼라가 구축한 결계에 의해 꼼꼼하게 보호받고 있어서 설령 호수가 사라지더라도 꿈쩍도 하지 않을 정도다.

오두막 안에 있는 원형 테이블의 한 자리에 앉은 최강의 괴물, 카이 하이네만. 그리고 그 옆에 파프가 좋아하는 닭고기를 먹고 있다.

"맛있어?"

카이가 파프의 머리를 쓰다듬으며 물었다.

"맛있어요!"

파프닐이 힘차게 오른손을 들며 쾌활하게 대답한다.

카이가 카이토로 행동하는 동안 주인님 결핍증을 일으켜 크게 삐쳐버린 파프에게 카이가 특제 수제요리를 만들어 대접한 것이다. 이 모습을 보니 아무래도 카이의 회유 작전이 성공한 모양이다.

"주인님, 계획대로 악군 육대장을 이 땅에 불러냈습니다."

"수고했어. 하지만 악군이란 건 그 고블린 비슷한 거랑 근성 없는 허접한 마법사의 동료잖아? 그런 자를 불러내는 게 시련이 돼?"

카이 하이네만이 물었다.

"오오, 과연 우리 위대하신 분! 악군 육대장도 주인님께서 보기엔 날벌레에 불과하니!"

기리메칼라가 두 손을 모으고 울먹였다.

"이제 이런 비상식적인 대화는 질리도록 들었소."

이 광경을 보던 아스타로스가 고개를 가로저으며 그렇게 비아냥거렸다.

"그나저나 우습네. 영혼이 없는 인형인지 판별조차 하지 못하다니……."

카이가 왠지 혐오하는 듯한 태도를 보였다.

"바알의 육체에 마스터가 마력을 주입하여 만든 저 악질적인 장난감 말인가…… 그 정밀도라면 알아차릴 수 있는 것은 세상이 아무리 넓더라도 한정적일 것이오."

아스타로스가 반론했다.

"그 사부가 쓰러뜨린 바알이라는 녀석, 악군에서도 상당히 강했지?"

"육대장 다음가는 지위에 있는 자요."

"우와…… 그럼 그런 괴물을 원료로 사부가 만들었으면 이 세상의 어떤 것이든 불러낼 수 있겠지."

질겁하며 잭이 진심 어린 말투로 지적했다.

"동감해. 뭐, 그들을 아는 자로서 전혀 동정은 하지 않지만."

네메아가 복잡한 표정으로 동의하며 그렇게 쏘아붙였다.

"그렇게 재수 없는 녀석이야?"

"약자를 괴롭히는 것이 삶의 보람인 듯한 자거든."

"악군은 그런 것투성이네. 그럼 그들이 갈 곳은 하나뿐인가."

잭이 카이의 태도를 살피며 나직하게 중얼거렸다.

"그렇소."

아스타로스도 카이를 곁눈질하며 고개를 끄덕였다.

"어둠의 나라 주민의 보호는 어떻게 했어?"

카이가 물었다.

"모두 제 결계 안에서 잠들었습니다."

기리메칼라가 바로 대답했다.

"계획대로라는 건가. 나머지는 돌체라는 마족의 습격을 길 쪽이 무사히 격퇴할 수 있느냐인가?"

"…………."

"…………."

카이의 물음에 갑자기 오두막 안에 어색한 침묵이 흘렀다.

"뭐야, 그 마족이 그렇게 강해?"

"적어도 바알이나 바르토스보다는 약하오."

"뭐야, 별거 아니잖아. 마물들은 차치하고 길이라면 어떻게든 되지 않을까?"

카이의 말에 쓴웃음을 짓는 자, 어이가 없는 듯 고개를 가로젓는 자, 경외심을 품는 자, 그리고 감격하여 눈물을 흘리는 자.

각양각색의 반응이 나타났다.

"아무튼 여기가 최종 시련의 골이야. 그걸로 됐지?"

"네! 그렇습니다!"

"그럼 약정대로 나는 이 땅에서 기다릴게."

카이는 다 먹고 자신의 무릎을 베개로 삼아 잠들어버린 파프의 머리를 쓰다듬으며 그렇게 선언했다.

이 자리의 모두가 일어나 카이에게 깊숙이 머리를 숙였다.

＊＊＊

……토벌 도감에서 보고── 길버트 로트 아멜리아가 주인 카

이 하이네만과 영혼의 연결도 상승으로 봉인 중인 기억의 일부가 해방됩니다.

──기억 10% 해방.

어느새 나는 화려하게 장식된 어떤 방에서 악취미적인 흉측한 의자에 거만하게 앉아 있었다.

"그래서? 제국은 약정에 합의했겠지?"

나의 입에서 나온 질문에 입가의 수염에 컬이 들어간 단발머리 남자가 오른손을 가슴에 댔다.

"네. 그리트닐 제국은 로제 왕녀와 제국 제3황자와의 혼인을 우리 왕국과의 화평을 약속했습니다. 수행하는 기사는 모두 이쪽의 수하를 넣었으니 계획은 매우 순조롭습니다."

의기양양하게 계획의 진행 상황을 보고한다.

"그런가! 플랑크톤! 기대하겠어!"

"전하의 기대에 부응하도록 반드시 성공하겠습니다!"

플랑크톤이라 불린 단발머리 남자가 감개무량한 얼굴로 오른쪽 주먹으로 가슴을 두드리고는 머리를 깊숙이 숙였다.

"부탁해. 이 조국의 명운은 너에게 달렸어!"

"네, 알겠습니다! 반드시!"

플랑크톤이 눈물을 흘리며 그렇게 외치고는 다시 정중하게 인사하고 방에서 나갔다.

"만약 그가 실패하면, 알지?"

"빈틈없이 준비했습니다. 모든 것은 플랑크톤이 조국을 생각하여 행동한 것이다. 그렇게 처리될 것입니다."

"그럼 됐어. 아무튼 이것으로 그 지긋지긋한 여자를 이 나라에서 제거할 수 있어!"

나는 테이블 위에 놓인 잔을 들고 승리의 술을 입에 머금었다.

"…………"

이것은 고위 귀족에게 헌상받은 최고급 과실주다. 일반적인 귀족도 마신 적이 없는 황홀한 맛이 담겼을 터였다. 그런데 이때, 이 술이 구정물처럼 맛없게 느껴졌다.


——풍경이 바뀌었다.

휘황찬란한 방의 문이 열리고 근육질인 무관으로 보이는 젊은 청년이 들어오더니 나의 눈앞의 테이블을 양쪽 손바닥으로 내리치며 호통쳤다.

"왕자님, 어째서 누님을 그런 돼지 자식에게 팔아넘긴 겁니까?"

그 악귀 같은 형상에 동석한 문관이 긴장한 표정을 지었다.

"누나? 그 여자는 이 나라의 질서를 파괴하려는 우리 왕후 귀족의 적이야. 적을 제거하는 건 당연하잖아. 아니야?"

"당신은 자신이 무슨 짓을 저질렀는지 아십니까? 자칫하면 전하의 누님은 그 끔찍한 인간의 장난감이 될 뻔했습니다!"

"흥! 대역죄인에겐 당연한 결과야!"

젊은 무관이 눈을 질끈 감고 고개를 가로저었다.

"이제 확실히 알겠습니다. 당신에겐 왕의 기량이 없습니다. 아니, 인간으로서 가장 중요한 것이 결여되어 있어요."

불쌍해하며 경멸하는 듯한 눈길을 보내며 나에게 단언했다.

"네 이놈, 이 나에게——."

당연히 격노하여 의자에서 벌떡 일어나 멱살을 잡고 목소리를 높였으나, 무관 청년은 그 양손을 난폭하게 뿌리쳤다.

"이제 당신을 따르지 않겠습니다. 부디 혼자 골목대장 행사나 하시죠!"

나에게서 등을 돌리고 방에서 나가버렸다.

옛날부터 신뢰하던 부하의 갑작스러운 배반에 속이 뒤집히는 듯한 격정이 끓어올랐다.

"제기랄!"

욕설을 퍼부으며 바닥에 넘어진 의자를 나는 몇 번이고 몇 번이고 계속 걷어찼다.

갑자기 선명했던 경치가 흐릿해지고 시야가 일그러졌다.

또다. 이것은 그 꿈의 연속이다. 자신이야말로 이상적인 왕이 될 거라고 믿어 의심치 않는 엄청난 바보에 대한 기억의 잔상. 왕을 목표로 초심마저 잃고 최악의 쓰레기 자식이 도달한 곳.

웃음이 난다. 무관 청년이 떠나는 것이 당연하다. 그야 이 자는 왕은커녕 인간의 마음조차 지니고 있지 않았으니까.


눈을 뜨자 몹시 흐릿한 시야. 그 앞에서 걱정스럽게 들여다보는 지금 나에게 가장 소중한 검은 머리 소녀가 보인다.

"길, 다행이야⋯⋯."

검은 머리 소녀 샤르가 나에게 안겨 가슴에 얼굴을 파묻고 온몸을 떨었다.

찢어질 듯 욱신거리는 통증. 또 예전의 온몸이 쑤시는 근육통 상태인 모양이다. 저 최강의 존재를 이미지한 뒤이므로 이렇게 된 것은 예상한 바이다. 아마 또 며칠 동안 계속 잠들었을 것이다.

'이번 꿈은 굉장히 생생했어……'

그 꿈, 전과는 비교도 안 될 만큼 생생하고 또렷했다. 그것은 오히려 꿈이라기보다 과거에 있던 일의——.

'그런 말도 안 되는 일이 있을 리가!'

갑자기 생긴 강한 의구심을 머리를 흔들어 힘껏 떨쳐냈다.

"있잖아, 길, 왜 그러는 거야?"

샤르가 몹시 불안해하는 눈으로 올려다보았다.

"괜찮아. 아무것도 아니야!"

미소를 짓고 온몸의 고통에 버티며 그렇게 외치고는 샤르를 살며시 끌어안았다.

그래. 나의 성격이 썩은 것은 인정하겠다. 하지만 친누나를 팔아넘길 만큼 무신경하지는 않다. 그야 마물들에게 거절당하고 속으로 충격을 받을 정도니까. 아마 나는 그에게 고용된 헌터이고, 꿈속의 그 무관 청년처럼 그의 비정함에 따르지 못하게 되어 거스르고 쫓기는 몸이 되어 이 땅으로 헤매어 들었다. 그것이 분명하다.

가슴 안쪽에 맺힌 불안에 짓눌릴 듯하며 나는 자신에게 몇 번이고 그렇게 말했다.

　인간이라는 생물은 언제나 최악의 현실에서 눈을 돌리려고 한다. 이때의 나도 그랬다.

　그 생생한 꿈에서 나는 확실히 비정하고 구제 불능인 바보 왕자였다. 그 광경도, 피부로 느껴지는 감각, 냄새, 감정조차도 타인의 시점으로 보는 듯한 어설픈 것이 아니라 나 그 자체였다. 그 사실이 너무 무서워서 나는 이때 눈을 돌리고 말았다. 분명히 이때 나는 도망칠 수 없는 악몽의 막다른 곳으로 떠나는 여행길이 이제 곧 시작될 것을 어렴풋이나마 예감하고 있었다고 생각한다.


　내가 눈을 뜨고 딱 사흘 뒤, 정오에 캣냐 중심에 있는 4층짜리 건물에서 회의가 열렸다. 의제 내용은 각 부족장의 떨떠름한 얼굴을 한 번 보면 얼마나 마물들에게 결정하기 어려운지 알 수 있다.

　"역시 나는 인정할 수 없어!"

　사이클롭스족의 남자 사이클론이 테이블을 주먹으로 두드리며 자신의 주장을 드높이 외쳤다.

　"맞아! 우리를 사악하다고 단정 짓고 절멸시키려고 한 교회 녀석들이야! 덤으로 마족도 있어! 이 도시로 이주를 인정하다니 말도 안 돼! 용납할 수 없어!"

　크로코다스가 사이클론에게 강한 어조로 동조했다.

　"우리 코볼트족은 이쿠오리 마을 주민이 이 도시에 이주하는 것을 강하게 추천해."

그만큼 인간을 싫어하던 코볼트족 여족장 하나가 이쿠오리의 캣냐 편입을 주장하자 회의실에 큰 동요가 일었다.

"너, 알긴 하는 거냐! 그들은 우리를 절멸시키려는 성무신의 신자들이야! 추가로 우리와 전쟁 상태인 어둠의 나라 마족들도 있다고?!"

크로코다스의 지적은 더할 나위 없이 정론이다. 그러나 이번에는 사정이 조금 다르다.

"그 어둠의 나라 마족에게 우리는 도움을 받았어. 말 그대로 목숨을 걸고."

타마가 엄숙한 얼굴로 하나에게 동조했다.

애쉬와 차트 등의 팀은 이쿠오리에서 선대 어둠의 마왕의 딸 미트라와 접촉했으나, 그때 프로키온 세력의 공격을 받고 말았다. 그들의 동료 팜피라는 마족에 의해 그들의 대규모 공격으로부터 보호받음과 동시에 모두 정신을 잃었고, 정신이 들자 팜피의 모습은 없고 불타버린 대지가 펼쳐져 있었다.

차트 일행의 말을 종합하면 팜피가 목숨을 걸고 지켜준 듯하다.

"그래. 어린 마물 아이도 있다고 들었네. 받아들이지 않는 건 도리가 아니라고 생각하네만."

나이 든 올빼미 머리 노파가 타마의 의견에 찬성하는 뜻을 보였다.

"마족과의 혼혈이야! 우리가 미워하는 더러운 인간종의 피잖아!"

크로코다스의 이 말에 여러 부족에서 지지하는 목소리가 나왔다.

"그건 내 조카를 모욕하는 말로 받아들여도 되겠지?"

그러나 악귀 같은 형상인 하나가 노려보자 입을 다물었다. 그리고 그것은 이 자리의 여성 마물들도 마찬가지다. 모두 크로코다스 측에 적의를 드러내는 표정으로 노려보고 있다.

"그만둬! 동료끼리 다투면 안 돼! 둘 다 냉정해져!"

키지가 중재하자 크로코다스가 혀를 차고 고개를 돌렸다. 지금도 서로 노려보는 마물들에게 큰 한숨을 내쉬고 키지는 나를 바라보았다.

"길, 넌 어떻게 생각해? 인간의 입장에서 대답해줘."

"나는……."

모두의 시선이 나에게 집중되었다. 단어를 잘 골라야 한다. 나의 설득이 실패하면 이 캣냐는 둘로 갈라진다. 일치단결하지 않으면 그들에게 이기지 못하는 것은 틀림없는 사실이니까.

"프로키온이 아직 살아 있을 가능성이 있고, 전직 어둠의 나라 사천왕 중 하나, 팔이 네 개인 마족 돌체도 건재해. 물론 그 뒤에서 꿈틀대는 악신도 마찬가지야. 전력 증강을 위해서라도 받아들일 수 있는 것은 받아들여야 해."

지금까지 분석하던 사실을 제시했다. 딱히 이쿠오리를 캣냐에 받아들이게 하고 싶어서 거짓을 말한 것이 아니다. 이것은 사실이고 우리가 직면한 위협이기도 하다.

그야 무슨 까닭인지 전투가 끝나고 프로키온의 사체가 없어졌기 때문이다. 전이계 술법이나 아이템을 발동시켰다고 생각하는 것이 타당하다. 즉, 그것은 캣냐의 위기가 전혀 사라지지 않고 현재진행형이라는 것을 의미한다.

"너는 인간이니까 지지하는 거잖아!"

크로코다스가 분노하여 외친 지적에 적의가 담긴 동의가 이어졌다.

크로코다스는 눈을 뜨고 나서 당초 무슨 까닭인가 나에 대해 두려움 같은 것이 느껴졌으나, 금세 평소처럼 적대 의식을 그대로 드러내는 태도로 돌아갔다. 다만 전과 다르게 나를 직접 이 도시에서 배제하려는 언동은 하지 않게 되었다.

"부정은 하지 않아. 하지만 본래 마물끼리의 종족 차이는 인간과 마족 사이와는 비할 바도 되지 않을 만큼 떨어져 있어. 인간과 마족도 그저 마물의 한 종족이라고 여기면 되지 않을까?"

예전부터 생각하던 제안을 해보았다.

"허, 헛소리하지 마! 우리를 없애려는 인간과 마족을 우리 동포로 보라고?!"

"너는 동포라고 말하지만, 너희 마물이 그렇게 동족의식이 강했던가?"

소박한 의구심을 부에게 드러냈다.

"아니, 적어도 나는 마물이든 인간이든 마족이든 큰 차이는 없어. 있는 건 강하냐 아니냐 뿐이야."

"아니, 아무리 나라도 그 정도로 극단적이진 않아."

부의 자신만만한 대답에 하나가 조금 질색한 어투로 대답했다.

"그러나 확실히 이 도시가 생기기 전에는 이렇게 인간과 말하는 건 꿈에도 생각하지 못했어."

쥐 마물이 긴 수염을 쓰다듬으며 말했다.

"그보다 각 부족이 서로 적대하며 경쟁하기만 했으니까."

새 머리를 지닌 마물이 진심 어린 감상을 말했다.

"맞아. 이 도시가 생기고 처음으로 각 부족이 모이며 연대의식이 형성된 것에 불과해. 그럼 이쿠오리의 주민을 한 마물로 보면 되지 않아? 그들이 자신을 마물이라고 인정하면 별로 다를 바 없잖아?"

나의 제안에 회의실에 있는 모두가 경악하며 나를 응시했다.

아무래도 이렇게 반응이 없으면 불안해진다.

"뭐, 뭔가 내가 이상한 말이라도 했어?"

"아니, 뭔가 영문을 알 수 없게 돼서. 마물이란 결국 뭐지?"

차트가 머리 위에 물음표를 띄우며 놀란 눈을 했다.

"한마디로 마음의 문제, 그런 말인가?"

"그거야. 마물의 정의가 명확하게 있는 게 아니야. 특히 인간이나 마족과 외모가 크게 다르지 않은 종족도 마물에는 많아. 그럼 자신이 마물이라고 인정한 자만 이 도시에 합류하면 되지 않을까?"

"그들은 성무신의 신자야!"

"그렇지만 애초에 그들 이쿠오리의 가르침은 마물도 인간도 마족도 평등하게 신의 은혜를 받을 수 있다는 것이니까. 신자가 마물이라도 전혀 문제없는 거 아냐?"

다시 침묵. 이번에는 놀라움보다 각자 생각에 잠긴 모습이다. 아까 사이클론과 크로코다스를 지지하던 무투파 부족들도 지금은 입을 열지 않고 상황을 지켜보고 있다.

"맞아. 나도 길의 의견에 동의해. 그들이 자신을 마물이라고 보는 것을 조건으로 이쿠오리의 캣냐 편입을 인정하지."

키지가 선언했다.

"우리는 처음부터 편입에 긍정적이었으니까."

"맞아."

여성 마물들이 차례로 동의했다.

"자신을 마물로 본다면…… 괜찮을지도."

"우리도 이 마을에 오기 전까지는 모두 적이었으니 그들과 다르냐고 물으면……."

무투파 남성 마물들도 얼굴을 마주 보며 자문자답했다. 그때.

"그럼 당분간 이쿠오리의 주민은 전용 구획을 만들어서 그곳에 살게 하면 어때? 그리고 공통으로 교역 같은 것이 가능한 장소를 만들고 거기서만 접촉해. 그러면 관심이 있는 마물만 갈 수 있잖아."

타마가 제안했다.

"그거라면 딱히 문제가 없으려나."

"인간을 보지 않고 넘어갈 수 있으니까."

무투파 부족들에서도 지지하는 목소리가 나왔다.

"사이클론, 너는 어때?"

"마음대로 해! 후회해도 몰라!"

토라진 듯이 사이클론이 일어나 회의실에서 나갔다.

"너희 진짜 어떻게 됐구나!"

악담을 내뱉고 사이클론의 뒤를 쫓는 크로코다스.

"그럼 정해졌군. 이쿠오리 마을 주민을 한정적으로 받아들이겠어. 그럼 됐지?"

키지가 일어나 주위를 빙 둘러보며 출석한 마물들의 의사를 확인했다.

"그래!(좋아!)"

마물들도 일제히 일어나 건물을 흔들 것처럼 크게 외쳤다.

****

애쉬는 작은 광장에 있는 나무 상자에 앉아 캣냐의 큰길에서 연설하는 무투파 리자드맨 청년을 멍하니 바라보고 있었다.

"카이토 님은 우리 마물의 신, 마신이다! 그분이 우리를 올바른 길로 이끌어주실 것이다!"

그렇게 외치고 그는 두 손을 모아 기도를 올렸다.

안개의 마왕 프로키온 격퇴 작전 이후, 작전에 참여한 무투파 부족을 중심으로 카이토라는 이름의 신을 마신으로 숭배하기 시작했다. 마신이란 마물을 만들었다고 여겨지는 태초의 신이다.

"카이토……."

그 이름을 입에 담는 것만으로 가슴 안쪽이 뜨거워졌다. 하지만 어렴풋한 윤곽밖에 모르는 그 이름은 애쉬에게 마신의 이름이 아니라 지금은 떠올릴 수 없는 좋아하던 소꿉친구의 이름이다.

마왕의 딸 미트라를 보호하려고 이쿠오리에 갔을 때, 애쉬에게 무언가가 일어났다.

이쿠오리에서 애쉬가 아는 마지막 광경은 연갈색 머리를 단발로 자른 소녀의 모습이다. 그녀의 모습을 끝으로 의식이 새하얗게 물들었고, 일어났더니 애쉬는 가장 소중한 사람을 완전히 잊고 말았다.

이쿠오리에서 보호한 가루다족의 정보로 아무래도 애쉬는 가루간추어와 친인척인 자의 딸이라는 것만이 판명되었다.

그러나 가루간추어는 독신으로 아들이 없었다. 한마디로 모두가 믿던 가루간추어의 아들이라는 존재는 이 세상에 없다는 것이 밝혀졌다.

결론부터 말하면 지금도 애쉬가 떠올리지 못하는 카이토라는 가루다족 청년은 가짜이고 완전히 정체불명의 존재가 변장했던 것이었다.

카이토는 엄청나게 강하여, 마왕 프로키온을 배후에서 조종하던 것으로 보이던 괴물 같은 존재를 일방적으로 유린했다고 한다.

작전에 참가하여 그 놀라움을 목격한 전투 부족의 몇 명은 마신 카이토를 신앙하며 매일 아침 기도를 올리고 있다. 그 작전 이후로 사이클론도, 자존심이 강한 크로코다스조차도 절대 그 이름을 입에 담지 않는다. 마치 입에 담는 것만으로도 불경하다는 듯이.

그러나 모두와 달리 애쉬가 키지에게 들은 것도 의외성이라고는 조금도 느껴지지 않았고, 오히려 카이토라는 존재라면 분명히 가능한 일이며 그럴 것이라고 순순히 받아들일 수 있었다.

카이토라는 존재에 대하여 별다른 인연이 없었다면 이 정도로 그를 알 수 있을 리가 없다. 분명히 애쉬는 전부터 어디선가 카이토라는 존재와 깊은 관련이 있었다. 이렇게 그의 이름을 부르는 것만으로 애쉬의 마음을 뜨겁고 뜨겁게 불을 지피는 것을 보아도 확실하다.

"카이토…… 만나고 싶어."

자신이 한 말을 자각하고 피가 얼굴로 쏠리는 것이 느껴졌다. 타마의 말로는 애쉬와 카이토는 연인 같은 사이였다고 한다.

확실히 품에 안겨 편안했던 감각은 기억이 난다. 그보다 마치 방금 끌어안았던 것처럼 쉽게 떠올릴 수 있다.

"우후후……."

눈을 감고 그 감촉을 즐기고 있을 때였다.

"애쉬!"

"으악! 으아아앗!"

갑자기 말을 걸어와 디저트처럼 달콤한 망상에서 현실로 돌아와 허둥지둥 자세를 바르게 하자, 눈앞에는 이 도시에서 가장 친한 친구가 된 쉽캣족의 샤름이 걱정스럽게 들여다보고 있었다.

"괜찮아? 얼굴, 새빨간데?"

"으, 응, 괜찮아."

심장이 크게 뛰는 소리를 들으며 얼버무리듯이 크게 고개를 끄덕였다.

"그럼 됐지만. 다들 부르고 있거든? 그게 전체 회의에서 이쿠오리 전용 도시를 만들게 되어서 애쉬도 도와주면 좋겠대!"

"알겠어."
자리에서 일어났다.
"가자!"
샤름이 환한 미소를 지으며 오른손을 내밀었다.
"물론이지!"
애쉬도 그 손을 잡고 걸음을 옮겼다.

***


——천상계 아레스펠리스 고팅룸.

아레스펠리스에 있는 집무실 고팅룸에는 비밀리에 아레스가 사랑하는 레무리아의 조사에 대한 논의가 이루어지고 있었다.

레무리아는 이미 천군의 발동 조건을 만족하여 아레스의 개입이 일절 금지되었다. 그러나 레무리아는 아레스에게 자신의 아이와 같은 세계다. 설령 정의의 집행이더라도 대신(大神)끼리 괜한 싸움으로 피폐해져도 될 장소가 절대 아니다.

아레스가 가장 두려워하는 것은 천군에 의해 모두 잿더미가 되는 총공격이다. 세계의 생명을 없애는 대신 악을 물리친다. 천계의 필살기이자 최종 수단. 그것만은 아레스가 용납할 수 없다.

만약 적의 위치와 정체만이라도 판명되면 레무리아의 피해는 최소한으로 줄일 가능성이 크다. 따라서 조사를 강행하였으나, 마침 아멜리아 왕국 이스트엔드 북쪽에 펼쳐진 노스그랜드 전체를 돔 형태로 완전히 감싸듯이 전개된 투명한 막이 있는 것을 발견했다. 아레스가 그 막을 발견한 것은 정말 우연이다. 조사할 때 노스그랜드를 상공에서 바라보다 무언가 작은 빛 같은 것이 신경 쓰여 꼼꼼하게 찾자 그곳에 막이 씌워져 있었다.

"저 안입니까?"

저 막은 경치를 반사하여 내부 정보를 완전히 차단하는 구조인 듯하다. 아니, 어쩌면 그런 단순한 구조조차 아닐지도 모른다. 왜냐하면 저 투명한 막을 분석하려고 술법을 발동해 보았으나, 곧바로 취소되고 말았기 때문이다.

"천군에는 보고되지 않았습니까?"

"네, 만약 그러면 당신도 이 땅이 어떻게 될지 아시죠?"

"한정적인 총공격입니까……."

그 회의를 보아 데우스 측이 레무리아를 위험하게 여기는 것은 확실했다. 만약 이런 부자연스러운 것이 있다면 제대로 조사하지도 않고 이 지역을 통째로 태워버리려고 할 것이다. 그런 각오를 할아버지로부터 강하게 느꼈다.

물론 이곳이 모든 원인이라면 어쩔 수 없다. 그러나 사실 아레스가 파악하지 못한 토지신이 친 결계일 가능성도 없지는 않다. 만약 아무런 위험도 없다면 이 장소의 소각은 완전히 헛수고가 된다. 그렇기에──.

"지금은 위협에 대한 확실한 증거를 잡아야 합니다!"

"그렇다면 우리만으로 조사할 수밖에 없군요. 하지만……."

어물거리는 실켓을 언뜻 보니 무슨 말을 하고 싶은지 절실하게 느껴졌다.

“역시 무리일까요?”

“네. 분명히 이것들은 하계 강림 방지 술법입니다. 하계로 향하는 것은 불가능하지 않을까요. 만약 어떤 방법으로 하계로 내려가는 것이 가능하더라도 데우스 님에 의한 감시가 있습니다. 아레스 님이 레무리아에 영혼의 일부라도 옮기면 위치가 발각되고 말겠지요.”

아레스의 머리 위에 뜬 새빨갛게 빛나는 고리를 올려다보며 측근인 실켓이 대답했다.

그 회의 뒤에 할아버지 데우스가 아레스와 실켓의 이마를 건드리자 머리 위에 고리가 빨갛게 물들어버렸다. 십중팔구 할아버지에게 레무리아에 전혀 관여하지 못하는 술법이 걸렸을 것이다.

물론 아레스 따위의 미숙한 신이 이 사건에 고개를 들이미는 것은 상식적으로 생각하면 자살행위에 가깝다. 그래도 아레스에게는 자신이 사랑하는 세계를 지킬 책임과 의무가 있다.

아직 저 막에 대해서는 천군에도 보고하지 않았다. 물론 적은 강대하고 아레스에겐 벅차다는 자각도 있다.

그래도 이대로 손가락만 빨며 자신이 사랑하는 세계의 죽음을 보는 것. 그것만은 절대 사양하겠다.

따라서——.

“라미엘, 부탁합니다!”

아레스는 지극히 비열한 수단을 쓰기로 결심했다.

“네!”

무릎을 꿇으며 머리를 숙이는 새하얀 날개가 달린 소녀가 아
레스에게 강한 어조로 대답했다.

아레스가 하계로 내려갈 수 없는 이상 누군가에게 조사를 맡
길 수밖에 없다. 보통은 가장 신뢰하는 실켓이 적임이겠지만,
아레스처럼 엄격한 제한이 걸려 있다. 첩보 활동에 특화한 그녀
가 이번 임무에는 제격이다.

물론 이 조사는 적의 배 속으로 잠입하는 것이나 마찬가지다.
위험도는 최고 수준이다. 본래라면 미숙한 그녀에게 맡겨야 할
사항이 아니다.

"알겠습니까? 이 조사는 매우 위험합니다. 만약 조금이라도
몸에 위험을 느끼면 당장 귀환하세요."

아레스가 절실하게 설명해도,

"네! 반드시 이 사명, 해내고 말겠습니다!"

라미엘은 아레스의 기대와는 정반대의 대답을 하였다.

"지겹겠지만, 위험하면 임무 따위는 포기하고 귀환해요. 이것
은 내 명령입니다!"

"네!"

부탁받은 것이 몹시 기뻤던 모양이다. 얼굴을 기쁨으로 물들
이고 고팅룸에서 모습을 감추는 라미엘.

"저는 최악이군요."

적은 이미 천군 처리 안건이라고 데우스 님이 선언했을 정도
다. 그녀는 상급신인 자신조차 상대가 되지 않을 만큼 절대적
인 강자에게 소중한 부하를 보낸 것이다. 그래놓고 자신은 안

전한 장소에서 그 보고를 기다리다니 본래 신이 해서 될 행위가 아니다. 그래도——.

"그래도 저는 구하고 싶어요."

그녀는 두 손을 모으고 소원과도 같은 말을 입에 담았다.

# 후기

안녕하세요, 리키스이입니다.

드디어 6권이 출간되었습니다. 이것도 구입해주신 여러분 덕분입니다. 진심으로 감사드립니다!

6권은 7권으로 이어지는 전편에 해당하는 이야기입니다.

전편은 길의 활약도 나름대로 비중을 차지했습니다만, 후편인 7권은 길의 고뇌와 애쉬메디아의 결단, 그리고 카이의 활약이 메인입니다. 그보다 적의 강함이 엄청나므로 카이가 아니면 뭐, 해결이 안 됩니다. 카이의 무쌍을 보고 싶은 분은 7권도 필독입니다!

길은 인터넷판의 당초 캐릭터 설정에서는 악역인 채 퇴장할 예정이었습니다만, 개심하는 이야기도 좋을 것 같아 이러한 내용이 되었습니다. 지금은 길도 저에게 애착 가는 캐릭터가 되었습니다. 쓰다 보면 처음 캐릭터의 인상과 크게 달라지는 일이 많네요.

7권에서는 애쉬메디아와 카이의 관계에도 일정한 답이 나올 예정이므로 기대해주세요.

그럼 이 이야기를 읽어주신 독자 여러분과 협력해주신 분들께 감사드리며 7권에서 여러분과 다시 만나기를 진심으로 바라겠습니다.

**초난관 던전에서 10만 년 수행한 결과, 세계 최강 ~최약 무능의 하극상~ 6**

**2025년 6월 15일 1판 1쇄 발행**

| | |
|---|---|
| **저　　　자** | 리키스이 |
| **일 러 스 트** | 루나 리아 |
| **옮　긴　이** | 이서연 |
| **발　행　인** | 유재옥 |
| **이　　　사** | 조병권 |
| **출판본부장** | 박광운 |
| **편 집 1 팀** | 박광운 |
| **편 집 2 팀** | 정영길 박치우 조찬희 |
| **편 집 3 팀** | 오준영 이소의 권진영 정지원 |
| **디자인랩팀** | 김보라 전세연 |
| **디지털사업팀** | 김지연 윤희진 |
| **콘텐츠기획팀** | 강선화 |
| **라이츠사업팀** | 김정미 유아현 |
| **영업마케팅팀** | 최원석 윤아림 |
| **물　류　팀** | 백철기 |
| **경영지원팀** | 최정연 |
| **인쇄제작처** | ㈜코리아피엔피 |
| **발　행　처** | ㈜소미미디어 |
| **등　　　록** | 제2015-000008호 |
| **주　　　소** | 서울시 마포구 토정로222, 502호 (신수동, 한국출판콘텐츠센터) |
| **판매 및 마케팅** | (070) 8822-2301 |

ISBN 979-11-384-8673-6
ISBN 979-11-384-7957-8 (세트)